現代英語文学研究会　編

〈記憶〉で読む英語文学

――文化的記憶・トラウマ的記憶

開文社出版

目次

〈記憶〉で読む英語文学——文化的記憶・トラウマ的記憶

はじめに

本書は、現代英語文学研究会の現代的視点から作品を読むシリーズの第四冊目として編集されたものである。二〇〇五年に上梓した『〈境界〉で読む英語文学――ジェンダー・ナラティヴ・人種・家族』の続篇を構想する中で、共通テーマを「記憶」あるいは「国民的記憶」として勉強会を始めたのだが、そこでまず明らかになったのは、「記憶」の多義性であり、共通テーマとして設定することの困難性であった。心理学、脳科学から歴史学にいたるまで、また個人の記憶から共同体の記憶にいたるまで、また機能としての記憶から記憶内容にいたるまで、位相を異にする意味が浮かび上がってきたからである。

その一方で、現代思想や歴史の分野では、「記憶」をタイトルに冠した本が次々と上梓されており、「記憶」は現代思想のキーコンセプトの一つであり、きわめて今日的なテーマとして、とりわけ一九八〇年代以降、共時的な関心を呼び覚ましていることが見えてきた。そこで、執筆者が「記憶」について認識を共有するための勉強会を持つことになった。まず『加藤周一対話集3〈国民的記憶3〉を問う』(かもがわ出版 二〇〇〇年)をはじめ、『思想』一九九八年八月の「特集 パブリック・メモリー」、『思想』二〇〇〇年五月の「特集 記憶の場」、さらに「記憶」をめぐる論議の先鞭をつけたアライダ・アスマンの『想起の空間 文化的記憶の形態と変遷』(安川晴基訳 水声社 二〇〇七年)やピエール・ノラ総監修『記憶の場』(全三巻 監訳谷川稔 岩波書店 二〇〇二年—三年)を手がかりに、その後、「記憶・歴史・文学」を軸にさらに読書会を重ねる中で、「記憶」論興隆の背景と、個人や国家のアイデンティティ構築に関わる「記憶」の作用、「文化的記憶」に目を開かれることになった。

以下、勉強会での報告と議論をもとに、本書の共通テーマ「記憶」について記し、解題としたい。

「記憶」への関心が高まってきた背景について、論者たちの指摘を最大公約数的にまとめるならば、グローバル化や社会構造をめぐる枠組みの変化によって、これまでの伝統的共同体をつなぎとめていた求心力が失われ崩壊しつつあること、科学とテクノロジーの発達によって、記憶形式にかつてない大きな変化が生じていること、先の世界大戦を記憶する生き証人が失われつつあることである。

たとえば谷川稔は「社会史の万華鏡——『記憶の場』の読み方・読まれ方——」において、ピエール・ノラ編纂の『記憶の場』をはじめ、「記憶の文化史」が熱い視線を集める背景を以下のように述べている。第一に、二〇世紀の歴史、とりわけ先の世界大戦の失われゆく記憶をどう歴史にとどめるか、アウシュヴィッツ、ヒロシマ、南京などをめぐって揺れ動く「記憶」、忘却、隠蔽、改竄にさらされる過去を歴史化（再記憶化）するための武器という現実的要請がある。第二に、市場経済のグローバル化やヨーロッパ統合など国境横断的な枠組が急速に拡大し、従来の国民国家の求心力が危機に立たされている中で「集合的記憶」の再編が歴史学に求められているというのである。

またアスマンの『想起の空間　文化的記憶の形態と変遷』の訳者安川晴基は、以下のように指摘する。安川が第一にあげるのは、歴史の変遷である。例えば、冷戦の二極構造の崩壊とエスノ・ナショナリズムの高揚を背景として、諸々の民族や国民のさまざまな伝統が、集団の政治的アイデンティティを構築するための資源として新たに発見された。さらには脱植民地化と移民の流れの中で、社会のマイノリティの歴史像が多声的に入り交じる、多元的な想起の文化が出現した。あるいは、第二次世界大戦を体験した世代が徐々に死に絶えていくことで、同時代人によって共有された「経験記憶」が、メディアによって支えられた制度的な記憶に移行している。その際に、過去のどの要素を、現在のいかなる自己理解の下に、そして誰のために保管すべきなのか、ということが焦眉の問題となっていると言う。また日本の状況について、終戦五十年を迎えた一九九〇年代の後半以降、歴史教科書の改編、国旗国歌法、靖国神社参拝の問題など、公的な想起のあるべき形をめぐる議論が続いていると述べている。

安川が次にあげるのは、メディアによって過去を表象する「記憶産業」の活況である。歴史的変遷の過程と軌を一にするかのように、二十世紀と二十一世紀の転換期をはさんだ終戦五十周年と六十周年を二つの頂点として、現代史を再現した映画、テレビ・ドラマ、ドキュメンタリー・フィルム、展覧会などが、止むことなく提供され続け、これらの仮想的な「想起の空間」において描き出される過去のイメージは、その圧倒的な現前と暗示の力によって、われわれが歴史を想像する上で決定的な役割を演じており、また一方で、メディアによる過去の表象が、「歴史的事実」の構築に及ぼす影響の意味が、ますます問われていると指摘する。

さらに安川は三つめとして、このような社会的状況のもと、これまでの主導的な歴史理論が、「大きな物語の終焉」（リオタール）を唱えるポストモダンのパラダイムに移行したことをあげ、現在では、普遍的で客観的な所与としての歴史、目的論的な進行のプロセス（啓蒙主義の進歩史観、ヘーゲルの歴史哲学、マルクシズム）としての歴史、あるいはナショナル・ヒストリーといった、一枚岩的な「集合的単数」（ラインハルト・コゼレック）としての歴史の観念は疑問視されていると述べる。それにかわり、さまざまな集団を想起の主体とする（時には互いに矛盾し合う）複数形の歴史の存在が認められる。こうしたポストモダンの新たな相対主義の文脈では、歴史記述の客観性という理想に対して、歴史が過去の出来事を中立的に再現したものではなく、その都度の現在のパースペクティヴに拘束された観察者によって選別され、物語の構造を与えられ、解釈されたものであるとする、歴史記述の物語性の理論（ヘイドン・ホワイト）の立場から異議が唱えられている。つまり、過去が言説的実践によって構成されたものであること、そしてその過去の構成自体が歴史的に制約されているということが、今日では文化学の基本的な想定となっているというのである。

これらの「記憶」論が、「記憶」の含意、構造の理解の大きな手がかりとなったのに加えて、アライダ・アスマンの「文化的記憶」をめぐる議論は、本書を編むにあたり、きわめて重要な視座を提供してくれた。アスマンは、次のように述べている。時代の証人たちの経験記憶が将来失われてしまうことを防ぐためには、それは後世の文化的記憶へと移し変えられなくてはならない。そうして生きた記憶は、メディアによって支えられた記憶に道を譲る。この記憶は、記念碑や記念の場所、美術館やアーカイヴといった物質的媒体によって支えられている。個人における想起のプロセスが、大部分は無意識的に進行し、心的機構の一般的な規則に従うのに対して、集団的で制度的な次元では、このプロセスは、想起あるいは忘却の意図的な政治によって管理されている。文化的記憶が自然に生成することは決してありえないので、それはメディアと政治に依存している。個人の生きた記憶が、人工的な文化的記憶へと移行することは、確かに問題を孕んでいる。なぜならこの移行は、記憶の歪曲、縮減、道具化といった危険を必然的にもたらすからだ。それに伴う公の批判、反省そして議論によってのみ、記憶のそのような狭隘化と硬直化を食い止めることができると指摘する。

安川は、このアスマンの「文化的記憶」を解題し、次のように述べている。「文化的記憶」とは、ある集団がそれを介して自らの過去を選択的に構成して集合的アイデンティティを確立するための、組織化され、諸々のメディアによって客体化された共通の知識の蓄えというコンセプトである。「文化的記憶という概念が要約しているのは、各々の社会、そして各々の時代に固有の、再利用されるテクスト、イメージ、儀礼の総体である。それらを『保つ』ことで、各々の社会は、自己像を固定させて伝える。つまり、主として過去に関する（しかしそれだけではない）、集団によって共有された知識のことであり、その知識に依拠して集団は自らの統一と独自性を意識する。」「個々の社会は、想起の文化を構築することで自己の像を想像し、世代の連鎖を貫いてアイデンティティの連続性を打ち立てる。

本書は、文学という文字テクストの中に、「記憶」の想起と忘却を辿ったのだが、テクストをめぐっては、森村敏己の「歴史研究における視覚表象と集合的記憶」『視覚表象と集合的記憶　歴史・現在・戦争』一橋大学大学院社会学研究科先端課題研究叢書２（旬報社　二〇〇六年）からも示唆を受けた。森村は、「記憶」をめぐる議論の対象が、文字テクストにとどまらず、視覚テクストたとえば、図像、彫刻、儀式、記念碑、祭典など、制作者・行為者の意図やメッセージ、理念や感情を視覚的に表現する素材も包含するという。

このような国民的記憶・集団的記憶の基いとなるものが、個人的記憶である。その場合に特に問題とされるのはＰＴＳＤに代表されるような「トラウマ的記憶」である。太古の時代から個人をめぐる不幸は争い、病い、死別などの形で抗いがたいものとして存続し、それを癒すものとして「宗教」が機能してきた。しかし近代の人間中心主義的な時代以降、心理学や精神医学を中心とする「科学」がその役割を取って替わるようになってきた。また個人主義的傾向が強まるのと裏腹に個人の共同体からの遊離が進み、共同体と個人の関係が抑圧や疎外の入り混じった複雑なものとなってきた。また個人が世界戦争のような大規模な出来事に巻き込まれたり、グローバル化する世界の中で、かつては想像もできなかったような過酷な状況や事件に遭遇するような事態ともなった。人間関係の希薄化や困難さが加速し、人間の「こころ」が「科学」の対象となった。このような状況に置かれた個人の、とりわけトラウマ的記憶は現代の文学の避けがたいテーマであり、このことに関する著書も下河辺美知子のトラウマ論を始めとして優れた論考が多数出版されている。本書の著者たちはそれぞれの論の執筆に際してそのような書物に依拠して筆を進めている。具体的には各論を参照願いたい。

こうした「記憶」論の勉強会を通じて、私たちの共通認識となったのは、次のことであった。「記憶」において、一枚岩的な定義は存在しないということ、つまり、「記憶」をめぐる論者たちの表現を借りるならば、「記憶」は、「多元的で動的な概念」であり、そこには、「選別」「排除」「忘却」「強調」「構築」「想起」「再構築」が作用する。「記憶は選別し、強調し、そして何よりも、ほかの記憶を忘れる」（アスマン）のであり、「いかなる過去がそのつどの現在において、誰によって、どのように、そしてなぜ想起されるのか、誰の過去のヴァージョンが記録されて伝えられるのか、あるいは忘れられるのか」（安川）ということであった。

このように、個人や集団が過去を選択的に再構築し、表象し、占有する形式として「記憶」を捉えるならば、私たちは、「記憶」を手がかりに文字テクスト、視覚テクストの表象を読み解くことで、そこに「記憶」の「多元的で動的な」作用を辿ることができるのではないだろうか。歴史のみならず、作品の中に、「忘却と想起」のダイナミズムを、ある時代ある文化の記憶、国民的アイデンティティの構築、国民的神話、ある時代ある文化の神話構築の一端を、浮かび上がらせることができるのではないだろうか。もちろん考察の対象は集団的記憶にとどまらず、個人の記憶も対象となる。個人の記憶・忘却と、集団的記憶・忘却が繋がっていることが見えてくるかもしれない。こうした問題意識のもと、本書は、十七世紀初頭の『ハムレット』から、二十世紀後半の『ビラヴィド』にいたるまで多岐にわたる作品を読み解いたものである。「アメリカ文学における文化的記憶」では、第一章杉田和巳の「ハーマン・メルヴィル『ビリー・バッド』の「後日談」を読む――語り、歴史、《花形水夫》の文化的記憶」は、主人公ビリー・バッドの死後の出来事を描く挿話に注目し、その「後日談」が『ビリー・バッド』の「読み方」のストラテジーを自己言及的に展開していることを明らかにするとともに、文化的意味を付与された記憶として文化的記憶を論じるマリア・スターケンを援用し、「個」としての記憶が「集合的で共有可能な」文化的記憶として「生産される」

過程、メカニズムを『ビリー・バッド』の「後日談」がシミュレーションしている点について指摘する。第二章中西典子の「ウィリアム・フォークナーの『征服されざる人びと』におけるアメリカ南部の文化的記憶——復讐・決闘・名誉」は、殺された者に最も近い男性の近親者がその殺人者を殺すというアメリカ南部に古くから伝わってきた因襲、つまり、自らの祖母や父親の復讐に立ち向かう主人公ベイヤード・サートリスが、南北戦争末期から戦後の再建期にかけて語る経験記憶を、復讐という文化的記憶から検討することによって、作者が一九三七年にこの作品の最終章を書き上げた意味を考察する。

つづく「イギリス文学における文化的記憶」では、第三章奥田優子の「『ハムレット』——よみがえる死者の記憶」は、エリザベス朝社会に刻まれた宗教的記憶を思想と儀礼の面から概観し、そこに横たわるキリスト教的世界観が、王家の断絶と権力の継承という極めて世俗的な政治的主題を根底から解体・再編するものとして機能している点を検証している。第四章阿部美春の「オリエント女性サフィー——『フランケンシュタイン』に刻まれたオリエントの記憶」は、古代ギリシアに溯るオリエントの他者をめぐる、専制、宗教的不寛容、野蛮、暴虐、淫乱、快楽というヨーロッパの記憶を、『フランケンシュタイン』がどのように反復あるいは逸脱、変容させているのか、オリエント女性サフィをめぐるエピソードに辿った。

最後に「アメリカ文学における心理的・トラウマ的記憶」では、第五章山本祐子の「マーク・トウェインの未完作品「インディアンの中のハック・フィンとトム・ソーヤー」――記憶と深層心理を探る旅」は、「深層心理」や「無意識」という新たな概念の理解に戸惑っていた心理学研究萌芽期の一九世紀アメリカにおいて、マーク・トウェインが後の心理学隆盛を予見していたかのように、いち早く科学的・医学的な見地から人間の深層心理やそこに眠る記憶を分析し作品化していたことを明らかにする。第六章村尾純子の「スコット・フィッツジェラルドの『夜はやさし』――忘却された記憶の回帰とディック・ダイヴァーの崩壊」は、作家個人のトラウマ記憶が、作品の成立を動機付け、さらにそれが作品の主人公のトラウマ記憶として、アイデンティティ形成に影響を及ぼし、崩壊へと揺さぶっていく様を分析する。第七章山下昇の「トニ・モリスン『ビラヴィド』におけるトラウマ的記憶と語りによる解放」は、下河辺美知子のトラウマ論に依拠して、ヒロインのセサがどのようなトラウマに捉えられているのかを明らかにし、それを語りによって解放していくプロセスを明示している。

「記憶」の多義性から見るならば、副タイトルを「文化的記憶・トラウマ的記憶」としたが、本書の七つの論考の射程はごく限られている。いずれもよく知られた作品の、新たな読みを提示できたかどうか、読者諸賢のご意見、ご批判を賜ることができましたら幸いです。

本書の出版を快くお引き受けくださり、辛抱強く見守って下さった開文社社長の安居洋一氏に、心より感謝申し上げます。本シリーズの出版に対する安居氏の的確なご助言と、出版をめぐる厳しい状況の中でも変わらぬご支援が、常に会員の大きな励みでした。

二〇一三年三月末日

現代英語文学研究会
編集委員
阿部　美春
田中　賢司
中西　典子
村尾　純子
山下　昇

第一章　ハーマン・メルヴィル『ビリー・バッド』の「後日談」を読む
――語り、歴史、《花形水夫》の文化的記憶

杉田　和巳

ハーマン・メルヴィルと遺作『ビリー・バッド』

『モービー・ディック、あるいは鯨』（一八五一、以下『白鯨』と略）や「書記バートルビー――ウォール街の物語」（一八五三）などの著作でアメリカ文学を代表する作家の一人、ハーマン・メルヴィルは一八一九年、輸入業などを営む父アラン・メルヴィル（一七八一―一八三二）と、オールバニーの裕福な家系出身である母マリア・ガンズヴォート（一七九一―一八七二）との間にニューヨークで生まれた。母方の従兄には、米海軍ブリッグ型軍艦「サマーズ号」における反乱事件に際して、艦長アレクサンダー・スライデル・マッケンジー（一八〇三―四九）直属の部下として、三人の事件

の首謀者（と考えられた）を審理する軍法会議で裁判長を務め、絞首刑を票決したガート・ガンズヴォート（一八一二―六八）がいる。

一八三二年に父アランが亡くなると、リヴァプール行きの貨物船に水夫として乗船したのを皮切りに（一八三九）、捕鯨船（一八四一―四三）や、米海軍フリゲート艦「ユナイテッド・ステイツ号」（一八四三―四四）などに乗り込み、生活の糧を得ていたが、一八六六年にニューヨーク港税関検査官代理となり、一八八五年に退職するまで一九年間勤めあげた。作家としてのキャリアは、一八四六年に発表された『タイピー――ポリネシアの生活瞥見』（以下、『タイピー』と略）が処女作であるが、生前、職業作家として名を成すことはなく（その著作が評価されるようになるのは一九二〇年代の、いわゆる「メルヴィル・リバイバル」を待たなければならない）、一八九一年に未刊行の多数の詩と、『水夫ビリー・バッド（ある内側の物語）』（以下、『ビリー・バッド』と略）の全三五一葉からなる未完の手書き原稿を残して死去した。遺作『ビリー・バッド』は、一九二四年、コンスタブル社（ロンドン）刊行のハーマン・メルヴィル全集の第一三巻として死後出版された。

『ビリー・バッド』における「後日談」と「読み」のストラテジー

『ビリー・バッド』は、何よりもまず「記憶」の物語として語られる。物語の冒頭、語り手は洒落者気取りの「こん畜生ビリー」（四四）の系譜、《花形水夫（Handsome Sailor）》（四三）に連なる主人公、ビリー・バッドを登場させるにあたり、「蒸気船が現われる前には、あるいは、当時は今よりは頻繁に」（四三）大きな港で見ることのできた《花形水夫》について記憶をさかのぼり、「かれこれ半世紀も前のこと、軍艦でも商船でも、まだ散文的でなかった時代の象徴」として、リヴァプール港で見かけた船員仲間に囲まれたアフリカ系黒人の《花形水夫》を想起する（四三）。実際、『ビリー・バッド』執筆のおよそ半世紀前、一八三九年にメルヴィルは、米商船「セント・ローレンス号」に水夫として乗船し、リヴァプールを訪れている（一三五）。[1]作者の伝記的事実を踏まえて語り手は、語りの現在（執筆時）から半世紀前の過去へと記憶をさかのぼって黒人の《花形水夫》に言及し、その後に主人公であるビリーを登場させているのであるが、ビリーの物語の時代背景は、さらに過去をさかのぼって「一八世紀の最後の十年の終わりのころ」（四四）、あるいは「大いなる反乱の年」（一二八）、すなわち一七九七年、ナポレオン戦争の最中に設定されている。このように一世紀もの時間の枠組の中で、ウェンケが「超歴史的語り手」（四九九）と呼ぶ『ビリー・バッド』

の語り手は、過去と現在、つまり、蒸気船が現れる以前と、ビリーの物語を想起して語る現在の分水嶺が横断されるような「超歴史的領域」を創出しているのである（五〇四）。

語り手の、過去にコミットする態度は、『ビリー・バッド』執筆時の作者の心的態度に由来するものであると指摘する『ビリー・バッド』決定版の編者、ヘイフォードとシールツは、『ビリー・バッド』と同時期に執筆され、その発生の契機ともなった詩集『ジョン・マーとその他の水夫たち』（一八八八、以下、『ジョン・マー』と略）に登場するジョン・マーのように、メルヴィルは晩年、「ますます回顧的沈思にはまり込んで」、若い頃の思い出や、散文的な現在よりはるかに雄大で崇高であったように思われた「蒸気船が現れる前」の歴史的過去に次第に没頭するようになった、と述べている（三二）[2]。事実、先に述べたリヴァプール訪問の他、ホレイショー・ネルソン提督（一七五八―一八〇五）に関連する挿話で触れられるポーツマス旅行の思い出や、米海軍「ユナイテッド・ステイツ号」乗艦時の記憶など、メルヴィルが個人的に体験したことや、物語の舞台背景として重要なスピットヘッドおよびノア泊地での反乱事件、あるいは米海軍「サマーズ号」で起こった反乱事件などの歴史的事実や事件、実在の人物などに関する逸話を盛り込んで、『ビリー・バッド』は、主人公ビリーが英海軍軍艦に乗り込み、死にいたるまでを描いている。「本質的に作り話よりも事実に関係する」物語であるとしてビリーが死にいたる第二五章までを語り終えて、語り手は、「この物語はビリーの生涯とともに終わって当然であるが」、と前置きした上で、「後日談として若干付け加えておいても悪くない。それには短い章が三つもあれば足りるだろう」と述べる（一二八）。「後日談」として語られるのは、ヴィア艦長の死（第二八章）、ビリーが関わることになった事件について歪曲して伝える英海軍の公式刊行物「地中海便り」の記事（第二九章）、そしてビリーのことを謳ったバラッド「手錠のビリー」（第三〇章）、についてである。

主人公ビリーの死後の出来事について、蛇足として付け加えられているように見える「後日談」の三章を指して、語り手は、建築的様式美を損なう「でこぼこの刃（ragged edges）」と自ら揶揄するように述べている（一二八）。しかし、語り手の言葉を鵜呑みしてはならない。というのは、メイン・プロットであるビリーの死にいたるまでの物語について、これら「後日談」の三章は、その物語的、歴史的、そして文化的意味を改めて提示し、『ビリー・バッド』の「読み」のストラテジーを示唆するものとなっている点で注目に値するからである。ヴィア艦長の死を描く第二八章では、「語られない」物語の核心、という『ビリー・バッド』の語りの特徴が再現される。作中、ビリーが辿った死すべき運命を描く語り手は、その悲劇の核心部分のいくつかについては明らかにせず、決して「語ることがなく」、謎のままにしてしまう。この語りのストラテジーを、物語的に再現するのがヴィア艦長の死を描く「後日談」となっている。

ビリーの悲劇の舞台、英海軍軍艦「ベリポテント（軍神）号」艦上でのビリーの死について、歪曲して「事実」を伝える「地中海便り」の記事を紹介する第二九章は、ビリーの死を悼むバラッド、

「手錠のビリー」にまつわる挿話について語る第三〇章と相まって、『ビリー・バッド』における歴史や記憶の問題について関心を引き起こす。歴史や記憶の問題に関連し、アメリカ文化における記憶の作用について論じるマリタ・スターケンは、『アメリカという記憶　ベトナム戦争、エイズ、記念碑的表象』の中で、「文化的記憶」の概念を定義して、「公認された歴史的言説という領域の外部でひとびとに共有されているが、文化的生産物と絡まりあい、文化的意味に染めあげられているような記憶」（一九、筆者強調）と説明する。第二九章、「公認された歴史的言説」のひとつのヴァージョンとして提示される「地中海便り」の記事を通して、『ビリー・バッド』の物語構築において最も重要なピースのひとつである、歴史の物語性などの問題が浮かび上がってくることになる。

「文化的生産物」である作中のバラッド、「手錠のビリー」にまつわる第三〇章においては、歴史的言説の外部領域にあるビリーの物語、船員仲間により共有されるビリーについての記憶は、文化的記憶として生産されるというコンテクストの中に置かれて、新たに文化的意味を付与される。「記憶を生産する」という概念について、スターケンは次のように言う。

> 文化的記憶は、物体、イメージ、表象によって産出される。これらは、記憶が受動的に納まるような容器ではなく、むしろ記憶のテクノロジーである。また、それを通じて記憶が共有され、生産され、意味を与えられるようなオブジェでもある。（二九　筆者強調）

すなわち、文化的記憶の問題系において、記憶は、個人的な過去の記憶から解放され（あるいはひとり歩きして）、集合的なものとして共有されるために、「物体」、「イメージ」、「表象」といった媒体を必要としており、これらを通して文化的記憶として生み出されるのである。その産出過程、発生のメカニズムを『ビリー・バッド』がシミュレーションしている点を検討してみたい。

『ビリー・バッド』における「語られない」物語の核心について

英海軍史において、「大いなる反乱」と呼ばれるスピットヘッドおよびノア泊地での反乱事件が鎮圧された直後、一七九七年夏、ビリー・バッドは英商船「「ライツ・オブ・マン（人権）号」に乗船中のところ、強制徴用されて、英海軍軍艦「ベリポテント号」に乗艦する。艦の先任衛兵長、ジョン・クラッガートは、艦内にスパイ網を作り上げ、不満分子がいないか、不穏な行動を取る乗組員がいないか目を光らせているが、ビリーはクラッガートに目をつけられて、エドワード・フェアファックス・ヴィア艦長の眼前で、クラッガートにより暴動を企んでいると告発される。クラッガートの不当な告発に対し、ビリーが何も抗弁できず（ビリーの欠点はどもりがちなことである）、クラッガートを殴り殺してしまうと、ヴィア艦長は、直ちに臨時軍法会議を召集し、三人の士官を要員として指名して、事件を審理する。そこでの争点は、ビリーが本当に反乱を扇動したかどうか、ではなく（ヴィア艦長も、三人の士官も、ビリーに対する告発に真実が含まれているとはまったく考えてはいない）、上官であるクラッガートを殴って死に至らしめたことが処罰の対象になるかどうか、その場で評決して刑に処すかどうか、という点である。ビリーには反乱の意図などなかったし、クラッガートに対して悪意もなければ、ましてや殺意などなかった。しかしながら、同情心を抑えて、上官を殴殺した罪でビリーを刑罰に処すべき、とヴィア艦長は法廷を説き伏せる。ビリーの行為は、陸の法に照らせば、でたらめな告発を受けた上でのことで情状酌量の余地があるものの、軍紀に照らせば、上官を殴って死に至らしめた、という点で即時、絞首刑に処すべきであるとヴィア艦長は力説する。さらに、当時は英仏間で戦争中であるため、敵艦が付近にいる可能性もあり、迅速な判決と刑の執行が必要であり、艦隊内部では不満分子による火種があって、将校が少しでもすきを見せたり、弱気な態度で臨んだりすると、また大きな反乱が起こるかも知れない、と危機感をあおり、翌朝のビリーの絞首刑を評決する。翌朝四時、全乗組員が甲板に集められ、ビリーは大檣楼に吊されてしまう。

『ビリー・バッド』では、ビリーの死すべき運命を避けがたいものとすべく、ヴィア艦長にビリーを絞首刑に処す、しかも迅速に刑を執行することが肝要であると言わせるために、物語の舞台が、「大いなる反乱」直後の英海軍軍艦内であることが強調されている。「大いなる反乱」に言及してヘイフォードとシールツは、フリーマンの論を紹介して、「メルヴィルは、その時代の張り詰めた強い不安感を強調することで、反乱の可能性に対するヴィア艦長の懸念をもっともらしく見せ、ビリーを有罪とするべきであるという軍法会議での主張に根拠を与えている」と述べる（一四五）。例えば、軍法会議を召集するところで、語り手は、登場人物たちの心理の「読み手」となり、その内面を描き出そうとしているが、ヴィア艦長とともにクラッガートを検死した艦の軍医は、ヴィア艦長が臨時軍法会議の召集することを決断したのを受けて、「ここですべきことは、継続してビリー・バッドを監禁し、慣習法に従って、このような異常な事態に対する処置は延期して、艦隊と合流して、提督に処理を委ねることであると考え」、軍法会議の要員となった三人の士官、大尉や海兵隊長、航海長らも「このような事件は提督に委ねるべきであると考えているように見えた」と思う（一〇二―三、筆者強調）。ところが、語り手の読みでは、ヴィアは、「前檣楼員ビリーを囚人として拘束し、艦隊に合流して、裁きを提督に委ねたかった」が、「迅速な行動を取らなければ、前檣楼員の行為が砲列甲板で人の知るところとなり、ノア反乱事件のくすぶる火種を乗組員の間に呼び覚ましてしまう」のではないかと考え、事件の緊迫感への対応を最重要視している、とされる（一〇四、筆者強調）[3]。あるいは、クラッガートが、ビリーを反乱を企てる危険分子として告発するところでも、「少なくとも艦上の、志願兵でない水兵の一名は危険人物であって、つい最近の重大事件に荷担した者たちのみならず、問題の水兵と同じように、志願してではなく国王陛下の軍務への入隊した同志を集めています」(九二、筆者強調)と語り、「最近の重大事件」、すなわちノア泊地での反乱事件を引き合いに出して、「ベリポテント号」が置かれていた時代の緊迫状況が前景化されている。

強制徴用された軍艦乗組員について語り手は、「至急出帆しなければならないのに人手が不足している軍艦では、他に不足を補うすべがないときには、監獄から直接引き抜かれた徴用兵で補った」と語る「ボルチモア出身の黒人で、トラファルガーの生き残り」である老兵を想起する(六六)。『ビリー・バッド』第三章から五章にかけての一連のネルソン提督に言及した挿話を通しても、「大いなる反乱」直後の英艦隊の緊迫状況が裏書きされている。

一連のネルソン挿話の語りにおいては、その枠組が注目に値する。第三章冒頭、語り手は、ビリーが「ベリポテント号」に乗り込むことになった時期を、「大いなる反乱」直後とした上で、反乱の衝撃、深刻さについて語ることから始めている。大英帝国にとってノアの反乱は、ロンドンの町が全面放火の脅威にさらされている最中に、消防隊がストライキを強行するようなものだった(五四)。この語りを打ち消すように、三章の最後、ネルソン提督と大英帝国の勝利が、「遠からずして、これら数千の反乱者の中からネルソンがナイル海戦においては小冠を、トラファルガー海戦では海軍における王冠中の王冠を獲得するのに手を貸す者が出てくるのである。これらの海戦、とりわけトラファルガー海戦は、これらの反乱者にとって完全で、しかも堂々たる免罪の機会だったのである」というように、「大いなる反乱」との関連で語られる（五五―五六）。ところが第四章、「物を書くということにおいては、どんなに本筋から離れないと決意してみても、抵抗するのが容易ではない脇道というものがある」（五六）と語り、いったん、語り手は、ネルソンと「大いなる反乱」の関係性から「脱線」した後、第五章で再び「大いなる反乱」に触れて、英艦隊乗組員の間には「不満が二つの反乱に先立ってあったのだが、不満は多かれ少なかれ潜在的に残っていた。こんな事情だから、散発的であれ、全面的であれ、混乱のぶり返しを懸念することは不合理なことではなかった」と述べて、反乱の影と、これに怯える英海軍、という図式を語る（五九）。また、第四章で言及したネルソンの偉大さを、反乱の抑止力として利用するためにネルソンの旗艦が「キャプテン号」から「テセウス号」へ移されたことが第五章の終わりに語られる。抑止力としてのネルソンの存在は、「一つならず（司令部のある）後甲板では、懸念が存在した。厳重な警戒態勢が敷かれ、海上での（混乱の）ぶり返しに備えた」（五九）という、第五章を締めくくる語りと相まって、当時の英艦隊の緊迫状況を雄弁に物語っている。

物語の背景となる反乱の影について繰り返し言及しながらも、『ビリー・バッド』の語り手は、物語のメイン・プロットであるビリーとクラッガートの関係、ビリーとヴィア艦長の処刑前夜の会見など、ビリーの悲劇の核心部分については語ろうとはしない。矢作三蔵は、『ビリー・バッド』

の語りについて、「肉体なき一人称の語り」であると指摘し、「私」らしい肉声が聞こえてきても、物語が「私」によって語られていると想起させるだけで、登場人物としての「私」の姿は見えてこない。つまり、『ビリー・バッド』は、「登場人物と語り手とが一体化した一人称小説ではない」と結論づける（三一七、三一九—二〇）。ウェンケは、『ビリー・バッド』の語り手は、通常の一人称の語り手の主観的制約を超えて、登場人物の心理に接近してみせたり、その語りに歴史的意識を織り交ぜてみたりする、と指摘する（五〇五—〇六）。この点で、語り手は、物語の「読み手」でもあって、事実、すでに検討したように、語り手は、軍法会議の召集決定を聞いた軍医が「何を思い、どう感じたか」、登場人物の内面に踏み込んで語る。あるいは語り手は、軍法会議に臨むヴィア艦長が、ビリーの上官殴打事件と「大いなる反乱」直後の艦隊の緊迫状態を結びつけて「どう考えていたか」について、自身の読みを読者に提示する。矢作の指摘するように、語り手は、まず、意味を込めつつ世界や人物を言語化する。そして言語化したものにさらに新たな意味を読み取る。意味を込め、意味を読み取る（三一七）。

しかし、『ビリー・バッド』の語り手は、完全なる読み手であって、視点全知の語り手である、とは決して言えない。それどころか、語り手は、軍法会議の評決によって死すべき運命となったビリーの悲劇の核心部分については明らかにせず、謎のままにしてしまう。矢作の指摘のとおり、全知の権利放棄は、事が重要になればなるほど、したがって、読者がどうしても知りたいときであればあるほど、多く見られる（三二五）。第二二章、絞首刑の評決をヴィアがビリーに伝える最期の接見の場面、語り手は次のように述べている。

会議の評決を囚人に自分から進んで伝えたのは、ヴィア艦長自身であった。そのため、彼はビリーが監禁されている仕切り部屋に赴き、見張りの海兵隊員にしばらくの間、その場を去らせた。評決について伝える他に、この対話で何があったかについては、知られることはまったくなかった。（一一四）

これに続いて、語り手は、全知の語り手としての「権限」をあえて放棄し、読み手として「いくらかの推測をしても許されるだろう」と言う（一一五）。ヴィア艦長が軍法会議の席上で、どのような役割を果たし、どんな持論を展開したか、ビリーに率直に伝えたとしても、「それはヴィア艦長の精神と一致したことだっただろう」し、ビリーの側にすれば、ヴィア艦長の率直な告白を納得して「受け入れただろう」し、ビリーを高く評価するがゆえの艦長の率直な告白であったと思い、「喜んだかも知れない」と述べて、語り手は自身の読みを展開する（一一五、筆者強調）。

ビリーの悲劇の発端は、「ベリポテント号」乗艦後すぐに、先任衛兵長クラッガートに目をつけられたことである。しかしながら、語り手は、両者の反目、あるいは、一方的なクラッガートのビリーに対する反感についても、その確たる理由を決して明らかにしない。艦上での生活に満足していたビリーであるが、新任で未熟な水兵が鞭打ちの刑を受ける場面を目撃して、「不注意のせいであんな刑罰を受けるような目に決してあわない」と決心する（六八）。ところが、細心の注意を払っているのにもかかわらず、身の回りの物を詰め込んだ袋の整理整頓や、就寝用のハンモックについて、衛兵伍長の監督のもとに難癖をつけられて、不安な気持ちをかき立てられる。デンマーク人の古参水兵ダンスカーに相談すると、彼は「ベイビー・バッド、ジェミ・レグズ（クラッガートのあだ名）がお前のことを恨んでいるぞ」と告げる（七一）。ここでのダンスカーの言を、語り手は第一一章で、「心では、しかも理由のないことでもなく、確かに彼はビリーを恨んでいた、密かに恨んでいたのである」と述べて裏書きする（七三）。にもかかわらず、語り手は、その理由をはっきりと語ることなく、クラッガートの性根について、「自然の堕落＝人間性による堕落」（七五）と語り、ビリーとクラッガートの対立が、両者に体現されたそれぞれの人間性の対立であることを暗示するのみである。このため、ビリーとクラッガートの関係については、「寓意的」な解釈が多く示されている。例えば、「善」と「悪」、「キリスト」と「サタン」との間の葛藤をビリーとクラッガートの関係に見いだすウィーヴァー、ワトソン、ウィドマーなどが初期の批評家たちの中にいる。矢作やジョンソンは、言葉を額面とおりに「読む」ビリーと、二重の意味を「読み込む」クラッガートとの間の対立の図式を指摘しており、中村紘一は、ビリーは「寓話的領域」に属しており、クラッガートが体現する「広大な世故長けた実際的な世界」と「接触・対決」するのである、と論じる（三一二）。

クラッガートの系譜をたどって、ビリーとの間の緊張関係について少し検討しておくと、クラッガートの原型として挙げられるのは、『白いジャケット、あるいはある軍艦の世界』（一八五〇、以下『白いジャケット』と略）に登場する、先任衛兵長ブランドである。ヘイフォードとシールツは、このブランドの原型についてさらに、メルヴィルと関連のある実在の先任衛兵長について指摘している。

メルヴィルのブランドは、フリゲート艦「ユナイテッド・ステイツ号」の実在の先任衛兵長ではなく、別の米海軍先任衛兵長に由来しているように思われる。この男は、かつての船乗り仲間であるウィリアム・マックナリーによって、一八二三年から三一年の間、「フェアフィールド号」に乗艦していた先任衛兵長として短く描写されている。（三二一）

ここでブランドの原型の可能性として示されているのは、マックナリーの『軍艦および商船における暴露された悪事と虐待』（一八三九）に登場する先任衛兵長である。この系譜が正しいとすると、クラッガートは、マックナリーの著作からヒントを得て、メルヴィル自身の著作でまずブランドという原型となり、後に『ビリー・バッド』においてさらなる深化をとげて、物語化されたということになる。しかし、人間性に根ざした、不可解な対立・葛藤というアイデアそのものはさらに遡って、『レッドバーン』（一八四九）に読むことができる。

『レッドバーン』において、主人公ウェリンバラ・レッドバーンが乗船する貨物船、「ハイランダー号」には肉体的には全乗組員中、最も虚弱でありながら、横暴で威圧的であるためにみんなから恐れられたジャクソンという男が登場する。ジャクソンは、乗組員全員を苛めているが、特にレッドバーンを嫌っている。語り手の「私」、レッドバーンは次のように語っている。

> 私はよく空想したものだった。この哀れな、見下げ果てた卑劣漢がいつも私を悪意をもって見つめるのは、彼が自分の惨めなほど病弱であることを意識し、やがて自身が犯した罪のために、犬のように死んでいくという見通しがあったからではないだろうか。というのも、私は若くて、美男子（handsome）だった（少なくとも、母はそう思っていた）からである。（b一〇八、筆者強調）

語り手は、ここでのジャクソンについての「空想」が真実であるとする根拠を一切示していないが、「今でも、私は間違っていなかったと思う」（一〇九）とも述べている。「間違っていなかった」と語り手が言うのは、まさにジャクソンの「私」に対する憎しみの理由であって、レッドバーンが「若くて、美男子」であることが、ジャクソンの反感の理由であると「空想」されているのである。「私」の外見上の特徴は、ジャクソンのそれと著しい対照を成しているが、まったく同じ構図が、『ビリー・バッド』におけるビリーとクラッガートの容姿の違いにも見て取れる。また『レッドバーン』でも『ビリー・バッド』でも、語り手が反目の理由について、「権威ある」解答を読者に提示してはいない点も同様で、両者においてはそれぞれ、レッドバーンの「空想」、『ビリー・バッド』の語り手の「読み」が提示されるだけであり、この点において物語は閉じられることなく、読者の読みに開かれている。

ヴィア艦長の死を扱う「後日談」の最初の章では、『ビリー・バッド』のメイン・プロットであるビリー、クラッガート、そしてヴィア艦長の間で展開される「内側の物語」における語りのストラテジー、「語られることのない」物語の核心、という主題が、挿話の形で再現されている。ヴィア艦長の最期を語るのに、語り手は脱線して、フランス革命後、仏海軍に所属する艦船の船名変更が、フランス執政府により執行されたことで始めている。語るべき物語の核心からより遠いところから、中心に向かうのが、『ビリー・バッド』の語りのストラテジーである。第二一章、ビリーの即時の絞首刑を決定するのに際し、英国が戦時下にあることを強調していたヴィアの懸念を裏書きするように、「ベリポテント号」は艦隊への帰途の途中で、仏海軍軍艦「アテー（無神論者）号」と会戦し、ヴィアは戦闘中に負傷し、ジブラルタル軍港に運ばれ、その地で息を引き取る。こうした状況説明の詳細さに比して、ヴィアの死の場面において、語り手は物語の核心、読者が知りたいヴィアの心の「内側の物語」を明らかにしない。死の間際、ヴィアは、「ビリー・バッド！ビリー・バッド！」とうわごとを言う。ヴィアの側で仕えていた従者がその聞き手であるが、従者にはビリーが何者であり、この今際の言葉にどんな意味が潜んでいるか、分からない（一二九）。一方、ヴィアの言葉は、「悔恨の口調ではなかった」と従者から聞いた海兵隊長は、ビリーを裁いた軍法会議を構成していた士官の一人であり、ビリー・バッドが何者であるか、ビリーの運命にヴィアがどんな役割を果たしたか、よく知っているが、従者には詳しい事情を決して「語らない」（一二九）。ここでの海兵隊長の秘匿は、『ビリー・バッド』の語りのストラテジーそのものをプロット化していると言ってよい。この場面、ヴィアの「ビリー・バッド」との呟きにはどんな意味が、気持ちが込められているのか、語り手は明らかにすることなく、読者の読みに委ねている。

『ビリー・バッド』に見る歴史の物語性について

『ビリー・バッド』は、歴史と深く関わる物語でもある。メイン・プロットの重要な背景を構成している「大いなる反乱」およびネルソン提督に関する挿話に加えて、従兄ガート・ガンズヴォートが関わることとなった有名な「サマーズ号」事件についての言及、ウィリアム・ジェイムズ（一七八〇―一八二七）の『英国海軍史』、ウィリアム・マックナリーの『軍艦および商船における暴露された悪事と虐待』といった歴史書の援用などが指摘できる。ヘイドン・ホワイトは、「歴史における物語性の価値」の中で、「もし、語りと物語性とを，架空の事柄と現実の事柄とを一つの叙述の中で出会わせ、結びつけ、あるいは溶けあわせる手段であると考えるならば、物語の魅力と、物語を拒絶する根拠とを同時に理解できるだろう」（一四―一五）と述べているが、『ビリー・バッド』では架空の記憶の物語と歴史とが混然として、全体像が構成されていると言える。第二九章、「公認された歴史的言説」のひとつのヴァージョンとして提示される「地中海便り」の記事を足がかりに、『ビリー・バッド』において展開される歴史それ自体の叙述の困難さの問題について検討してみる。

ビリーの悲劇に関わる、公的な英海軍の記録として、「地中海便り」は提示されるが、その内容は「事実が歪められ、一部は捏造」（一三〇）されたものとなっている。

先月十日、大英帝国軍艦「ベリポテント号」艦上にて、悲しむべき事件が起こった。先任衛兵長ジョン・クラッガートは、下級乗組員の間に、ある種の陰謀発生の兆しがあり、その首謀者の名はウィリアム・バッドであることを突き止め、艦長の前で、この者の罪状認否を問いただしていたところで、バッドは突如として短刀を抜き、腹いせに心臓を深く刺した。（中略）英国名で海軍に入隊したものの、その刺殺犯は英国人ではなく、現在の異常な軍務の必要によりやむなく入隊を許可されている多数の外国人の一人である。（中略）犯罪者はすでに犯罪の罰を受けた。迅速な処罰は有益であった。英国軍艦「ベリポテント号」艦上では、いまや一点の懸念すべきことも見られない。（一三〇―三一）

語り手の言うとおり、この記事の中では、クラッガートの死因は刺殺によるものとなり、ビリーは反乱を企んでいたとされており、クラッガートを報復のために故意に殺害したことになっている。さらには、ビリーは強制徴用された外国人であることになっており、反乱を未然に防いだことにより、「ベリポテント号」は安泰であるとなっている（実際には仏軍艦「アテー号」と会戦して、多数の負傷者が出ている）。語り手は、この記事の「歪曲」と「捏造」の原因は、記事を書いた者にあるのではなく、「一部、風説を含む、媒体」にあると述べる（一三〇）。記事の書き手は、ビリーにまつわる事件を直接、体験した者でない上に、出来事の当事者であるビリー、クラッガート、ヴィアはすべて亡くなっている。歴史、文学、あるいはジャーナリズム、いずれの叙述形式であっても、叙述されるべき「出来事」は、必ず「出来事」それ自体から遅れて表象される。スターケンは、「記憶の遅延性」について、アンドレアス・ヒュイッセンの言葉を引いている。

記憶は、まさにその遅延性のゆえにこそ、それ自体が表象に依拠している。過去は単純に記憶のなかに存在するのではない。過去が記憶となるためには明確に形をとって分節化されなくてはならない。出来事を経験することと、それを表象において想起することとのあいだに開いている亀裂は、避けることのできないものなのである。（二九）

ここでの「記憶」を「歴史」に置き換えても、その文意はまったく損なわれない。歴史の叙述においても、必ず「出来事」と「表象」の間には、「亀裂」が横たわっていて、そこに間違ったデータが混入する危険をはらんでいる。しかも、「地中海便り」の記者に「歪曲」と「捏造」の意図がなかったことは、物語の中ではまったく保証されていない。何者かが、例えば、海軍の醜聞を意図的に糊塗するために、歪曲と捏造に荷担した可能性を少なくとも否定はできない。スターケンは、「記憶は解釈の一形式なのである」（二六）と述べて、記憶が出来事の選択的構築物である点を重視しているが、この点でも「記憶」と「歴史」は置換可能である。物語や記憶と同様に、歴史もまたその書き手次第で、異なる意味を付与されることになる。実際、歴史学の多様性についてスターケンは、「歴史が単一の物語を構成しているということはできない。多くの歴史がつねに論争の渦中にあり、互いに対立しあっている」（二二）と指摘している。

メルヴィルは歴史家ではなかったが、歴史叙述に伴う困難については知っており、『ビリー・バッド』第三章、スピットヘッドおよびノア泊地での反乱事件に触れて、好ましからざる歴史的事実との向き合い、その歴史を書くことの困難さを次のとおり述べている。

帝国の栄光ある海軍史に残るこのような挿話を、海軍史家らは当然に簡略化する。その一人（ウィリアム・ジェイムズ）は、率直に認めている。「公平さがえり好みを禁じ」ないならば、わたしは喜んでこの事件を無視する。（中略）こうした史実の詳細は、図書館でも容易には見いだされない。アメリカも含めて、あらゆる時代のあらゆる国家に降りかかってくる他の事件と同じように、「大いなる反乱」は、国の政策上の見方に加えて国家的自負心が、歴史の背景に追いやって目立たないようにしたくなるような事件だった。このような事件は無視することはできないが、これを歴史的に取扱うには、それなりの思慮ある方法というものがある。（五五、筆者強調）

ここでの「アメリカも含めて」という言及については、作家の手書き原稿の下部に、アメリカ軍事史から想起されたエピソードのアイデアが付されている（ただし、未完のまま）。ヘイフォードとシールツはこのアイデアについて、「我々も医薬品の通過禁止を公表するか」とメモ書きされているが、明らかに『クラレル――聖地の詩と巡礼』（一八七六）第四部第九編の中の句に見られる、南北戦争時の北軍における医薬品や手術器具の封鎖線通過禁止に言及したものである、と指摘する（二四七）。また、「歴史的に取扱う」は、ここでの文脈では歴史叙述そのものを指しているのか、あるいは他の叙述形式、例えば、文学などで歴史と向き合うことを含んでいるのか、興味深い点であるが、「出来事」の意味は、記憶、歴史、文学などの形式の区別なく、それが遅れて構築され、表象される際に、「文脈」の中に置かれて与えられると言ってよい。この点を『ビリー・バッド』と『白いジャケット』において共通して言及される、「サマーズ号」事件について検討してみる。[4]

『ビリー・バッド』第二二章、語り手は「当時の艦隊の不透明な雰囲気を考慮に入れると、軍艦の乗組員が暴力を振るって上官を死に至らしめて、直ちに刑罰を執行されるべき重罪以外のものとしてまかり通る場合に、軍紀に及ぼす実際的影響」（一一三）と述べた直後に、米海軍「サマーズ号」艦上での反乱事件について言及し、軍法会議を描いた章を語り終えている。

三人の士官が陥ったのと多少似ていなくもない困惑した精神状態に、一八四二年、ブリグ型米軍艦「サマーズ号」の艦長は追い込まれたのであり、いわゆる「戦時条令」、英国の「反乱条令」に基づいて作られた法律の下、艦長は士官候補生一名、水兵二名を軍艦の強奪を企んだ反乱者として海上で処刑する決断に迫られたのである。当時は平和時で、出帆後間もなくだというのに、この決断は直ちに実行された。その後、陸上で召集された海軍査問委員会でもこの行為の合法性が支持された。これは歴史的事実であって、論評なしにここに引用しておく。もちろん、「サマーズ号」と「ベリポテント号」とでは状況は異なっているが、充分な根拠があったか否かに関わらず、切迫感はまったく同じだった。（一一三―一四、筆者強調）

語り手は、英艦隊に影を落とす反乱への恐怖心によって裏付けられる「ベリポテント号」艦上の切迫感と関連づけて、「サマーズ号」のマッケンジー艦長が置かれていた状況を、「切迫感はまったく同じだった」と語る。「論評なしに引用」すると語り手は言うが、「サマーズ号」のマッケンジー艦長が陥った状況に対し、語り手は同情的であるとも言えるだろう。ところが、『白いジャケット』に見られる「サマーズ号」事件に関する言及二箇所では、語り手の態度はまったく異なっている。

まるで人殺しだ！とは言うものの、平和時にこんなひどい法律を施行しないだろう?本当にないか?記憶にあるだろうが、二、三年前、ある米軍艦に乗艦していたあの三人はどうなった?（中略）「死刑に処する！」。あの三人を絞首刑に処したのはこの三語だった。（c二九四）

三人の人間が、平和時にもかかわらず、帆桁で吊されたが、それというのももっぱら、艦長の判断によって、彼らを絞首刑にすることが必要だったということである。今日まで、三人が完全に有罪だったかどうかが社会的に議論されている。（c三〇三）

『白いジャケット』における「サマーズ号」事件挿話の文脈上の意味は明白であって、「戦時条令」第二〇条の一部、「海軍にある者が当直中に眠った場合には、この者を死刑に処する。」（c二九四）に対する直接的な皮肉、批判として、意味づけられている。メルヴィルは『白いジャケット』において、「戦時条令」の不合理を徹底的に糾弾しているが、「サマーズ号」事件についての言及は、この批判を裏書きする直近のエピソードとして位置づけられていると言える。ヘイフォードとシールツは、『ビリー・バッド』の執筆中、メルヴィルは「サマーズ号」事件について、間違いなく回顧したはずであるが、事件に対する作家の態度は、決してはっきりとしない（一八三）、と指摘しているが、メルヴィルの関心が「出来事」をどう「歴史的に取扱う」かにあるとすれば、どんな歴史的出来事も、あるコンテクストにおいて叙述すれば、それぞれに意味を付与される、という歴史の物語性を、メルヴィルの「サマーズ号」事件の取り扱いに読み込むことができる。

《花形水夫》の文化的記憶――「記憶化」をシミュレーションする

「後日談」第二九章、語り手は、「ジョン・クラッガートとビリー・バッドが各々どんな人物であったかを証言する人間的記録」であった「地中海便り」は、「今では時代遅れになり、忘れ去られてしまった」と語る（一三一、筆者強調）。しかしながら、すでに見たように、「地中海便り」は「人間的」と呼ぶにはほど遠く、むしろ、忘れ去られた「出来事の記録」である。これに対し、「後日談」の最後、第三〇章は、船乗りに共有されるビリーの《花形水夫》としての記憶に関係する章である。

スターケンは、文化的記憶は「物体」、「イメージ」、「表象」などの「文化的生産物」によって生み出される、と主張し（三〇）、その典型例である「メモリアル」として、ベトナム戦争記念碑、エイズ・メモリアル・キルト、合衆国ホロコースト記念博物館などを挙げている（三〇―三一）。メルヴィルは、一八四九年、グリニッジおよびポーツマスを訪れて、ネルソン提督に縁のある場所を見学しており、その思い出を利用して、『ビリー・バッド』のネルソン挿話を書いている。すでに言及した「ボルチモア出身の黒人で、トラファルガーの生き残り」である老兵について、語り手は、「四〇年も前、三角帽子をかぶった、年金暮らしの老人を相手にグリニッジ船員病院のテラスで面白い話をした」と語る（六六）。一八四九年一一月二一日、メルヴィルは、当時、年金受給者の居住施設としても利用されていたグリニッジ船員病院を実際に訪れており、『日記』に食事中の黒人を一人見かけた、と記している。また、病院近くのグリニッジ公園を散歩し、そこで年金受給者の一人と話をした、とも書いている（a二二三）。「食事中の黒人」と「公園で話をした年金受給者」はブレンドされて、『ビリー・バッド』の「トラファルガーの生き残り」の老兵として創造される（『日記』の編者、ホースフォードとホースは、メルヴィルは記憶が混乱していたか、もしくは意図的に融合したのか、不明であると述べている）（a三一六）。

この船員病院内のペインテッド・ホールは、ネルソン提督の遺体がセント・ポール大聖堂での葬儀まで安置されていた「記念碑的」場所であり、メルヴィルはその内部とガラスケースに収めてられて展示されていたネルソンの略装を見学している。また、同年一二月二五日、ポーツマスを訪れたメルヴィルは、滞在していたホテルの近くでネルソンの旗艦、「ヴィクトリー号」が錨泊しているところを見た、と『日記』に記している（ただし、港から「ヴィクトリー号」までは通船を利用して接近しなければならず、時間がなかったメルヴィルは、遠くからその姿を見ただけであった）（a四七、a三七九）。こうした思い出が、『ビリー・バッド』における「「大いなる船乗り」が倒れた場所」を記念する「「ヴィクトリー号」の後甲板にはめ込まれた星」（五七）についての言及の源泉となっているのは明らかであろう。「後甲板の星」は、死と結びついた記念碑的場所として語られているが、第三〇章では、絞首刑に処されたビリーが吊された「帆桁（spar）」が、記念物として描かれている。

最終章の冒頭、語り手は、「ある期間、あらゆる品物が海軍では尊ばれる。軍務の印象深い事件に関わりのあるもので、具体的に手に取れるものならば何でも記念物に転化する」とした上で、絞首刑に処されたビリーが吊された「帆桁」は、「十字架の一片」となる、と語る（一三一、筆者強調）。「後甲板の星」がネルソンの死と結びつく記念碑的なものであるのと同様、ビリーが吊された「帆桁」は、ビリーの「最期の場所」、死のイメージに結びついた「記念物」なのである。さらに、記念物は、船乗りにとっては別の文化的意味合いを帯びていると言える。『白いジャケット』第三章、語り手は、軍艦の「予備大錨係り」の者たちについて、彼らは「ディケイター、ハル、ベインブリッジなどの提督の話を長々と話し、カトリック教徒が真の十字架の木を持ち歩くように、常に「いにしえの勇猛な軍艦」の破片を持ち歩いている」（c九）、と述べるように、記念物は、話し好きの船乗りたちにとっては、思い出話の「小道具」ともなる。

ビリーは死に、彼のイメージの源泉であった肉体は失われてしまうが、失われたがゆえに、船乗り仲間たちには、まさにビリーの「姿（image）」が抽象化、普遍化されて思い出されることになる。仲間に共有されるビリーの「姿」について、語り手は次のように語る。

彼らは悲劇の秘密の事実について何も知らないし、あの刑罰は、海軍の観点から不回避に課せられたものなのだとしか考えなかった。それにもかかわらず、彼らが本能的に感じていたのである。ビリーは故意に殺人は犯したりできない、ましてや反乱を企てるなんてできない人間であると。彼らは、あのさわやかな若々しい《花形水夫》の姿（image）を思い出した。（一三一、筆者強調）

ここにいたって、船員仲間に共有されるビリーの記憶は、「若々しい姿」という外見のイメージ、《花形水夫》の理想像に収斂するが、その「姿」は、文学史的に意味づけられており、『ビリー・バッド』の語りの元々の意図するところでもある。

《花形水夫》の系譜を文学史的に明確に記述するのは困難なことであるが、例えば、グリーンは、ジェイムズ・フェニモア・クーパー（一七八九―一八五一）の小説に登場する「船乗りは常にハンサムである」とした上で、リチャード・ヘンリー・デーナ（一八一五―八二）やメルヴィルでも見られるように、「《花形水夫》は陸にあがるなり、称賛者らに囲まれて、彼らを魅了する」、と指摘する（三七五）。実際、『ビリー・バッド』第一章で、《花形水夫》は「陸ではチャンピオン」（四四）と称賛されている。また、メルヴィルの作品群について言えば、「若くて、美男子」である『レッドバーン』の主人公についてはすでに指摘したとおりであるが、ガーナーは、「メルヴィルはほとんど、そのキャリアの最初から《花形水夫》のアイデアを展開してきた」と指摘し、『タイピー』に登場するマーヌー、『白いジャケット』のジャック・チェイス、『白鯨』におけるバルキントンを、その系譜に加えている（b二八一—八二）。

『ビリー・バッド』と『白いジャケット』に共通して言及されるチャールズ・ディブディン（一七四五—一八一四）は、有名な船乗り歌「今は亡きトム、あるいは船乗りの墓碑銘」の中でトム・ボウリングのことを、「われら船乗りのお気に入り」であり、「彼の姿形は男性的で美しく／心根は優しく穏やか」であったが、「高く昇って逝ってしまった（he's gone aloft）」と謳っており（六八七、筆者強調）、メルヴィルの《花形水夫》ビリーの原型と言ってよいほど、両者の人物像は重なる。また、「高く昇って逝ってしまった」トムの最期を謳う詩行は、『ビリー・バッド』第二五章の絞首刑執行の時、水平線からの曙光に照らされた白雲の背景にビリーが昇天する、という幻想的な場面を彷彿とさせる（一二四）。ビリー「昇天」の幻想的場面に象徴されるように、『ビリー・バッド』における《花形水夫》としてのビリーの描写にはメタフォリックな表現が多用されている。中村が指摘するように、ビリーは「現実の世界にはとても実在しえない」、寓話的人物像を与えられている（三〇八）。『ビリー・バッド』の語り手は、《花形水夫》を「力と美」（四四）のシンボル、「若き日のアレキサンダー」（四四）、「平和を産む者」（四七）、「アポロ」（四八）、「ヘラクレス」（五一）、「高貴な野蛮人」（五二）、「アダム」（五二）、「子供人間」（八六）、「ハイペリオン」（八八）などと形容する。

中村はこの点を踏まえて、「これらの形容辞やアルージョンから集約されるところのビリー像とは一つの理想像〈アポセオシス〉、言ってみれば〈無垢（イノセンス）〉〈善性（グッド・ネイチュア）〉といったものの比喩としか考えようがない」（三〇九）、と主張する。

ビリーが吊された「帆桁」は、記念物として《花形水夫》ビリーの記憶を船員仲間に想起させる装置（そして、思い出話の契機ともなる）となり、また、死によって失われた肉体は、文学的（文化的）意味を帯びつつ、「若さ」や「美」、「強さ」といった抽象化・理想化された「身体」のイメージに収斂して、《花形水夫》ビリーを共有可能なアイコンにするが、文化的記憶を産み出す文化的生産物としても最も顕著なものが、「地中海便り」と同じく印刷物として世に出まわることになる、ビリーの乗組員仲間、「技巧なき詩人的気質」（一三二）を持つ男によるバラッド、「手錠のビリー」である。第二九章の「地中海便り」と、第三〇章の「手錠のビリー」の対比は明らかである。すでに指摘したとおり、「地中海便り」は、「人間的記録」というよりは、むしろ「出来事の記録」であって、印刷物となって世に出るが、「時代遅れになり、忘れ去られてしまった」記録でもある。これに対し、「ベリポテント号」艦上では、ビリー亡き後、ビリーの「性格とその無意識の純朴さ」ゆえに、「手錠のビリー」は艦の乗組員の一人により産み出され、他の乗組員の共感を得て、出版されるにいたる。また、歪曲と捏造による「地中海便り」には、共有可能な出来事の記録は一切含まれていないが、「手錠のビリー」では、『ビリー・バッド』のメイン・プロットで語られたビリーに関する挿話のいくつかが、選択的に採り入れられて、共有可能な記憶を提供していると言える。例えば、第二四章、絞首刑執行の前夜、歩哨に見張られて、上部砲列甲板に手枷足枷をはめられて横たわるビリーのもとを従軍牧師が訪れる場面は、「手錠のビリー」において、ほぼ物語のとおりに謳われている（二一八、二三二）。もっとも印象的なのは、ディブディンの詩行でも用いられていた「昇って（aloft）」という語を繰り返し用いて、先に言及した第二五章、ビリーが幻想的に昇天するというイメージが、「手錠のビリー」においても、「ああ、何もかも上がる、そして自分も上がる／早朝、下から昇って（Ay, ay, all is up; and I must up too, / Early in the morning, aloft from alow)」（二三二、筆者強調）と重ねて謳われていることであろう。「手錠のビリー」いう文学的（文化的）装置を通して、ビリーの死すべき運命のクライマックスである、ビリー最期の昇天のイメージは、抽象化・理想化された《花形水夫》ビリーにまつわる共有可能な記憶へと昇華される。文化的記憶は、「物体」、「イメージ」、「表象」などの記憶のテクノロジーによって産出されるとスターケンは論じているが、ビリー最期の場所である「帆桁」、死により失われた肉体と、それを補完する抽象化・理想化された「身体」のイメージ、そして昇天する《花形水夫》を謳う「手錠のビリー」、これら様々な文学的（文化的）装置を用いて、「後日談」最終章は、《花形水夫》ビリーが「記憶化」されるメカニズム、あるいはそのダイナミズムをシミュレーションしているのである。

［注］

1　ヘイフォードとシールツによれば、一八八八年一一月以降の『ビリー・バッド』改稿の過程において、冒頭の黒人の《花形水夫》は加筆されている（七）。そのおよそ半世紀前、メルヴィルは、米商船「セント・ローレンス号」に乗船し、リヴァプールを訪れており、その経験を『レッドバーン』での挿話としても利用している（一三七）。しかし、『レッドバーン』の語り手はリヴァプールの町について、「当時、私の印象に残ったことは、黒人がいないことだった。（中略）この町の通りでは一人の黒人も見かけなかった」（b二七七）と語っていることからも、『ビリー・バッド』冒頭の黒人水夫は、作家の創作であると考えられる。

2　『ビリー・バッド』を締めくくるバラッド、「手錠のビリー」は当初、『ジョン・マー』のために準備されていたが、結局、詩集には含まれずに、やがて散文作品の一部として再構成されて、『ビリー・バッド』として世にでることになる。『ジョン・マー』のための「手錠のビリー」には、散文による序文が準備されていたが、その中心人物ビリー（散文による序文の中のビリー・バッド）は、「水兵で処刑前夜であるが、上官を殴って死なせた小説の若い水兵とは異なり、もっと年配であり、反乱を扇動したとして罪に問われており、明らかに有罪である」という設定であった、とヘイフォードとシールツは指摘している（二）。

3　ここでヴィアは、英艦隊が置かれている緊迫状況を考慮して、「自分の士官たちで構成される臨時軍法会議に問題を委ねることは、慣習法に背反しないであろう」（一〇四）と考えているが、この点において、『ビリー・バッド』編者は、「これは慣習法の問題ではなく、軍法の問題であって」、一軍艦の艦長は艦隊司令官に事件を報告する義務がある、と述べ、「単にメルヴィルは当時の英国の海軍法に精通していなかった」のであると指摘している（一七六）。これに対し、ワイズバーグは、「ヴィアの法の適用には多くの間違いがあるが、メルヴィルは、読者にヴィアの間違いを気付かせ、その意味に注意を向けさせるよう意図していたのである」と論じている（三二）。また、ガーナーはここでの語り手の間違いについて、「メルヴィルは、語り手の言説を弱めるために意図的に間違いを含めている」とする（a八五）。シールツもまた、ヴィアの軍法の誤用はメルヴィルの意図であって、「ヴィアの行為を厳密に海軍法や歴史と関連付けるのではなく、作家が描く物語の文脈の中で吟味するよう読者を誘っている」と述べている（四一九）。

4　ヘイフォードとシールツは、『ビリー・バッド』成立の過程を『ジョン・マー』のために書かれた「手錠のビリー」と関連づけた上で、「サマーズ号」事件が実際、『ビリー・バッド』の「起源」であるという一般に容認された見解は修正されなければならない、と述べ（二八）、メルヴィルが「サマーズ号」事件をもって（『ビリー・バッド』に）着手したという説は支持できない、とする（二九）。スターンは、「サマーズ号」事件を『ビリー・バッド』の主要な起源と考えた注釈者たちはまったく誤っていた。『アメリカン・マガジン誌』の記事が出るまでに、メルヴィルは一〇〇ページ以上も物語を完成させていたし、とにかく、本当の起源は、『ジョン・マー』のために準備していた同種の詩と同時期に書かれたバラッドである、と指摘している（X）。また、「サマーズ号」事件以外に、軍法会議の召集と死刑判決というプロットの典拠として、ヘイフォードとシールは、一八四六年にメキシコ沿岸を封鎖していた米海軍艦隊で起こった、若い水兵サミュエル・ジャクソンによる上官殴打事件と、後の軍法会議での絞首刑判決のエピソードを挙げており（三〇―三一）、シールツは他の可能性として、南北戦争中、ヴァージニア野営地でメルヴィル自身が聞いたか、または弟アラン・メルヴィル（一八二三―七二）からメルヴィルが伝え聞いたかも知れない事件に言及し、「持ち場を放棄し、南軍の大隊に加わり、後に元の仲間に捕らえられた北軍見張り兵に関する最近の事件のことを聞いたのかも知れない。旅団長は即時に臨時軍法会議を召集したが、軍法会議は、その見張り兵を脱走の罪で翌日、銃殺刑にすると宣言した」（四一九）、と述べている。

使用テキスト

Melville, Herman. *Billy Budd, Sailor (An Inside Narrative)*. Eds. Harrison Hayford and Merton M. Sealts, Jr. Chicago &

London: U of Chicago P, 1962.　引用は、本文中に頁数のみで記す。また、訳出にあたっては、坂下昇氏、原光氏、留守晴夫氏の訳を参考にした。

[引用文献]

Dibdin, Charles. "Poor Tom, or the Sailor's Epitaph." In *The Oxford Book of Eighteenth Century Verse*. David Nichol Smith, ed. Oxford: The Clarendon Press, 1926. 687.

Garner, Stanton. (a) "Fraud as Fact in Herman Melville's *Billy Budd*," *San Jose Studies*, 4 (May, 1978): 82-105.

——. (b) "Aging with the Antonines." In *Melville" Among the Nations": Proceeding of an International Conference; Volos, Greece, July 2-6, 1997*. Sanford E. Marovitz and A. C. Christodoulou, eds. Kent, Ohio: Kent State UP, 2001. 277-86.

Green, Martin Burgess. *Dreams of Adventure, Deeds of Empire: A Wide Ranging and Provocative Examination of the Great Tradition of the Literature of Adventure*. New York: Basic Books, 1979.

Johnson, Barbara. *The Critical Difference: Essays in the Contemporary Rhetoric of Reading*. Baltimore and London: Johns Hopkins UP, 1980.

Melville, Herman. (a) *Journals*. Howard C. Horsford and Lynn Horth, eds. Evanston and Chicago: Northwestern UP, 1989.

——. (b) *Redburn: His First Voyage*. Penguin, 1976.

——. (c) *White Jacket, or, The World in a Man-of-War*. Evanston, Illinois: Northwestern UP, 2000.

Sealts, Merton M., Jr. "Innocence and Infamy: *Billy Budd, Sailor*." In *A Companion to Melville Studies*. John Bryant, ed. New York, Westport, Conn. and London: Greenwood, 1986. 407-30

Stern, Milton R. "Introduction." In *Billy Budd, Sailor (An Inside Narrative)*. Indianapolis: The Bobbs-Merrill Company, 1975. vii-xliv.

Watson, E. L. Grant. "Melville's Testament of Acceptance," *New England Quarterly*, 6 (June, 1933): 319-27.

Weaver, Raymond. *Herman Melville: Mariner and Mystic*. New York: George H. Doran, 1921.

Weisberg, Richard H. "How Judges Speak: Some Lessons of Adjudication in *Billy Budd, Sailor* with an Application to Justice Rehnquist," *New York University Law Review*, 57 (April, 1982): 1-69.

Wenke, John. "Melville's Transhistorical Voice: *Billy Budd, Sailor* and the Fragmentation of Forms." In *A Companion to Herman Melville*. Ed. Wyn Kelly. Blackwell, 2006. 497-512.

Widmer, Kingsley. "The Perplexed Myths of Melville: *Billy Budd,"* *Novel*, 2 (Fall, 1968): 25-35.

中村紘一『メルヴィルの語り手たち』臨川書店、一九九一年。

スターケン、マリタ『アメリカという記憶　ベトナム戦争、エイズ、記念碑的表象』岩崎稔、杉山茂、千田有紀、高橋明史、平山陽洋訳、未來社、二〇〇四年。

ホワイト、ヘイドン「歴史における物語性の価値」『物語と歴史』原田大介訳、《リキエスタ》の会、二〇〇一年。

矢作三蔵『アメリカ・ルネッサンスのペシミズム――ホーソーン、メルヴィル研究』開文社出版、一九九六年。

[参考文献]

Adler, Joyce sparer. *War in Melville's Imagination*. New York and London: New York UP, 1981.

Anderson, Charles Roberts. "The Genesis of *Billy Budd*," *American Literature*, 12 (November, 1940): 329-46.

Barrett, Laurence. "The Differences in Melville's Poetry," *PMLA*, 70 (September, 1955): 606-23.

Bowen, Merlin. *The Long Encounter: Self and Experience in the Writings of Herman Melville*. Chicago: U of Chicago P, 1960.

Freeman, F. Barron, ed. *Melville's* Billy Budd. Cambridge: Harvard UP, 1948.

Gale, Robert L. *A Herman Melville Encyclopedia*. Westport, Connecticut and London: Greenwood, 1995.

Glick, Wendell. "Expediency and Absolute Morality in *Billy Budd*," *PMLA*, 68 (March, 1953): 103-10.

Melville, Herman. *Moby-Dick, or, The Whale*. Evanston, Illinois: Northwestern UP, 2001.

——. *Published Poems: Battle-Pieces, John Marr, Timoleon*. Evanston and Chicago: Northwestern UP, 2009.
——. *Typee: A Peep at Polynesian Life*. Evanston, Illinois: Northwestern UP, 2003.
Milder, Robert, ed. *Critical Essays on Melville's* Billy Budd, Sailor. Boston: G. K. Hall, 1989.
——. *Exiled Royalties: Melville and the Life We Imagine*. New York: Oxford UP, 2006.
Noone, John B., Jr. "*Billy Budd*: Two Concepts of Nature," *American Literature*, 29 (November, 1957): 249-62.
Parker, Hershel. *Reading* Billy Budd. Evanston, Illinois: Northwester UP, 1990.
Scorza, Thomas J. *In the Time before Steamships*: Billy Budd, *the Limits of Politics, and Modernity*. DeKalb, Illinois: Northern Illinois UP, 1979.
Springer, Haskell S., ed. *The Merrill Studies in* Billy Budd. Columbus, Ohio: Charles E. Merrill, 1970.
Stafford, William T., ed. *Melville's* Billy Budd *and the Critics*. Belmont, California: Wadsworth, 1961.
Stern, Milton R. *The Fine Hammered Steel of Herman Melville*. Urbana: U of Illinois P, 1957.
Vincent, Howard P., ed. *Twentieth Century Interpretations of* Billy Budd. Englewood Cliffs, New Jersey: Prentice-Hall, 1971.
Yannella, Donald, ed. *New Essays on* Billy Budd. Cambridge UP, 2002.
メルヴィル、ハーマン『ビリー・バッド』坂下昇訳、国書刊行会、一九八二年。
——「ビリ・バッド」『メルヴィル中短篇集』原光訳、八潮出版社、一九九五年。
——『ビリー・バッド』留守晴夫訳、圭書房、二〇〇九年。

第二章　ウィリアム・フォークナーの『征服されざる人びと』における

アメリカ南部の文化的記憶——復讐・決闘・名誉

中西　典子

アメリカ南部の人びとをめぐる記憶

一八九七年にアメリカ南部ミシシッピー州の田舎町ニューオールバニーに生まれ、人生のほとんどをミシシッピー州オックスフォードで過ごしたウィリアム・フォークナーは、南北戦争（一八六一—六五）や戦後の再建期（一八六五—七七）を実際に経験したわけではない。彼の周りの様々な人たちから当時の体験談などを聞いていたようだ。ドン・H・ドイルによると、彼は若い頃、裁判所前の広場で退役軍人たちが語る戦争の話に耳を傾けたり、乳母キャロライン・バーや黒人召使いたちが奴隷だった頃から南北戦争時代にかけての話を聞いたり、友人で助言者でもあったフィル・ストーンと戦争の軍事的側面について、特に、曾祖父ウィリアム・クラーク・フォークナー（一八二五―八九）の役割について何時間も語り合ったり、戦争中のラファイエット郡の歴史について書いた隣人モード・モロー・ブラウンからも影響を受けたようだ（ドイル 四）。また、自らも、「南軍の退役軍人たちをたくさん覚えて」いるが、「彼らはあの戦争についてそんなに話さなかった。」それで、「決して降伏しなかった未婚の叔母たちから話を聞いていたんだ」（グウィン 二四九）と語っている。この作家は、周りの人たちの経験による記憶を聞き取り、それらによって生み出されるインスピレーションから創作活動をしていたと考えられる。そのために、彼の作品の登場人物には南部の人びとの当時の記憶があふれている。

また、サリー・ウルフによって見い出されたエドガー・ウィギン・フランシスコⅢ世の話によると、フォークナーは彼の父親エドガー・ウィギン・フランシスコ・ジュニアと友達であり、一九三〇年代に、ホリー・スプリングズにある南北戦争前に建てられた「マッキャロル・プレイス」というフランシスコ・ジュニアの家をしばしば訪ねていた。フランシスコⅢ世は、二人がウズラ狩りに行ったり、フランシスコ・ジュニアの曾祖父フランシス・テリー・リーク（一八〇三―六三）についての話をフォークナーが喜んで聞いていたのを覚えている。さらに、大農園主だったリークの台帳（農園に関する収入や支出のほかに日記や記録も記入されていた）を、当時、彼が熟読していたのも覚えている（ウルフ 一―四、六七―六九）。このような当時の大農園主の仕事や生活について書かれた記録も、この作家の創造力に強い印象を与えたであろうことは想像に難くない。そして、フォークナー自身のこの家での体験も、たとえば、幼いフランシスコⅢ世がこの作家の悪態を真似した時に、母親に台所に連れて行かれて口の中を石けんで洗われたエピソードや、南北戦争中に銀器を埋めた話(同 六九―七四)なども、短編小説「待ち伏せ」や「退却」に、そして小説『征服されざる人びと』のなかに描き込まれている。

作家自らの体験や、周りの人たちによる体験談や、過去に関する記録などから想起される記憶は、作家が描こうとする当時のアメリカ南部の共同体の人びとが抱いていたであろう集合的な記憶をも照らし出していく。安川晴基の説明によると、フランスの社会学者モーリス・アルヴァックスが提唱した「集合的記憶」という概念では、個人が想起する記憶は常に「社会的枠組み」[1]によって条件づけられているという(安川 五六一)。つまり、「記憶は集団によって生まれ」、「集団は記憶によって生まれる」のである(同 五六二)。言語や習慣だけでなく個人の記憶も所属する集団のなかで獲得されるため、ある人が思い出す時には、その集団のなかの「思考様式、解釈の図式、観念や価値の体系、象徴形式、集団の自己像」というような「関連づけの枠組み」によって過去の出来事を想起する(同 五六一)。また、集団はこのような「関連づけの枠組み」によって想起されるものと忘却されるものを選別する集合的記憶によって「自らの独自性と連続性と結束」を維持している(同 五六二)。

フォークナーの第六作目の小説『征服されざる人びと』（一九三八）では、アメリカ南部で生まれ育った白人少年ベイヤード・サートリスが南北戦争の終わり頃から南部再建期の頃の自らの体験や共同体の人たちの様子を過去形で語るなかに、二〇代後半の現在形の語りが差し挟まれており[2]、語りが二重構造になっている。青年の視点から自らの過去の体験を捉え直すなかで、周りの人たちの集合的記憶をも浮き彫りにしている。本稿では、この作品にどのような集合的記憶が書き込まれているか、そして、それによって何を読み取ることができるかを考察していきたい。

名誉に関する集合的記憶

南北戦争の頃、アメリカ南部の貴族サートリス家では、家長のジョン・サートリスは南軍の大佐であったが戦争中には自ら連隊を編成して連隊長として戦っていたので、その義母ローザ・ミラードが女家長として銃後の家を守りジョンの息子ベイヤードの世話をしている。ベイヤードが祖母ローザの活躍ぶりを語る時、紳士は女性や子供を決して傷つけないという記憶に基づいて彼女が行動していることが見て取れる。これは単なる記憶ではなくて、名誉に関する規範という「社会的枠組み」（安川 五六一）に基づいたものであり、サートリス家が属する共同体では当然なこととして伝えてこられた集合的記憶であると言える。一二歳のベイヤードと黒人少年リンゴーが馬に乗った北軍兵士に向かってマスケット銃を発射し、その弾が兵士に当たってしまったと思い込んで家に逃げ込んだ時、ローザは二人の少年をスカートのなかに匿う。その部屋に入ってきた北軍のナサニエル・G・ディック大佐[3]は、彼女が座っているのを見ると帽子を脱ぎ、話す時には淑女に対して使う「奥様」という敬称を使い、彼女が「この家に子供はいない」と嘘を言ってもそれを信じるふりをする（三四―三五）。大佐がスカートの膨らみをたっぷり一分間見て二人の子供がこのなかに隠れていることに気づいていることは、この後の会話から十分に察することができる（三六―三八）。ジェームズ・ヒンクルとロバート・マッコイによると、南部の名誉に関する行動規範では、名誉ある男性は「当然嘘を言わないと考えられている」が、場合によっては、たとえば、「真実を語ると何も知らない人に害が及ぶかもしれないような場合には嘘をつくほうがよい」（五一―五三）とされている。この規範は成人男性にのみ適用され、女性や子供は無力のため除外されている（五四）。彼女の嘘をとがめてスカートの下を調べさせてほしいと頼むようなことを紳士はしないだろうし、もし、子供たちを見つけたとしても、子供を傷つけるようなことは紳士のすべきことではない（五八）ので、このような場合、大佐がしたように、彼女の言うことを信じるふりをするのが最も礼儀正しい態度と言えるだろう。この場合、ローザとディック大佐の双方が、名誉に関する規範に基づいた集合的記憶を共有することによって、最悪の事態を免れたのである。

ローザはこの一件で、北軍にもこの集合的記憶が通用することを確信したので、女家長としてサートリス家の財産を取り戻そうとして、北軍に奪われた銀器の入ったトランク一つ、黒人召使いのルーシュとフィラデルフィ、騾馬二頭、馬のオールド・ハンドレッドとティニーの返還を求めて紳士的なディック大佐に会いに行く。大佐はすぐに彼女の願いを聞き入れて、伝令兵に返還内容を書かせた総司令官の命令書を出してくれる。その命令書には彼女が要求した以上の数量が書かれており、結局、彼女は銀器が入ったトランク一〇箱、黒人一一〇人、騾馬一一〇頭と馬一二頭を受け取ることになる（一二三―三四）。そして、これを契機にして、ローザとリンゴーは貧乏白人アブ・スノープスと組んで、U・Sの焼き印を消した騾馬を北軍に売りつけて、リンゴーがどこからか手に入れてきた「テネシー州合衆国軍管区」という軍隊の印が押してある軍用の便箋と軍用のペンとインクを使って、北軍から騾馬を騙し取るということを繰り返す。この取引も、北軍の軍人たちが名誉に関する集合的記憶を共有しているということを前提にしている。つまり、紳士は女や子供を傷つけたりしないので、もし北軍に騾馬を騙し取っていることが発覚しても殺されたりすることはないだろうとローザは考えている。この行為は私利私欲のためではなく、山に住む貧しい白人たちや主人を失った黒人たちを救うために行われた。少なくとも六ヶ月程度の間この詐欺行為を続けた後で北軍にわかってしまうが、その後、騾馬を取り戻しにやって来る北軍の中尉からも、彼女は危害を加えられることはない。騾馬を連れ去る時に倒した柵の費用として一〇ドルを支払うという証明書を中尉が彼女に渡す時に、一〇ドルを一〇〇〇ドルに直されないかと心配するくらいだ（一六五—六六）。ローザは「人道的な人物」であり、「フォークナーの描く多くの年老いた女性たちのように、男女両性の性格を持った人物で、南北戦争のより多くの勇ましい英雄行為に携わる男性の役割をとても巧みに果している」（モリス　五五）と言えるが、集合的記憶を巧みに利用した人物とも考えられる。

このようにローザは北軍の軍人たちと集合的記憶を共有してきたので、戦争末期に、「私は女だからね。北軍でさえ年寄りの女を傷つけたりしないよ」（一七四）と言って、アブにそそのかされて家族のためのお金を手に入れるために、南部の無法者グランビーと取引をしに行く。北軍が撤退した後にやって来て女たちや黒人たちを襲っていたグランビーが率いる一団の出現は、戦争のために社会秩序が覆されたことを物語っている。ローザは戦争の敵であった北軍の軍人たちとは集合的記憶を分かち合えたが、無法者の南部人には通用せずに殺されてしまう。このことは無法者にも集合的記憶が通じるかもしれないと過信してしまったローザの誤算が招いた結果と言えるだろう。しかし、一味は、グランビーが「おびえて、今までに見たこともない老女を殺したから」、つまり、ローザを殺したために、「この地方の男も女も子供も、黒人も白人も、俺たちを警戒するんだ」（二〇六—〇七）と述べて彼を裏切る。無法者たちの間にも名誉に関する集合的記憶が浸透しており、彼がこの記憶に従わなかったから自分たちの悪事もしにくくなったという理由で、彼は仲間から見捨てられることになる。このように、この時代の集合的記憶がさまざまな集団の人たちの間に行き渡っていた様を読み取ることができる。

南北戦争の頃の記憶は、ベイヤードはどちらかというと傍観的な立場で語っているが、語り口が「一連の話の喜劇的な調子がかき消されて、暗い調子、つまり、破壊的で死を伴った調子に取って代わられる」(ブロットナー 四二一―二三)のはローザが無法者に殺される時からだ。彼が暗い沈んだ調子で語る時は自ら苦しみ行動する人である。仇敵を殺害して復讐を達成した記憶と、再び共同体の人たちから復讐を期待される記憶はこの作品のなかで焦点になっていくと考えられる。

文化的記憶としての復讐

『征服されざる人びと』は、以前は、もとになる短編小説のほとんどが高級大衆雑誌に掲載されていたという経緯などから、マイナーな作品と評されることが多かったが、[4] 最近ではさまざまな立場から肯定的に論じられている。たとえば、歴史的な観点からジョン・ロウは、ニーチェが『歴史の使用法と濫用』の中で概説している「歴史意識の三つの様式」を使って『征服されざる人びと』に描かれている「復讐のサイクル」を分析し、歴史的小説としていかに成功しているかを示している（四一二―三五）。ベイヤードの最後の決断、銃を持たずに父親の仇敵と対面するという行為を、彼が「グランビーを探し出して殺した時に起こった英雄の試練」を反復しているとして、「より高いレベルの行為、従って、もっと困難な試練、つまり、キルケゴールが単なる想起というよりもむしろ本物の反復と呼ぶもの」であるとロウは評価している（四三五―三六）。ベイヤードの行為をアメリカ南部に伝わってきた古い規範を否定する道徳的な行為であると積極的に評価する姿勢は、ほかにも多くの批評家がとってきている。

復讐はこの作品のなかでベイヤードが自ら行動した記憶として描かれているが、殺された者に最も近い男性の近親者がその殺人者を殺すというアメリカ南部で古くから伝わってきている因襲を、当然なこととして支持する共同体の人たちの様子も同時に語られている。共同体にとって共通の集合的記憶と考えられる復讐について詳しく考察してみよう。安川の説明によると、ドイツの文化学の記憶研究の分野で代表的な研究者と目されているアライダ・アスマンとその夫ヤン・アスマンは、先のアルヴァックスの「集合的記憶」から彼らの「文化的記憶」という概念を発展させたという（安川　五五六、五六二）。つまりそれは、「ある集団がそれを介して自らの過去を選択的に構成して集合的アイデンティティを確立するための、組織化され、諸々のメディアによって客体化された共通の知識の蓄え」と説明される（同　五五七）。ヤン・アスマンが定義する「文化的記憶」の概念をあてはめてみると、この復讐という集合的記憶は古くから共同体の人びとによって「共有された知識」であり、決闘という「儀礼」に基づいて本来的には介添人という担い手によって行われ、その「儀礼的反復」という実践によって維持され、共同体は「自らの統一と独自性を意識する」のである（同　五六四）。このように、復讐はアスマンの定義に適合するので、一種の文化的記憶と考えることができる。

復讐が文化的記憶たりえるのは、決闘という儀礼が世代を越えて反復して実践されてきたからだ。『征服されざる人びと』に繰り返し描かれている復讐も決闘という儀礼によって描き出されている。そこで、南部社会に根ざしていた決闘の性質について考えてみよう。W・J・キャッシュは、「南部貴族のより重要な本質」となった「紳士にふさわしい、名誉と礼儀という考え」が、辺境の暴力的な伝統と出会い、融合して、その暴力的な伝統が「形式ばって手のこんだ決闘の儀式」になった（七〇―七二）と述べている。つまり、決闘は南部社会に広く普及しており、名誉を重んじる面と暴力的な面を併せ持っていると言える。

また、ジャック・K・ウィリアムズは、アメリカ南部で決闘が長い間行われ続けていた理由を次のように述べている。

> 決闘は、階級制度に関する事柄であり、南部の上流階級と騎士道的な信念の重要な一面であり、南部の男たちが自らの男らしさを立証し、自らの勇気を証明する手段であり、一九世紀の南部

男性の最も価値ある持ち物、つまり、名誉を守るための仕組みだったので、この暴力的な方策は存続出来たのであろう。（七二）

決闘には階級意識が色濃く表れており、南部の男性たちは男らしさや勇気を試され、自らの命をかけて名誉を守り抜くことを強いられていたことがわかる。当時の男たちにとって、名誉と命は同じ重みを持っていたのだ。キャッシュもウィリアムズも指摘しているように、命をかけてでも守ろうとする名誉こそ決闘にとって不可欠なものである。そして、そういう意識を共同体の人たちみんなが共有していたのだ。復讐という文化的記憶が南部社会の中で存続されてきたのには、こういう名誉を重んじる意識が大きな役割を果してきたと考えられる。

一八二二年から二四年までサウス・カロライナ州の知事を務めたジョン・ライド・ウィルソンは、『名誉に関する規則――あるいは、決闘における決闘者と介添人の政府のための規則』という小冊子を一八三八年に出版し、この小冊子は五八年に再発行され南部で大いに利用された。ウィルソンは、この小冊子を書いた理由を、「男らしい独立心と高尚で個人的な誇りが存在し続ける限り」決闘は存続するだろうからと書き、そうであれば、正しい規則を列挙することは命を救うことになるだろうと書き加えている（ウィリアムズ 四〇、ウィルソン 三―四）。この決闘に関する規則は、「名誉に関する規則」（The Code of Honor）と名づけられており、ここにも決闘が名誉に非常に関わるものだということが表れている。

アメリカ南部に伝わる名誉に関する規範には、「名誉に関する集合的記憶」で述べたような社交上の儀礼とともに、決闘をする時の作法がある。ローザを行動に駆り立てた集合的記憶も、復讐という文化的記憶も名誉が根底で支えていると考えられる。次に、「復讐のサイクル」——祖母の復讐と父親の復讐——に立ち向かう場面を文化的記憶の側面から検討していく。

祖母の復讐

南北戦争が終わる頃、祖母であるサートリス家の女家長を殺された一五歳のベイヤードは、グランビーのもとへ向かうローザを引き止めずに死なせてしまったという真実を語れないほどに深い悔恨の念を抱き、迷うことなく南部の因襲に従って復讐という文化的記憶を実行に移す決心をする。ここには、この因襲を支持する共同体の人たちも同時に描かれている。父親が戦争で不在なので、女家長が殺されたら、ベイヤードがサートリス家の家長代理として名誉にかけて仇敵と決闘することになる。彼はローザの葬式の後で、バック・マッキャスリンに「ピストルを貸してほしい」と申し出るが、バックは自分がピストルを持って一緒に行くと言う（一八一）。バックは双子の兄弟のバディと共に大農園を持っており、時代を先取りしていると言われている土地に関する思想――「土地が人びとに所有されているのではなくて、人びとが土地に所有されている」ので、人びとが良い行いをするかぎり、土地は住んだり利用したりすることを許してくれるだろうという考え（五四）――を持っているばかりでなくそれを実行しており、この因襲を強く支持している。彼はベイヤードとリンゴーと一緒にグランビーを追跡して、ベイヤードに復讐を遂げさせてやろうとする。ローザに助けられていた山に住む貧しい白人たち、老人や女や子供たちも、「もし僕たちが望んでいたならば、騎兵隊を一連隊手に入れられただろう」程度の人たちが追跡の手助けを申し出る（一八七）ところにも、いかに多くの人たちにこの文化的記憶が支持されているかがわかる。

追跡の途中にバックがピストルで腕を撃たれて戻ることになり、その後二人だけでグランビーを約三週間追跡した後に、無法者二人と彼らに裏切られたグランビーが突然少年たちの目の前に現れる。前述したように、仲間たちは名誉に関する集合的記憶に従わなかった彼を見捨て、ベイヤードと決闘させようとする。グランビーの足元に充填したピストルを投げて、一味は彼をピストルで狙いながら馬に乗って去って行く。この時、ベイヤードの手にはバックのピストルが握られている。彼は、「決闘が始まった瞬間はわかっているけれども、どういうふうにどういう順で起こったかは今でもわからない」（二〇八）と言う。グランビーがピストルを右手から左手に持ちかえ、銃口を下に向けてぶら下げるという姿勢は、「ミシシッピーの決闘に慣例の姿勢」（ヒンクル＆マッコイ一四五）である。ベイヤードは「リンゴーから目をそらそうとするほどにグランビーをじっと見ようとしていたわけではなかったようだ」（二〇八）と言いながらも彼に面と向かっている。そして、この瞬間ベイヤードが見たものは次のように語られる。

一瞬、グランビーは泥だらけの南軍兵士のコートを着てそこに立ち、僕たちに微笑し、赤い無精ひげの中から不揃いな歯を少し見せて、その無精ひげと肩と袖口に、糸が引きちぎられた黒い跡に弱い光が当たっていた――すると、次の瞬間、鮮やかなオレンジ色の火花が二つ、次々と、灰色のコートの真ん中に当たって飛び散り、コート自体がゆっくりとふくれて僕の上に落ちてきた（後略）。（二〇九）

これは、彼がピストルを発砲する一瞬前と二発撃った次の瞬間に目に写った光景を描写しており、この後、グランビーが飛びかかってきて取っ組み合いになる。グランビーは一味が馬に乗って去って行く時に三発発射しており、自分のピストルに弾が残っていないことを確かめていたので、相手のピストルを取り上げようとするが、ベイヤードはリンゴーに助けられて逃げようとするグランビーの背中を撃つ。二人の決闘は正式なものではなく、相手の背中を撃つという不名誉な撃ち方で決着がつくけれども、ローザが殺された古い綿圧搾工場の戸にグランビーの死体を張りつけ、「証拠と罪の償い」（二一三）として死体の右手を切り取ってローザの墓に供える行為は、バックによってジョン・サートリスの息子の行為として正当化される。この時は、ベイヤード自身も共同体の人たちのように復讐することに何ら疑いを持っておらず、ベイヤードはサートリス家の跡取りとして当然の役割を果したと称賛される。

父親の復讐

九年後、ベイヤードが二四歳の時、鉄道事業の共同出資者だったベン・レッドモンドにジョン・サートリスが射殺された時にも、ベイヤードがレッドモンドに復讐すべきだと考える人たちが多数語られている。大学で法律を勉強している彼の下宿先のウィルキンズ教授、ジョンの軍隊にいた男たち、そして義母ドルーシラが主にあげられる。この時には南北戦争が終わってから一〇年近く経つのに、まだ復讐という文化的記憶は南部の人たちのなかに根強く残っている。ベイヤードの最終的な決意には、これらの人たちの存在が大きく関わってくる。

まず、ベイヤードが復讐についてどのように考えているかを見てみる。ウィルキンズ教授が部屋のドアをノックもせずに開けた時に、「ついに起こった」という気持ちとともに、自分が「サートリス家の家長」となったことが頭の中で同時に閃き（二四七）、そして、ドアが開いてから一分も経たないうちにわかりはじめたことは、自分がどういう人間になりたいかということである。すなわち、父親が殺されることはあらかじめ予想していたことで、このことが現実に起こったと悟った瞬間、家長として期待されることは父親の仇敵を討つことであるけれども、血統や育った環境などにもかかわらず（あるいは、たぶんそれらのために）、彼が少し前から気がついていたこと、つまり、「汝殺すなかれ」（「出エジプト記」二〇：一三）という信念を実際に行動に移すことができるかどうかが試されることになる。この信念に辿り着いたのは単に教えられる以上のこと、すなわち、グランビーを殺した自らの体験を通して会得したことであり、今がこの信念を実践するべき機会なのだ。さらに、「若者だけが、そのように（血統や育ちや背景にとらわれずに信念に固執）することが出来るのだ、自分の若さを、代償を支払うことなく、（言い訳ではなく）臆病を理由にできるほどの若さをまだ持つほど若い者が」（二四九―五〇）と頭の中で巡らせているところから、若いベイヤードなら「汝殺すなかれ」という信念を貫いて、臆病者と言われようとも復讐を拒絶することができると考えている。地位も教養もあり、法律の専門家でもあるウィルキンズ教授が人殺しをしてはいけないという聖書の教えを信じているにもかかわらず、現実的には敵討ちを肯定していることに対して、ベイヤードは「彼は年をとりすぎているので血統と育ちと背景にとらわれずに信念に固執することは出来ないのだ」（二四九）と彼を弁護している。家への帰り道で、ベイヤードが自分は

「死なないだろうが（そのことはわかっていた）、おそらくその後は永久に二度と頭を上げられないであろう」（二五〇）というところから、レッドモンドと決闘するつもりはないが、そのことは、家長となった彼には非常に不名誉なことで、文化的記憶を持ち続けている世間に顔向けできないと考えている。

ベイヤードは家に着くまではレッドモンドに直接対面することさえするつもりはなかった。しかし、決闘することを当然のことと考えているジョージ・ワイアットをはじめとするジョン・サートリスの軍隊にいた男たちが「南部の男たちがこういう場合にとるあの好奇心の強いハゲ鷲のような儀礼的な態度」（二六七）で家の前にいるのを見て、「さて今夜にもはじめなければならないだろう。抵抗を明日まではじめないというわけにはいかないだろう」（二六七）と考えたのをベイヤードは今でも覚えている。ワイアットの「君の代わりにやらせてくれないか、我々の誰でも、私でも」（二六八）という言葉は、社交辞令であり、彼の本心を打診するような言葉でもある。このように、彼は男たちが名誉と暴力を強く支持する態度に接することになる。

さらに、家のなかで彼の帰りを待っていた義母ドルーシラも、決闘することを当然と考えている。彼女は、南北戦争中に婚約者を失った後、ジョンが率いる連隊で一兵卒として戦っていた。戦後は、ジョンと一緒にサートリス家に戻ってきて家を再建する作業に加わっていた。そして、同じ共同体のハバシャム夫人に、連邦保安官の選挙の日に彼女はジョンと結婚させられる。ベイヤードの義理の母となった彼女は「もし立派な夢ならば、誰かが怪我をしてもいい」（二五七）と考えており、連邦保安官の選挙で黒人を選出させようとして北部からやって来た二人のバーデンをジョンが射殺したことも正当化しており（二五六—五七）、ベイヤードがグランビーを射殺したことも当然のことと考えている（二六二）。名誉を保つための暴力を肯定的に考えている彼女の姿は、「ギリシャの壺に描かれた簡潔で儀式的な暴力を司る巫女」（二五二）のようだと象徴的に語られている。ジョンが射殺された後、本来なら喪服を着るべきなのに黄色い舞踏会用のドレスを着て髪に美女桜の花を挿し、「目にあの激しい高揚感を浮かべてじっと見つめて」（二七〇）、決闘用のピストルを手にしているドルーシラは、まさに、復讐を具現化したような姿だ。彼女は、ベイヤードに二挺の決闘用のピストルを差し出して彼の手にのせ、彼女が以前に「馬と勇気のにおいを凌いで嗅ぐことのできるただ一つの匂いであり、だから身につける価値のある唯一のものだ」（二五三—五四）と語っていた美女桜の小枝二本を髪の毛から抜き、その一本をベイヤードの折り襟に差し、もう一本はもう一方の手のなかで握りつぶして捨ててしまう。ここでは、ドルーシラが彼の折り襟に差す美女桜の小枝は「暴力と勇気」を象徴的に表している（ウィット 七八）。しかし、彼女は彼の手にキスすると、直感的に彼に復讐する意志のないことに気づきヒステリックに笑い出し、笑いながら絶叫する。このようなドルーシラの姿により女性を復讐の権化として描写することによって、復讐という文化的記憶がいかに根深く浸透しているかを象徴化し、それを鮮明にビジュアル化することに成功している。

ベイヤードは、彼の決意を察したジョンの妹ジェニーに、「僕は自分自身と一緒に暮らさなければならないですからね」（二七六）と言う。これは、たとえ信念を貫くためであっても、レッドモンドと直接対面しないことは決して名誉ある行為とは言えず臆病者になってしまうので、臆病者として生きていきたくないという意味である。文化的記憶が浸透しているこの共同体で堂々と生きていくためには、ベイヤードの「僕だって良く思われたい」（二八〇）という言葉に表れているように、名誉を保つことが絶対に必要なのだ。そして、彼は名誉を保ちながら信念を貫くために、武器を持たずに命がけで決闘の形をとる決心をする。ジョンが殺される二ヶ月前、息子に「私は自分の目標をやり遂げた、今度は少し道徳的な大掃除をしよう。たとえどのような必要があり、どのような目的があっても、人を殺すのはもうたくさんだ。明日、町へ行ってベン・レッドモンドに会う時には、銃を持たずに行こう」（二六六）と語っていた。この翌日には、つまり、ジョンが銃を持たずにレッドモンドのところへ行った時には何も起こらなかったが、この約二ヶ月後にレッドモンドに撃たれた時には、彼は銃を持っていたがそれには全く触れていなかった。多くの人を殺すという暴力を行った後に辿り着いた道徳的な決意を、彼は命がけで実践したのだ。ベイヤードは父親のこの決意を踏襲することになる。

レッドモンドの法律事務所へ向かう間も、ベイヤードが決闘をしに行くことを信じて疑わない共同体の人たちの視線にさらされる。彼は「レッドモンドの事務所の階段のところに着いて登りはじめるまで、僕が誰の眼にも見えなくなればいいのに」（二八三）と考えているが、ホルストン・ハウスまで来ると、「ベランダの手すりに沿って並んだ足が突然静かに降りてくる」（二八三）のが見える。共同体の男たちが、ベイヤードの行動にいかに関心を寄せているかが詳細に描かれている。彼の後をついて来たリンゴーまで、以前グランビーから奪ったと思われるピストルをシャツの下に隠し持って彼と一緒に行くと言う。それを断って歩いて行くと、近づいて来たワイアットが、ピストルを彼のポケットに突っ込もうとして手に触れた瞬間に、ドルーシラのように直感的に彼にレッドモンドを殺す意志のないことに気づいて怒り出すが、ベイヤードは助けはいらないと言ってきっぱりと断る。

このようにベイヤードがレッドモンドと決闘することを望む男たちの視線のなかを通り抜けていく様子が執拗に描かれていく。そのような状況のなかで、彼の決意を唯ひとり尊重したジェニーが話してくれた「月なんか出なければいいのに」（No bloody moon）（二八二）という言葉と、今では勇気だけを象徴している襟元の美女桜がベイヤードを勇気づける。「月なんか出なければいいのに」は、ヒンクルとマッコイによると、南北戦争中にチャールストンの港に北軍が張っていた封鎖を命がけで突破して、イギリスから輸送されてきた物資を南部に運んでいた闇商人の言葉で、封鎖突破が成功するように明るい月が出ないことを望むという意味で、その闇商人が乾杯の時に使っていた言葉である（二〇〇―〇二）。ジェニーは、この言葉によって、共同体の男たちの視線に耐えて、命がけで対決しに行こうとしているベイヤードに勇気を与えている。

ジョン・サートリスから耐えられないほどの屈辱を与えられたために彼を射殺してしまったレッドモンドが、ひげを剃って新しいワイシャツを着て緊張した面持ちで事務所で待っている姿が語られる（二八七―八八）。ベイヤードが大学からこの町に帰って来るのを、きちんとした身なりで事務所に座って待っている彼の姿は、伝統的な名誉に関する規範に基づいて、決闘の時を静かに待っている名誉ある姿勢を表している（ヒンクル＆マッコイ 二〇五）。二人は黙ったままで、レッドモンドのピストルを持つ手が机から上がると、ベイヤードは落ち着いて近づいて行くが、「彼の手は震えていなかったが、自分には当たらないだろうということがわかった」（二八六）と語る。レッドモンドの死を覚悟しているような様子から、自分と同じように相手を殺さないという結論に達している彼の心中を察する。そして、レッドモンドが空砲を撃った瞬間、「たぶん僕は発射された時の音さえ聞かなかっただろう、突然のオレンジ色の花と煙が、グランビーの脂で汚れた南軍の上着の前に現れたように、レッドモンドの白いワイシャツの前に現れたのは今でも覚えているのだが」（二八六―八七）と語っているところから、ベイヤードは自らがグランビーを撃った瞬間を空砲が撃たれた瞬間に想起していることがわかる。自らが人を撃った瞬間が類似の体験によって瞬時に蘇ってきている。これは、アライダ・アスマンが「爆発的なイメージ記憶」（二八一）と呼ぶものに匹敵すると考えられる。このイメージ記憶は、「かつてきわめて強烈に体験されたものは、意識の支えがなくても記憶に保存され、意志の射程の及ばない忘却の中に存続して、突然、何らかの衝撃を通じて取り戻される」（二八五）と説明されている。このような「想起の原動力」は「抑圧された罪」（二八四）であるので、九年前にグランビーを殺害したことによって、ベイヤードは罪の意識を潜在的に持ち続けていたことになる。

レッドモンドも決闘の形はとるが人殺しはしないというベイヤードと同じ結論に達していたので、空砲を二回撃ってそのまま部屋を出てジェファソンを去って行き二度と戻って来ない。ベイヤードは、仇敵を撃たないことで文化的記憶の暴力の部分を拒絶し、命をかけて対決することで名誉の部分を保ったので、ワイアットは「君は何も恥ずかしいことをやっていないよ。わしだったらそんなふうにはしなかっただろう。わしだったら、ともかく一度は彼を撃っただろう。でも、あれが君のやり方なんだ、さもなければ、そんなことをしなかっただろうに」（二八九）と言って、自分の主義とは違うものの彼のやり方を認めている。知らせをすでに聞いているホルストン・ハウスの入口の前にいる一団の男たちも、帽子を上げて彼の勇敢な行為を称えている（二九〇）。ベイヤードは名誉を保つことによって、共同体の人たちに対してサートリス家の家長としての立場を維持し、暴力を拒絶することによって自らの信念を通したのである。彼が名誉を重んじながら暴力を拒絶する決意に達するには、共同体の人たちの意識が大きく関わっていたのだ。名誉によって支えられてきた文化的記憶を容易に放棄することができないことが、ベイヤードの悩む姿によって物語られている。

決闘の消滅

ベイヤードの二度にわたる復讐の物語を見てきたが、共同体で生きていくためには名誉を保つことがいかに重要であるかが実感できる。特に、彼が二四歳の時に復讐に立ち向かわざるをえなくなった時には、共同体の男たちの視線や、復讐の権化のようなドルーシラの姿が印象的に描かれており、そのなかでベイヤードが悩みながら道徳的な信念を実行する姿が鮮やかに描かれている。この一連の出来事はある程度実話に基づいている。ジョン・サートリスのモデルは、フォークナーの曾祖父フォークナー大佐（ウィリアム・クラーク・フォークナー）で、大佐は共同で会社をはじめた人物リチャード・J・サーモンドに一八八九年に銃で撃たれて亡くなる。その時、大佐の長男ジョン・ウェズリー・トンプソン・フォークナーは四一歳になっていて成功した弁護士だったが、友人たちに敵討ちを断念するように説得され（大地　一八二）、父親を埋葬した後サーモンドを起訴する。彼は大陪審で殺人ではなくて故殺の評決を出されるが、一年後、陪審員団に無罪を宣告される。被告の弁護団は州のなかで最も優秀な刑事専門の弁護士で、おそらくは正当防衛を主張したかもしれないが、裁判の記録が消失してしまったので真相はわからない。共同体ではさまざまな噂が流れており、サーモンドの弁護団が陪審員に賄賂を送ったと語る人もいる（ウィリアムソン 五六―六〇）。

旧南部で行われてきた決闘について研究したジャック・K・ウィリアムズは、当時の新聞に取り上げられた決闘の記事を調べて、旧南部で決闘が盛んに行われていたのは、一八〇〇年から南北戦争が起こる前の一八六〇年までである（ウィリアムズ 九）と述べている。「一八六五年以後は決闘はそれ以前ほど多くなかった」とし、その理由として、南北戦争が「この国の慣習やそれ以上のもの、道徳観、伝統への敬意、個人間の関係」の多くのものに変化を残したこと（同 八〇―八一）をあげている。そして、「社会的地位はもはや法律違反に対する口実として役には立たなかった」（同 八一）[5]と述べる。さらに、一八七〇年代から八〇年代には決闘をしようとしたが決闘にはならなかったり、決闘で相手を殺したり傷つけたために逮捕された事例をあげた後、「明らかに、決闘は、復讐の妥当な方法として、人びと、紳士やその他の人たちにもはや受け入れられなかった」（同 八二―八三）と結論づけている。そして、ジョン・ハモンド・ムーアによると、一八八〇年から一九二〇年の時期にサウス・キャロライナ州で行われた人殺しに関して、「三つのはっきりとした傾向」が見られるという。つまり、「決闘の消滅、リンチの増加と減少、そして、拳銃と散弾銃の激増によって助長された殺人発生率の急増」の三つの傾向があげられるが、これらはサウス・キャロライナ州に限ったことではない、もっとも、「その数十年の間、決闘とリンチは南部の現象となる傾向にあるのだが」（ムーア 一）。リンチは、アメリカ独立戦争（一七七五―八三）後数十年の間にアメリカ人の生活のなかで不可欠な部分となっていき（同 四三）、南北戦争後、決闘が減少していくなかで、リンチは増加していく傾向にあった。復讐という文化的記憶は決闘という儀礼によって実践されてきたので、決闘が消滅していくと当然復讐も文化的記憶ではなくなり、殺人を犯した者は起訴され裁判で裁かれるようになっていく。こういう歴史上の流れを参照すると、一八八九年にフォークナー大佐が射殺された時には、もはやその息子が父親の仇敵に決闘を挑むということはほとんど行われていなかったし、それよりも犯人を起訴するほうが当然の方法であったのだ。

『征服されざる人びと』で、一五歳のベイヤードが祖母の仇を討つのは一八六六年だが、二四歳のベイヤードが父親の仇敵と対峙するのは一八七五年であり、彼が銃を持たずに決闘に向かいその相手は持っていた銃で空砲を撃って殺し合いを回避するという二人の行為は、時代の流れに沿ったものと言える。だが、ベイヤードの周りのほとんどの人たちが決闘で父親の仇敵を倒すことを望んでいるという設定はいささか歴史的な事実にそぐわないように思われる。ドイルによると、作品中の南北戦争中の出来事はほぼ史実と一致する（三―一五）ということなので、実際には決闘が支持されなくなってきている年代に、共同体のほとんどの人たちが決闘を強く支持している状況をフォークナーが描いたのは、何らかの作者の意図が働いているのではないだろうか。

決闘支持の背後にあるもの

ヒンクルとマッコイが述べているように、「フォークナーのほかの本を読んでみると、この日のベイヤードの殺害を拒絶する行為は、ヨクナパトーファ郡が記憶にとどめておくことにしたり、サートリス家の伝説の一部にするようなことではないことがわかる」（二〇八）。ジョン・サートリス大佐の戦時の手柄や、北部から来た渡り政治屋を撃った行為のような暴力的な行為のほうが、ほかの作品の登場人物に記憶されているのだ。このことは、この作品が書かれた時期と関係があるかもしれない。まず、一九三四年から三六年までに短編小説が書かれて『サタデー・イブニング・ポスト』誌（以下『ポスト』誌と略す）と『スクリブナーズ』誌に掲載される。そして、三七年にすでに発表されていた六編の短編に加筆修正が加えられた後、最終章「美女桜の香り」が新たに書き足され、三八年に一編の小説として『征服されざる人びと』が出版される。サートリス一族に関するほかの物語は、一九二九年に小説『サートリス』が出版され（この作品のオリジナル原稿は一九七三年に『土にまみれた旗』として出版）、短編小説は、「星までも」（一九三二）、「みんな死んでしまった飛行士たち」（一九三一年に雑誌に掲載された時は「死んだ飛行士たち」）、「厳重警戒大至急」（生前未発表、一九七九年『未収録短編集』に収録）、「女王ありき」（一九三三）がある。いずれの作品も一九三三年までに書かれており、これらの作品に登場する人物がベイヤードの殺害を拒絶する行為に言及しないのは、この道徳的な行為をフォークナーが考え出したのが三四年以降だったからだと考えられる。フォークナーは三七年前半の間にすでに発表した六つの短編に加筆修正を加えた後、「この本にはもう一つ物語が必要だということが明らかであった。つまり、『サートリス農園での小ぜり合い』よりもっと深さや余韻を与え、そのほとんど伝統的な幸せな結末をもった物語が埋め合わせることができるということが明白であった」（ブロットナー　三八二）ので、「美女桜の香り」が新たに執筆されたのである。

ジョエル・ウィリアムソンは、「フォークナーは『征服されざる人びと』を仕上げるためにニューヨークへ行く必要を感じた」と述べており、彼がニューヨークへ行った時のことを記述している。フォークナーは、以前親密な関係にあったミータとその夫ウォルフガング・レブナーに会う。二人がドイツにいた時、ウォルフガングのユダヤ人の家族はすでにナチスの支配下にあり、強制収容所で家族の何人かを失っていた。ミータたちはかろうじて逃げてきたのだった（ウィリアムソン　二五九―六〇）。[6] フォークナーが『征服されざる人びと』を仕上げる時に、ナチスがドイツで勢力を強めてきてユダヤ人を迫害しているのを聞いて、この作品の仕上げに何らかの影響を受けたのではないだろうか。

アメリカ国内にそういう情報がどの程度入ってきていたのだろうか。一九三四年五月二六日付けの『ポスト』誌を見てみると、「ヒトラー・ユーゲント」という記事が掲載されている。これは、『ポスト』誌の記者がヨーロッパへ渡って、ナチスの青少年団の活動を取材したもので、現地での様子が写真入りで記載されている。『ポスト』誌は、一九三七年には発行部数が三〇〇万に達していた（渡辺 四三）ので、この雑誌に掲載された記事に書かれた事柄は国民に広く知れ渡っていたのではないかと推測できる。さらに、一九三七年頃までにヨーロッパで起こった出来事を見てみる。ドイツでは、三四年にレーム事件で突撃隊幹部が粛清されて国防軍の優位が確立し、ヒンデンブルク大統領の死去により、ヒトラーが総統に就任する。また、スペインでは、三六年にアサーニャ人民戦線政府が成立するが、フランコの反乱によってスペイン内戦が勃発する。そして、三七年四月にドイツとイタリア空軍がスペインのバスク地方の村ゲルニカへ無差別爆撃を行う（小川 一二二―一二三）。このような状況のもとでは、戦争が拡大する予感が広がっていたに違いないと考えられる。そういう時期に、『征服されざる人びと』の最終章が仕上げられたのだ。

フォークナーは、この作品を単に過ぎ去った時代を懐かしんで書いたのではなく、作品を書いている現在、つまり、より大きな戦争への足音が聞こえてきている時期を反映させているのではないだろうか。なぜなら、実際には決闘が支持されなくなってきている年代に、共同体のほとんどの人たちが決闘を強く支持している状況を描いたのは、決闘が連想させる戦争を意識していたからではないかと考えるからだ。山田勝は、「決闘の意識がヨーロッパで衰退しなかったのは、階級制と戦争に起因していることは否定しがたい。二〇世紀の大戦争にいたるまでのヨーロッパ間の戦争においては、戦争も決闘の一種との考えが強かった」（八〇）と述べている。決闘は個人のまたは家の名誉にかけて戦うが、戦争は国家の名誉にかけてしばしば戦われる。両者は規模の違いはあるが非常に似ていると考えられる。また、ジョーゼフ・コンラッド原作の短編小説「決闘」を映画化したリドリー・スコット監督も、映画『デュエリスト／決闘者』（一九七七）の制作について語るなかで、一八〇〇年代ヨーロッパを舞台にして繰り広げられる二人の将校の執拗な決闘の理由は「プライドや男っぷりのため」であり、「いつの時代にもすべての悪行の原因はこの二つに集約される。つまり根底では戦争も暗示している」[7]と決闘と戦争の連想関係について述べている。

復讐という文化的記憶を存続させてきた名誉は、人殺しという暴力を拒絶してもなお共同体のなかで生きていくためには捨てることができなかった。名誉の中心には人びとの評価が存在するのだ（ワイアット‐ブラウン　一四）。『征服されざる人びと』の題名の意味は、フォークナーが、「女たちは」戦争に負けても「決して降伏しなかったので戦争に耐えることが出来るのだ」（グウィン二五四）と述べており、「征服されざる人びと」は、ふつう、女たちと考えられている。それに加えて、文化的記憶を存続させてきた命がけで守る名誉も「征服されないもの」かもしれない。ベイヤードの襟につけられた美女桜の枝は彼に勇気をもたらし、ドルーシラが部屋に残していった美女桜の枝は、フォークナーが後になって説明したところによると、「栄誉のしるし」であり、「来年への再生の約束」(グウィン 二五六)であるので、美女桜によって未来への希望が示唆されているように思われるが、名誉にこだわって決闘を支持する共同体の人びとは、より大きな戦争が起こりそうな恐れを暗示していると考えられる。

[注]

1 アルヴァックスは、「われわれの最も個人的な感情や思考はその源泉を一定の社会的環境と状況の中に持つ」(一九)と書いており、「集合的記憶」の概念を具体的な例をあげながら「枠」という言葉を使って説明している。

2 語りの現在の時期について語られているのは、第七章「美女桜の香り」のなかである。第七章ではベイヤードは二四歳になっていて、生まれ育った家から離れて大学で法律を勉強している。その時、郷里で父親ジョン・サートリスが射殺される。そのことを知らせるために、ベイヤードと同じ月に生まれ一緒に育ってきた黒人青年リンゴーがベイヤードの下宿先へやって来る。その時の様子を何年か後になって初めてウィルキンズ教授から聞いた、と語られているところから、彼の現在形の語りが二四歳の時点から何年か経っていることがわかる(*The Unvanquished. William Faulkner.* New York: Vintage Books, 1966, c1938. 244-45)。以下、同書からの引用は括弧内に頁数のみを記す。

3 作中の女子供を決して傷つけない北軍のディック大佐は、実在したライル・ディッキーという北軍大佐をモデルにしており、南北戦争で全面戦争に移行する前に、アメリカ南部の民間人に対して北軍が懐柔的な戦略を取っていた時期を彷彿させる挿話といえる(ドイル 七)。

4 たとえば、マイケル・ミルゲイトは、「『征服されざる人びと』は、小説と考えられようと、ひと続きの短編小説群と考えられようと、疑いなく、二流の作品のままである」(一七〇)と結論づけている。

5　たとえば、一八七七年には、ジョージア州サヴァナの二人の若い弁護士が決闘するために出会ったが、秘密の待ち合わせ場所へ行くのに道に迷ったり、相手を傷つけない発砲の後、夕暮れになり相手を狙うのが困難になったり、一人の介添人が彼の側の決闘者が近視なので特別な免除が必要だと告知したりしているうちに、突然、決闘以外の解決策を探ったほうがいいように思えて折り合いをつけることになった。このサヴァナの最後の決闘は歴史的記録となった（ウィリアムズ 八二）。

6　フォークナーが一九三七年にニューヨークへ行った時、ランダム・ハウスの編集担当者サックス・コミンズが自分の事務所のなかに空けてくれた場所で彼は『征服されざる人びと』に取り組み、その時に、ミータとその夫にも会っていることを、ブロットナーも伝記に書いている（ブロットナー 三八六）。

7　引用文は映画『デュエリスト／決闘者』のなかに収められているリドリー・スコット監督の音声による作品解説からとった。

使用テキスト

Faulkner, William. *The Unvanquished*. New York: Vintage Books, 1966, c1938.

[引用文献]

Blotner, Joseph L. *Faulkner: A Biography*. New York: Vintage Books, 1991, c1974.
Cash, W. J. *The Mind of the South*. New York: Alfred A. Knopf, Inc., 1975, c1941.
Doyle, Don H. *Faulkner and War*, "Faulkner's Civil War in Fiction, History, and Memory." Jackson: UP of Mississippi, 2004: 3-19.

Gwynn, Frederick L. and Joseph L. Blotner, ed. *Faulkner in the University*. Charlottesville and London: The UP of Virginia, 1995, c1959.

Hinkle, James C. and Robert McCoy. *Reading Faulkner: 'The Unvanquished'* Jackson: UP of Mississippi, 1995.

Lowe, John. "*The Unvanquished:* Faulkner's Nietzschean Skirmish with the Civil War. "*Mississippi Quarterly* 46.3 (Summer, 1993). 407-36.

Millgate, Michael. *The Achievement of William Faulkner*. Athens and London: The U of Georgia P, 1963.

Moore, John Hammond. *Carnival of Blood: Dueling, Lynching, and Murder in South Carolina*. Columbia, South Carolina: The U of South Carolina P, 2006.

Morris, Wesley with Barbara Alverson Morris. *Reading Faulkner*. Madison: The U of Wisconsin P, 1989.

Williams, Jack K. *Dueling in the Old South: Vignettes of Social History*. College Station and London: Texas A&M UP, 1980.

Williamson, Joel. *William Faulkner and Southern History*. New York, Oxford: Oxford UP, 1993.

Wilson, John Lyde. "The Code of Honor; or Rules for the Government of Principals and Seconds in Duelling." *Dueling in the Old South: Vignettes of Social History*. Jack K. Williams. College Station and London: Texas A&M UP, 1980.

Witt, Robert W. "On Faulkner and Verbena." *The Southern Literary Journal*. Vol.27, No.1 (Fall, 1994). 73-84.

Wolff, Sally. *Ledgers of History*. Baton Rouge: Louisiana State UP, 2010.

Wyatt-Brown, Bertram. *Southern Honor—Ethics & Behavior in the Old South*. Oxford: Oxford UP, 2007, c1982.

アスマン、アライダ、安川晴基訳『想起の空間——文化的記憶の形態と変遷』水声社、二〇〇七年。

アルヴァックス、モーリス、小関藤一郎訳『集合的記憶』行路社、一九九九年。

小川幸司監修『新世紀図説　世界史のパサージュ』東京法令出版、二〇一〇年。

大地真介「ジョン・ウェズリー・トンプソン・フォークナー、一八四八—一九二二」『フォークナー事典』日本ウィリアム・フォークナー協会、松柏社、二〇〇八年、一八二—八三。

安川晴基「文化的記憶のコンセプトについて——訳者あとがきに代えて」『想起の空間——文化的記憶の形態と変遷』アライダ・アスマン著、安川晴基訳、水声社、二〇〇七年、五五五—七五。

山田　勝『決闘の社会文化史——ヨーロッパ貴族とノブレス・オブリジェ』北星堂書店、一九九二年。

渡辺利雄「William Faulkner と *Saturday Evening Post—The Unvanquished* を中心に——」『ウィリアム・フォークナー——資料・研究・批評』南雲堂、二巻一号、一九七九年、四〇—六八。

[参考文献]

Creighton, Joanne V. *William Faulkner's Craft of Revision: The Snopes Trilogy*, "The Unvanquished" and "Go Down, Moses." Detroit: Wayne State UP, 1977.
Friedman, Alan Warren. *William Faulkner*. New York: Frederic Ungar Publishing Co., Inc., 1984.
Holder, Alan. "An Odor of Sartoris: William Faulkner's 'The Unvanquished,'" *William Faulkner*. Ed, Harold Bloom. New York and Philadelphia: Chelsea House Publishers, 1986. 208-09.

[その他の資料]

Scott, Ridley, directed. *The Duellists*. Paramount Pictures, 1977.

第三章　『ハムレット』
——よみがえる死者の記憶

奥田　優子

時代の記憶

シェイクスピアの作品の中でも特に根強く愛されてきたこの作品の原型は、一二世紀末、教会書記サクソ・グラマティクスによって編纂された『デンマーク史』に収録されたアムレトゥスの伝説にまで遡る。元々、中世アイスランド・サガの断章にわずかにその名を留めるばかりであった人物を詳しく紹介したものであったが、これがフランソワ・ド・ベルフォレの翻訳した、『悲話集』第五巻（一五八二）に収められた。シェイクスピアの『ハムレット』は、このベルフォレ版を参考に書かれたのではないかという説が最も有力であるが、他にも底本になり得た作品がいくつも指摘されており、断定はされていない（マクスウェル 五一八―二二）、（ブロー 三―五九）[1]。作者がその着想の源をどこに求めたにせよ、この憂鬱癖にとりつかれた衒学的な主人公は、アイスランド・サガの異教徒とは似ても似つかない。ルター派の総本山ウィッテンベルクに留学していたことになっているが、この当時のウィッテンベルク大学は創立百年足らずの比較的新しい大学であり、ピーター・ミルワードも指摘する通り、物語の時代背景は明らかにルネッサンス期である（二〇）。しかも敵国ノルウェーの侵攻に警戒するこの国では、大砲の鋳造や造船が不眠不休で進められているのであるが、その姿は大国スペインと敵対し、恒常的に緊迫した情勢下にあった当時のイングランドを彷彿とさせる。さらに劇中、エルシノア城を訪れる旅役者の一行の中には女役の少年俳優も入っている。当時大陸では女役は女優が演ずるのが常であり、少年が演ずるのは英国独自の風習であった。しかもこの一座、大流行の少年劇団の人気に押されて都落ちし、旅回り巡業に出ているというのだが、これなどは、当時世間の耳目を集めていた「劇場戦争」（一五九九―一六〇二年頃）に言及したものであろうと一般的に考えられている[2]。こうして見ると、ドーバー・ウィルソンも指摘する通り、話の舞台は表向きデンマークと銘打ってあるが、そこに広がる作品世界の内実は、当時の観客が慣れ親しんだイングランド社会に極めて近似したものであるのは明らかである（二八）。

　このように当時のイングランドの世情を色濃く匂わせた作品であるが、一五九九年末頃から一六〇一年初め頃に執筆されたと推定されている。それは四〇年以上にもわたりプロテスタント君主として国を統治してきたエリザベス一世の治世も終わりに近づき、それと共に彼女が体現したチューダー朝そのものも途絶しようとしていた時期に当たる。一五五八年、カトリック回帰政策を推し進めたメアリー一世の崩御を受けてエリザベスが登位すると、翌年「国王至上令」と「礼拝統一令」が議会で可決され、国王を国家及び教会の最高統治者とする英国国教会の体制が再確立された。だが、それは新たな緊張と軋轢の始まりとなる。一五七〇年、教皇ピウス五世が女王の破門と廃位を宣告し、旧教の盟主スペインとの対立が深まるにつれ、国内のカトリックの国教忌避者への取り締まりも次第に厳しくなっていく（テュヒレ 二三八―四四）。一五八三年以降は出版物や芝居への検閲も強化され、一五九三年にはクリストファー・マーローとトマス・キッドが当局の取り調べを受けた後、相次いで亡くなり、[3] さらに一五九七年にはベン・ジョンソンが投獄された（チェンバース 三二一―二二）。シェイクスピアにとっても決して他人事ではない出来事が打ち続く中、手掛けられたのが『ハムレット』である。

近年、この新旧両派の宗教対立という観点からシェイクスピアの諸作品を見直す試みが特に顕著であった。その過程において劇作家自身の宗教的立場にも焦点が当てられてきたが、その直接的な投影を作品に見出すことは極めて難しい。[4] これはマーローが『フォースタス博士』（一五八九―九三年頃執筆）や『パリの大虐殺』（一五九二―九三年年頃執筆）などで宗教というものを挑発的なまでに直截に扱ったのとは対照的である。理由は何といっても、宗教問題を表立って取り扱うことが大きな危険を伴ったためであろう。マーローやキッドの例を思えば、たとえ彼らを襲った破滅とその劇作活動との因果関係が不明であるにせよ、筆禍の危険性を回避するべく最大限の注意を払うのは当然のことであった。その意味では、彼にとってその迷路のような言葉の楼閣は、体制による検閲の追及を阻む砦のようなものであったとも言え、入念な偽装によって自身の姿を包み隠すことは、その劇作手法の要であった。[5]

『ハムレット』においてもそれは同様である。表面的な粗筋はセネカ風の復讐劇でありながら、深層では、罪と死、理性の壊敗と狂気など、人間の存在を根源から脅かす問題が繰り返し問い直され、深い宗教性を示唆している。だがその一方で、宗教対立の問題への直接的な言及は注意深く避けられており、曖昧な仄めかしの域を出ていない。確かに、ハムレットが学んだウィッテンブルクは、プロテスタンティズムの一大中心地であり、片やレイアーティーズの留学先であるパリは、カトリックの学問的拠点であった。この二つの流れが交錯するエルシノア城は、対立の狭間で分裂し、宗教思想の根幹が恒常的紛争にさらされていた宗教改革下のヨーロッパを暗示しているというランドーの指摘は正しい（二二〇）。しかしながら、この一事から王子ハムレットが新教側の、レイアーティーズが旧教側の立場を代表していると結論付けるのは早計であろう。作品内には相矛盾する情報が錯綜して詰め込まれており、両者がどちらの陣営を体現しているのか、にわかには判断し難しい。かえって、そのような視点からの解釈の試みを挫こうとする意図すら窺える。そう考えると、この作品を通して劇作家が観客に提示しようとしたのは、宗教上の対立や差異を乗り越えた先にある視点ではないかと思われてくるのである。

　では、どのような方向からこの作品を検討していくべきなのだろうか。手掛かりは、ハムレットの前に現れる亡霊が握っているように思われる。煉獄の責め苦に苛まれる亡霊は「聖餐にも与らず、告解も済まさず、終油も施されず、罪を償う暇もなく、もろもろの咎をこの頭に頂いたまま、神の裁きの場に送られた」（一幕五場七七）と訴える。[6] ここで言及されている「聖餐」、「告解」、「終油」（病者の塗油）は、かつてカトリックの七つの秘跡に属し、死を間近に控えた者はこの三つを病床で受けるのが慣例であった。しかし、宗教改革の推進と共に、教会の諸儀式はプロテスタント的な形態へと大きく変容した。特に死をめぐる儀礼の変化は大きく、一五五二年版の第二祈祷書では、「葬送式からはレクイエム・ミサが、病者訪問式からは終油が削除された」（八代　一六七―六八）。また、贖罪を果さぬまま死んだ者の魂が浄化のために留め置かれる「煉獄」や、死者の魂のために捧げられる「とりなしの祈り」なども、全て迷信として否定された（クレッシー、フェレル　六九―八〇）。ボールガードは、秘跡を受けられなかった老ハムレットの死やポローニアスの密葬、それにオフィーリアの端折られた葬儀などを挙げ、「煉獄、損なわれた葬儀、秘跡の剥奪、死者の想起などに対するカトリック教徒の憂慮の数々がここに示されている」（五〇）と指摘する。

　鋭い指摘ではあるが、この崩壊したカトリック時代の風習への言及に政府の宗教政策への批判が込められているかどうか、確証を得るすべはない。むしろここに描かれた弔いの儀礼の崩壊と死者の忘却は、人と社会の本来あるべき姿からの逸脱を示す指標として描かれているように思われる。立ち去る間際、亡霊は「私のことを思い出してくれ」（一幕五場九一）（Remember me.）と言い残し、王子はその遺言の銘記を誓う。だが、亡霊という不確かな存在から受け継いだ記憶であってみれば、それを周囲の者たちと分かち合うことなどできようはずがない。特に兄弟殺しの張本人であるクローディアスにとって、その血にまみれた記憶はこの地上から抹殺されるべきものでしかなく、後に落命するポローニアス父娘も同じ理由から慌ただしく葬られ、人々の記憶から遠ざけられてしまう。だが、王による死の隠蔽は人々のうちに不安と猜疑を呼び覚まさずにはおかない。その亀裂はやがて、エルシノア城を、そしてデンマークをも揺るがすものとなり、最終幕のレイアーティーズとハムレットの剣の試合へと集約されていく。

二人が対峙するこの場面では、王の毒入り葡萄酒が重要な鍵となっており、そこに聖餐式の転覆したイメージが潜んでいることは、かねてより指摘されてきた（ワトソン 四八〇）。「これは、あなたがたのために与えるわたしのからだである。わたしを記念するため、このように行いなさい（doe this in the remembrance of me.）。……この杯は、あなたがたのために流すわたしの血で立てられる新しい契約である」（「ルカによる福音書」二二：一九―二〇）。最後の晩餐においてパンをさき、葡萄酒をさし出すイエスの言葉は、自らの血の贖いを通して与えられる神の救済の約束を記憶に留めるよう促すものであった。人間が可変的な存在である以上、いずれ死の忘却へと押し流されていくことは避けえないことであるが、その中で唯一忘れ去られることのない記憶として立ち上ってくるのが、聖餐式を通じて確かめられる神との契約であり、キリストの死を記念して与えられるユーカリストは、人間を無への転落から引き戻し新たな生命へと導く救いの記憶として、聖餐式の核を成している。登場人物が次々と命を落としていく最終場面は、このキリストの生命に与る聖餐式を真逆に転倒させたものであり、破滅へと突き進んでいくデンマーク王の闇を浮き彫りにするものとなっている。

全国民が聖餐式への参加を義務付けられていた当時のイングランドであれば、観客の多くも当然これに気付いたであろう。ヘンリー八世から君主四代の宗教政策の迷走を目の当たりにしてきた彼らは、この種の問題に極めて鋭敏であり、宗教が社会の支柱であった時代においては、たとえ一介の市民でも最低限の宗教知識は備えていた。アダムの原罪とキリストの救済、律法に基づく罰と福音がもたらす恩恵、人の自由意志と神の予定など、神学上の微妙な解釈はさておき、キリスト教の基本的な教えは広く共有されていたのである。劇作家はその記憶を喚起することにより、最小限の言葉や身ぶりによって多くのメッセージを伝えることができた。これらの思想は、劇中人物や劇作家本人の宗教的立場を明らかにする目的でしばしば取り上げられてきたが、作品理解そのものを深める上でも検討に値する。登場人物の言動の根拠として潜み、劇全体の流れを背後から裏付ける働きをしていると思われるからである。

しかし、問題の吟味にあたっては新旧両派の対立の構図を前面に置くことは望ましくない。両陣営の隔たりは、教会組織や典礼の在り方など、制度や慣習に対する見解の相違に根差している面が大きく、細部においては異なっていても、キリスト教思想の根幹に関わる部分では、必ずしも決定的な断絶が横たわっているわけではないからである（クレッシー 三八七）。従って、煉獄の存在の有無など、宗教儀礼の在り方に大きく関わっている部分を除き、それ以外の部分では、新旧どちらの宗派にも受け入れられる原初的なキリスト教思想を物差しに議論を進めたい。それにはキリスト教の源流に遡り、聖アウグスティヌスの教説を援用するのが最も妥当であろう。教父としてカトリック教会の思想の礎を築いた聖人でありながら、同時にルターやカルヴィンなど、プロテスタントの創始者たちにも深い影響を与えた人物であり（ゼーベルク 一九四―二五九）、様々な方向に分岐していく宗教観の根幹にあって、思想的な束ねの役割を果たしていた。宗派を超えた彼の存在は、カトリックとプロテスタントのどちらの陣営にも広く受け入れられていたのであり、議論を進める上で最も安全な土台であると言える。[7]

本稿では、このアウグスティヌスの教説を援用しながら、作品の基となっているエリザベス朝社会に刻み込まれた宗教的記憶を思想と儀礼の面から概観し、それが劇全体の構築にどのように使われているかを検証していきたい。

よみがえる死者の記憶

グリーンブラットはその著書の中で、中世の煉獄思想が生み出した生者と死者を結ぶ祈りの文化を紹介している。それによると、煉獄の魂が亡霊となって出現する際、彼らが決まって求めるのは、生者が自分たちのことを日々想起することであった。トマス・モアは、『死者の霊の嘆願』(*The Supplication of Souls*)の中で彼らの声を代弁している。「思い出して下さい。乾杯にあっては私たちの渇きを、飽食にあっては私たちの飢えを、眠りにあっては私たちの不寝番を、娯楽にあっては私たちの苦悶を、遊興の愉悦にあっては熱く燃え盛る炎を。貴方の死後、神の働きにより子孫が貴方のことを思い出してくれるように(Remember you)くれるように」(グリーンブラット　一五〇)。彼らがそうまでして想起されることを望むのには訳がある。ハムレットの亡霊は去り際、「さらば、私のことを思い出してくれ(Adieu, adieu, adieu. Remember me.)」(一幕五場九一)と言い残すが、この"a-dieu"を英語に置き換えれば"to God"となる。それに従えば、上の文句は「私のことを神に祈ってくれ」(To God, remember me.)という懇願をも表しているのである。生者の祈りは、煉獄の苦しみを軽減し、浄罪を早める唯一の方法であり、"Remember me."は、救済を求める煉獄の魂の懇請であった（ロウ 四五六）。

このような習俗は、宗教改革以降、一転して消え失せてしまう。煉獄もとりなしの祈りも迷信として否定され、死者を巡る儀礼の在り方は大きく変貌した。生者に死者の運命を変えることはできないのであり、生き残った者はそのような事に時間を空費するより、まず己自身が神と向き合うことに専念すべきであるというのが、一連の変化の背後にある考えであった。

死者は人間同士の交わりの彼方、その祈りさえも届かぬ所に逝ってしまった。一五五二年の〔祈祷書の葬送式文に定められた〕葬儀には、間違っても死者のための祈りなど入っていない。[8] 葬式はもはや死者のための神へのとりなしの儀礼ではなく、生きている者たちの信仰を鼓舞する場であった。……人間共同体の境界線が引き直されたのである。（ダフィー 四七五）

亡霊との邂逅は王子に恐慌を引き起こすが無理もない。そこで語られる煉獄を始めとする諸々の事象は、彼がウィッテンブルクで受けたであろう教育とは全く相容れないものである。だが、それだけではあるまい。彼自身が記憶する生前の父は、輝かしい理想像であり、「あらゆる美点が備わったその姿は、全ての神々がこれこそ人間の鑑と世に証し立てられたかと思われるほど」（三幕四場六一―六二）であった。城の胸壁の闇に立ちつくす亡霊の姿は、そんな父のイメージを容赦なく打ち砕いてしまう。己の死が暗殺であったことを告げる亡霊は、「即座に現れた吹き出物が、見るも厭わしいかさぶたで滑らかだった全身を覆いつくしてしまった」（一幕五場七一—七三）と、その最期のあり様を語り、「もろもろの咎をこの頭に頂いたまま、神の裁きの場に送られたのだ。おお、恐ろしい！　おお、恐ろしい！　この上もなく恐ろしい！」（一幕五場七八—八〇）と訴える。激しい痛刻を露わにしたその言葉は、あたかも己の横死を追体験しているかのようでさえある。そこでは、肉体が直面する死の苦しみと己が罪業に慄然とする精神の恐怖が、不可分のものとして提示されている。エリザベス朝の観客たちにとって、この結びつきは決して不可解なものではなかったであろう。死に定められた人間の運命は、始祖アダムが神に背いた罪の結果であり、罪と死が同根のものであることは自明の理とされていた。[9]

己が死の無念を激しく吐露する亡霊であるが、「夜は地上をさまよい歩き、昼は煉獄の業火の中で飢えねばならない」（一幕五場一〇—一一）という今の境界を招いた自らの罪については、口を閉ざしたままである。老ハムレットが本当に王子の言うような人間の鑑ともいうべき存在であったなら、よしんば告解の暇さえない突然死であったにせよ、何故それほどの責め苦に遭わねばならないのか。煉獄に繋がれた魂の苦しみの度合いは、生前犯した罪の多寡によって決まるとされていた（クレッシー　三八六）。当然、この疑問は若い王子の胸の内にも生ずる。「奴に殺された時、父は現世の欲にまみれ、その罪業は五月の花盛りのようであった。その罪の勘定がどれ程のものかは天のみぞ知るところだが、状況を思いめぐらせば、さぞかし重いことだろうな」(三幕三場八〇―八四)と密かに思案するのである。

亡霊の罪を具体的に知る術がないのは王子の言うとおりであるが、あえて推測の手掛かりを探すなら、その身形に見出し得るかもしれない。亡霊が身にまとう甲冑は、野心旺盛なノルウェー王フォーティンブラスの挑戦を受けた先王が「一騎打ちをした時に身に着けていたものとそっくりだ」(一幕一場六〇―六一)というのである。勝利したデンマーク王は、「[決闘を支配する]紋章法によって確かに承認され、締結された協定」(一幕一場八六―八七)に従い、その所領をことごとく手中に収めた。勝敗の行方次第では彼の所領が敵の手中に落ちた可能性もあったのであり、一連の手続きには何の法的問題もない。だが、この決闘を騎士道ロマンスの文化的コンテクストに照らして評価したヘイズは述べている。

ロマンス文学においては、一対一の決闘の主眼が統治や宗教の問題の決着ではなく、自負心による武勇の誇示であることはまれである。そのような基準に従えば、フォーティンブラスの父とハムレットの父の決闘は、流される血の代償となるような社会的価値を欠いたものとして否定的に評価されるだろう。実際、エリザベス朝時代のあらゆる階層の人々が、このような動機と賭けに基づく果たし合いは、道徳的にも政治的にも無責任であると考えたであろう。容認し

うる闘争の原理や理由づけに沿うものではないからである。（一五一）

このような見地からすれば、亡霊の甲冑姿は決して輝かしいものなどではなく、その血塗られた過去の証左に他ならないということになる。たとえ挑まれてのことにせよ、死によって相手の所領をその息子の手から奪い去ったのは紛れもない事実なのであるから。

だが、そんな亡霊の心を占めているのは、自らの犯した罪でもなく、簒奪者に乗っ取られた王国の安寧でもなく、息子ハムレットの将来ですらないように見受けられる。「こよなく貞淑に見えた王妃の心」（一幕五場四六）を籠絡した「近親相姦の、不義密通の獣」（一幕五場四一）クローディアスへの憤激を露わにし、その「忌まわしくも非道な殺人に復讐する」（一幕五場二五）ことを命ずるのである。亡霊が去った後、茫然自失の体から我に返ったハムレットは叫ぶ。「忘れるなだと？（Remember thee?）よし、私の記憶の石板から、全てを拭い去ってしまおう。……そしてあなたの命令（commandment）のみが、この頭脳の書物に書き留められるのだ。他のくだらぬ由無し事など交えずに」（一幕五場九七―一〇四）。銘記を誓うその言葉は、シナイ山で十戒（Ten Commandments）を授かったモーセもかくやといった勢いだが、後に続けられた「おお、この上なく邪悪な女め！おお、悪党、悪党、笑みを浮かべた、忌まわしい悪党め！」（一幕五場一〇五―六）という言葉からも窺えるように、この時彼の記憶に刻み込まれたのは他でもない、裏切りにより命を落とした父の無念であり、憎悪であったように思われる。その夜を境に、ハムレットの姿は「在りし日とは似ても似つかぬ」(二幕二場六—七)ものに変貌し、その言動は奇妙なほど亡霊を思い起こさせるものとなっていく。

ジマーマンは、この作品の精神世界を決定づけているのは両者の共生関係であるとした上で、激しく揺れ動くハムレットの感情の振幅は、彼が亡霊の甲冑が内包するものを次第に理解し始める過程と結び付いていると指摘する。「自らの悲嘆と怒りに対処しようとするハムレットの葛藤の中心に位置する亡霊は、彼独自のものである。すなわち、かつては無敵であると夢想していた父が、情け容赦のない死によって内側から浸食されていく姿である」(ジマーマン 一八四)。ノルウェー王を討ち果たした時そのままの「全身一部の隙もない甲冑姿」(一幕二場二〇〇)は、勇名を轟かせた在りし日の父の偉容を思い起こさせるはずでありながら、その内奥に潜む膿み爛れ腐朽する肉体の記憶は、あたかも死の毒液のようにハムレットの心を満たし、その精神を蝕んでいくこととなる。

受け継がれた死者の記憶

「人間とは、なんという造化の傑作か。その理性はなんと気高く、その能力はなんと限りなく、その姿と動きはなんと精密で見事なことか、その振る舞いは天使のごとく、悟性においては神にも似る。この世の美の極致であり、万物の霊長だ。だが、それがなんだというのだ。塵芥の粋というに過ぎぬではないか」（二幕二場三〇三—八）。かつての旧友に鬱々として楽しまぬ胸中を訴えるハムレットの言葉であるが、その背景に横たわっているのは、プラトン的イデア説とキリスト教的ロゴス説を合体させた聖アウグスティヌスの教説に示された神の被造物としての人間観である（シュトルツ 一〇二）。

三位一体の神[10]の似像（Imago Dei）として造られた人間は、相互に連関して働く「記憶」と「知解」と「意志」を備え（アウグスティヌス f一〇：一一）、神のロゴスの照明を受け、その光を分有することで善的本性を保持する（シュトルツ 一〇三）[11]。すなわち「精神は、その至高の光に与ることで知恵あるものとなる」のである（アウグスティヌス f一四：一二）。しかし、原初の人間アダムが神から離反した罪責により、精神は肉の欲望と無知の虜となり、肉体は塵に帰るものとなった（ゼーベルグ 一一七）。これが原罪であり、以後免れがたい運命として人類に受け継がれることになるが、アウグスティヌスはこれを魂と身体における二重の死と位置付けた。最高善である神を享受するよう造られた人間が、自らに付与された意志の力の誤用によって神から遠ざかる時、その本性に壊敗が生じる。これが悪であり、従って悪は実体ではなく内なる善の低減であり、全ての善が奪われた時、後には何も（悪すらも）存在しなくなる（アウグスティヌス b七・一二—一六）。「魂の死とは神を失うことであり、身体の死とは魂を身体から分離させる壊敗なのである」（アウグスティヌス f四：三）。

この見地に立って『ハムレット』を見直す時、亡霊と王子は言わば合わせ鏡のような存在であると理解される。罪と死を肉体の壊敗という形で体現しているのが亡霊であるとすれば、それを精神の病という形で表現しているのがハムレットと言えるのである。その狂気の何処までが擬態で何処からが真性かは、観客としても判断に迷うところであるが、少なくとも王子の常軌を逸した行動が、彼の精神に寄生した亡霊の記憶に根ざしていることだけは確かである。同じ死を表象する者としての両者の近似性は、王子がオフィーリアの部屋に出現した時の様子に最もよく表されている。「胴衣の前をはだけて帽子も被らず、汚れた靴下が踝までずり落ちて足枷でもはめられたかのよう。シャツのように青白い顔で両ひざをがたがたと震わせて、まるで地獄から吐き出され、その恐ろしさを告げにいらしたとでもいうように、本当に痛ましいご様子」（二幕一場七五―八一）と語られるその姿は、煉獄に繋がれた亡霊を強く想起させ、何か物言いたげに現れながら、結局無言で去っていくその行動は、止み難い焦燥と深い無力感の狭間に囚われたその意志の不全を反映しているようにも見える。

亡霊の記憶がもたらした精神の病は、その知解にも影響を及ぼさずにはおれない。その狂気はオフィーリアの前で再び露わとなる。彼の狂態を恋の病ゆえと解釈した父ポローニアスは、偶然を装った両者の会見（三幕一場三三）を設定する。「ニンフよ、そなたの祈りの中で、我が罪の許しを嘆願することも忘れないでおくれ」（Nymph, in thy orisons / Be all my sins remembered.）（三幕一場八八―八九）。本を手に祈祷を装う彼女に対する王子の言葉は至って優しげで、滑り出しは上々のように見える。[12] だが、とりなしの祈りを求めるその文句が、まるで彼自身が死者であるかのような響きを持っていることを見過ごすわけにはいかない。この後彼女は王子からの「思い出の品」（remembrances of yours）を返そうするが、途端に様子が激変する。「私など信じてはならなかったのだ。古い台木に美徳を接ぎ木したところで、その腐った性根が消えようはずがないではないか」（三幕一場一一六―一八）と、母から生まれた己が存在の罪深さを責め、返す刀で今度は「尼寺へ行け。何故、罪人を生み増やしたがるのだ」（三幕一場一二〇―二一）と、オフィーリアを面罵する。そこには生殖を通じて全人類に伝播すると考えられた原罪の思想が色濃く滲んでいる。

ドーバー・ウィルソンは、この場面での王子の奇矯な振る舞いを、彼が王とポローニアスの計画を見抜いているせいであると考える。演出次第では、観客の理解をその方向に導くことは十分可能であるが、テキストだけから意味を汲み取るなら、やはり贈り物を返そうとした彼女の行動が直接のきっかけであると思われる。特にその際の言葉づかいに注意を向ける必要がある。彼女が使う「思い出の品」（remembrances）という言葉には元来「遺品」の意味もあり、死者のイメージと分かち難く結び付いている。王子の脳裏に渦巻いているのが、自らの殺害者に妻を奪われた亡き父の無念であったとするなら、「長くお返ししたいと思っていた貴方の『遺品』がございます。」とも聞こえる彼女の言葉が、父の死後一月ほどで再婚に走った母の記憶を呼び覚まし、その激怒を誘発するきっかけとなったとしても不思議ではない。「尼寺へ行け。さらばだ。どうしても結婚せねばならぬと言うなら、阿呆と結婚せよ。利口な男なら、浮気女房にたばかられて、頭に角を生やすことになることくらい先刻承知だろうからな」（三幕一場一三六―三九）。口角泡を飛ばして毒づく王子の意識は亡霊の記憶と完全に同化し、その眼に映っているのは最早オフィーリアではなく、ガートルートであるように思われる。

よみがえる罪の記憶

王子が『鼠取り』（三幕二場二三七）と題した劇中劇の目的は、王の面前で暗殺場面を演じさせ、その反応に基づいて亡霊の話の真偽に判断を下すことである。従って、それは一義的には「王の良心を捕える」（二幕二場六〇五）ための罠であるが、ガートルートの内に罪の意識を目覚めさせようという意図も併せ持っているのは、劇中妃に「二度目の夫に寝屋の口づけを許すは、亡き夫を二度殺すようなもの」（三幕二場一八四―八五）と言わせていることからも明らかである。この「二重の鼠取り」（アウグスティヌス e 五〇：八）とも呼ぶべき寸劇に対し、両者が見せる反応は対照的である。

アウグスティヌスは、神を志向する人間の本性は原罪によって完全に失われてしまったわけではないとしながらも、それが人類に無知（何が正しいかを知る力の喪失）と困難（欲した善をなしうる力の喪失）という二つの堕落した性状をもたらし、回心を妨げていると考えた。曰く、「無知からは誤謬と恥が生じ、困難からは苦しみと疲れが生ずる。だが、誤謬を真理と取り違えて、不本意にもさ迷い、肉のくびきの苦しみが抵抗し苦悶させるために情欲のわざを断ち切れないのは、神につくられた人間の本性ではなくて、罰せられた人間の罪なのである」（アウグスティヌス a三：一八―二〇）。人間の精神を構成する記憶と知解と意志（愛）という三つの働きに当てはめて考えるなら、無知は主に知解（認知）の障害として、困難は主に意志の閉塞として捉えることができよう。この論に従えば、「祈りたい気持ちも祈ろうという決意も、同じくらい強いのだが、その強い意思もさらに強い罪の意識に挫かれてしまう」（三幕三場三八―四〇）と述べるクローディアスの状態は、後者の典型例と見なしうる。神の赦しを求める一方で、罪の果実である「王冠と野望と妃」（三幕三場五五）への執着も断てないその意志は、完全な自家撞着に陥っており、「おお、この魂は鳥黐にかかった鳥のように、もがけばもがくほどがんじがらめになっていく」（三幕三場六八―六九）と、その苦衷を述べるのである。

欲望に絡めとられ四苦八苦する彼であるが、その罪の認識にはいささかの自己欺瞞もない。劇中劇が否応なく呼び覚ました罪の記憶を前に、「我が罪は悪臭を放ち、天にまで届く」（三幕三場三六）

と独白する。それに対して、己が選んだ二番目の夫の正体に全く無知であるのがガートルートである。「一体、私が何をしたというの。お前が私にそんなに声を荒らげ悪態をつくなんて」（三幕四場三九―四〇）というその言葉からも窺えるように、自身が置かれた状況に全く気付いていない彼女に対し、劇中劇は何の影響も与えてはいない。[13] そんな母に対するハムレットの言葉も、父の死に対する責任を問うものではなく、前夫からその殺害者へ（知らずとはいえ）あっさり鞍替えすることを許したその認知能力の欠如を問うものとなっている。父ハムレットとクローディアスの似姿を前に「目はおありですか。この美しい山を後にして、この荒れ地で餌を貪るとは」（三幕四場六五―六七）と難詰し、「冷たかるべき霜が火と燃え、分別が情欲の取持ちを務めるありさまだ」（三幕四場八七―八八）と慨嘆する。王子の言葉はガートルートの急所を過たず射たようである。「おお、ハムレット、もう言わないで。お前は私の眼を心の奥底に向けさせた。そこには落としようがないほど真っ黒にしみ込んだ汚点が見える」（三幕四場八八―九一）。

母の制止にも耳を貸さず糾弾の言葉を浴びせ続ける王子であるが、それを遮るのが再登場した父の亡霊である。「あれをその魂の苦しみから守っておやり。想像力は、弱い肉体に一番強く働きかけるのだから」（三幕四場一一三―一一四）。そこにあるのはかつての憤怒に満ちた甲冑姿の亡霊ではなく、憐れみを湛えた普段着姿の夫である。その姿はガートルートの眼に映ることなく静かに消えていくが、この呼びかけを境にハムレットの言葉はより穏やかなものとなり、過誤の認識を迫る譴責から、罪からの解脱を説く諭示へとその色合いを変えていく。[14] ステグナーはそんな彼を許し、罪の告解を司る「聴罪司祭」と亡霊の命令を遂行する「復讐者」という二重の役割を果たそうとしているると述べている（二一四）。確かに「私は天の咎とも代理人ともならねばならぬ」（三幕四場一七五）と宣言する一方で、「神の祝福を受けたいというお気持ちになられましたら、その時こそ私も母上の祝福をお願いするでしょう」（三幕四場一七一―七二）と声をかけるその姿には、裁きを託された断罪者の相貌と聖職者のごとき教導的な姿勢が混在し、その狭間で揺れ動く王子の真意を読み取り難くしている。

ここでは「罪」に対する彼の相反した反応をどう理解するかが極めて重要になってくるが、その鍵となるのは聖パウロの『ローマ書』であろう。聖アウグスティヌスの教説の根底ともなっているこの書では、人間の罪に対する神の処方箋として、「律法」（狭義ではモーセ五書やモーセの律法）と「福音」が対比して語られている。パウロ（そしてアウグスティヌス）は、人間に対する神の要求である律法は罪を明らかにし、罪の自覚を生じさせはするが、欲望（「肉の思い」）に繋がれ無力化した人間を導き、解放するには至らないと考えた。それを唯一可能にするのが、キリストへの帰依を通して与えられる神の恩恵であり、それが福音のメッセージである。従って、律法による戒めと、恩恵による善導は、罪に陥った人間に対する神からの二重の働きかけとして捉えうるのであり、これを指してアウグスティヌスは、「モーセは審判者として石を投げ、キリストは王として慈悲を垂れたもう」(アウグスティヌス e 五〇:八)と述べた。

この思想を念頭におく時、ハムレットがとる行動の背後にある動機が断罪と教導であると理解することが初めて可能となる。だが、天意の「代理人」を自任する彼の脳裏に宿っているのが、あの亡霊の記憶であることを忘れてはならない。美々しい甲冑の内で腐乱し、弟への憎悪と妻への愛情に引き裂かれたその肉体と魂の記憶は、王子の行動にも深刻な亀裂を生まずにはおかない。「此奴が酩酊して眠っているか、激怒している時、それとも淫楽の寝床にあるか、悪態をつきながら賭博に耽っている時、はたまた救済の見込みなど少しもないような行為に走った時、その時こそ奴の足をすくってやる」(三幕三場八九―九三)。堕地獄の罪科を数え立てて王の破滅を予告する一方で、自らは(知らずとはいえ)壁掛けの裏に隠れた大臣を惨殺し、その死体を尻目に母に悔悛と禁欲を説くのである。この場面において理性と狂気の間を振幅するハムレットの心を最後に捉えるのは止み難い憎悪である。「青膨れの王に誘われるままその寝床に行くがいい」(三幕四場一八二)と母に毒づき、大臣の死体を見降ろしながら「この臓物を隣の部屋へ引きずって行こう」(三幕四場二一二)と冷淡に言い放つ。

紡がれる喪失の記憶

「承りとうございますが、これまでに私が『それは、こうです』と断言いたしましたことで、間違っておりましたことが一度でもありましょうか」（二幕二場一五三―五五）。王を前に胸を張る大臣は、自らの判断力に絶大な自信を持っているようである。恐らくそれをからかう意味もあるのだろう。ハムレットは、彼を古代イスラエルの士師（judge）の一人になぞらえ、ざれ歌を歌う。「おお、エフタ、イスラエルの裁きの司、何たる宝を持ちたることか。／美しき娘御ただ一人、慈しむこと限りなし。／神のみぞ知る定めにて、／ことは起こるべくして起こりける」（二幕二場四〇四―一八）。戦の勝利を神に祈願するエフタは、凱旋の暁には家の戸口から最初に迎えに出てきたものを燔祭として捧げると誓願を立てる。おそらく常であれば、家の主を最初に出迎えるのは家畜などだったのだろう。ところが案に相違して、帰宅したエフタを最初に出迎えたのは喜び舞い踊る娘であった。苦悩するエフタに娘はしばしの猶予を願い出る。聖書の記述は、「友だちと一緒に行って、山の上で自分の処女であることを嘆いたが、二か月の後、父のもとに帰ってきたので、父は誓った誓願のとおりに彼女におこなった。彼女はついに男を知らなかった。これによって年々イスラエルの娘たちは行って、年に四日ほどギレアデびとエフタの娘のために嘆くことがイスラエルのならわしとなった」（士師記一一章）と結ばれている。[15]

ドーバー・ウィルソンは、この時ハムレットはオフィーリアを囮に使おうとする大臣の企図を察知しており、娘を犠牲に供するエフタを引き合いに出して、彼を皮肉ったのだと考える。そう考えるなら、娘の代わりに己自身が犠牲者として屠られてしまうことになる「裁きの司」（judge）の運命は皮肉としか言いようがない。だが、このエフタの故事は、無辜の犠牲を悼み、死者の記憶を紡いでいく娘たちの存在を描いている点で、この後のオフィーリアの運命をも予示していると考えられる。「逝きて帰らぬあのお方。／逝きて帰らぬあのお方」（四幕五場二九―三〇）。と狂気の中で歌うその姿は、父を喜び迎えるエフタの娘ではなく、別れを惜しみ喪失を嘆く娘の姿と重なる。

だが山上での秘かな嘆きと異なり、衆目の中でむき出しになったその狂気は、宮中に「危険な邪推」（四幕五場一五）をまき散らす不吉な存在へと彼女を変えてしまう。「皆、その言葉を自分の考えに合わせて勝手に綴り合わせています」（四幕五場一〇）という言葉が示唆するように、人々の凝視には各人の胸の内にある思いが多分に投影されており、その意味で狂気のオフィーリアは、彼らの心の奥底を映し出す鏡のような役割を果たしているとも言える。それを最も敏感に感じるのは、ハムレットの糾弾によって罪の意識をかき立てられたガートルートであろう。「この病める心には、罪ある者の性なのか、些細なことの一つ一つが何か大きな禍の先ぶれに思える」（四幕五場一七―一八）と独り語ちる。

その後、彼女は再び登場し、周囲の者たちに種種の花を配りだすが、それぞれに付与された花言葉が受け取り手の特性を皮肉に浮かび上がらせるものになっていることはつとに知られている。まず注目すべきは、彼女が兄に手渡すローズマリー（remembrance）とパンジー（thoughts）であろう。「狂気の中にも教訓がある。物を思うて忘れるなとは適切な」（四幕五場一七八―七九）。独り合点するレイアーティーズには、それが父の死への復讐の銘記を促しているように思われたのかもしれない。しかしながら、「煉獄の死者を想起するということは、何よりも彼らのために祈ることを意味していた」（ロウ 四五六）のであれば、思い出すべきは復讐ではなく、懺悔の暇すらなく命を落とした父の魂のためのとりなしの祈りであったかもしれない。「良心も神の恵みも奈落の底へ！　堕地獄とて恐れるものか」（四幕五場一三二―三四三）と逸り立ち、「この私の意志以外、それを止められるものなどあるものか」（四幕五場一三八）と豪語する彼は、罪はすべからく人間の意志から生ずるとした聖アウグスティヌスの言を証するかのように、暗殺者として破局の道を転がり落ちていくこととなる。

一方、オフィーリアが自分と分かち合うべき花として王妃に差し出すのがヘンルーダ（rue =sorrow, repentance）である。「貴女の方はヘンルーダを違う意味でつけなくてはね」（四幕五場一八三）というその言葉が示唆するように、嘆きと悔悟という二様の意味を持つこの花は、二人の女がそれぞれに抱く異なる感情を表してしているようである。だが、もう一つ暗示的な点として、この花が「安息日の恵みの花（herb of grace 'o Sundays）」という異名を持つことが挙げられる。恵み／恩恵（grace）とは本来、人間に注がれる神の無償の愛であり、信仰への働きかけ・罪の赦し・更生への励ましという形をとって顕れる。アウグスティヌスは、罪への隷属に陥った人間が神において解き放たれ、「善なる意思の人間となるようにされるのはこの恩恵による」（アウグスティヌスｅ一五：三二）と考えた。あくまでも、神の側からの働きかけとして与えられるものである以上、それを受け入れるか否かは人間の決断に任されており、そこには自らの自由意志を働かせる余地が残されている。妃の前に差し出される花は、その時はただ無自覚に受け取られるのみであるが、この後の彼女の運命を予示しているようでもある。

ここでのオフィーリアの役割が、トロイのカッサンドラよろしく誰にも理解されることのないメッセージを伝えることにあったとするなら、役目を終えた後は退場するのみである。「二度とお帰りにはならないの？／二度とお帰りにはならないの？／いえ、いえ、彼は死んだもの。／あなたもお行き死の床へ。／二度とお帰りにはなりませぬ」（四幕五場一九〇―九四）。自らの死を予感するかのような歌を最後に姿を消し、その後の川での溺死はガートルートの言葉を通してのみ伝えられる。

次に登場する時、彼女は冷たい骸となっている。王妃は彼女を王子の妻に望んでいたことを明かし、「花嫁の新床をこそ飾ろうと思っていたものを。愛し娘よ、貴女の墓に花を撒くことになろうとは」（五幕一場二四五—四六）と嘆く。当時の寓意的伝統では、乙女の死を死神との結婚に、その墓を花嫁の新床にたとえるのは一つの常道とされていた。[16] そこに飛び込んだのが、誰あろう王子その人である。奇しくもその墓穴を掘ったのは、遡ること三十年前、先王がフォーティンブラスを倒し、王子自身が生まれ落ちたのと同じ日にこの稼業に就いたという男である。挑まれての決闘だったとはいえ、父の手が流血に染まるのと時を同じくしてハムレットが生を受けたことを思えば、その命の刻限を刻むかのように鋤を振るい続けてきた墓掘りは、彼自身のために用意された死神と言えなくもない（二—ル　二三六）。だが、その穴の底で待っているのは死によって成就する愛などではない。レイアーティーズと鉢合わせし、つかみ合いの喧嘩を演じることとなる。「彼女のためにお前に何ができるというのだ」（五幕一場二七二）と叫び、「泣くのか？ 戦うのか？ 断食するのか？　わが身を引き裂くのか？　酢でも飲むのか？　ワニでも食らうか？」（五幕一場二七五—七六）詰め寄るハムレットの言葉は、死がもたらした取り返しのつかない喪失を露呈するものとなっている。

甦る使者の記憶

エルシノアに舞い戻った王子は、自らの機略にかかったローゼンクランツとギルデンスターンが命を落とすであろうことをホレイショーに打ち明ける。かつての学友を王の陰謀の加担者と見なす王子は、彼らを「毒牙をもった蝮」(三幕四場二〇三)と呼び、その死に対して一片の憐れみも見せない。一方、レイアーティーズに対する自らの振る舞いには悔いを抱いており、謝罪を願う。呵責なき非情さと暖かな温情というその二面性は、老ハムレットの亡霊の特性とも相通ずるものがあるが、それが露わになったところで、御前試合の下知を携えた一人の廷臣が登場する。

当時の舞台習慣では、(主役級は別として)一人の役者が二役、三役をこなすのが常であり、舞台上に同じ役者が再登場しても、違う衣装をまとっている限り、それを別人と見なすのが暗黙のルールであった。贔屓の役者がどんな役を兼ねるかを想像するのは観客の楽しみの一つでもあったと考えられる。[17] 物語の終盤で登場するオズリックも、当然誰か他の役柄を演じた者が再登場したものと推測されるが、問題はそれを演じた人物である。一六〇四年版の「第二・四つ折り版」では、「若きオズリック」と二度にわたって言及されており(五幕二場一九六/五幕二場二五九)、またホレイショーには「タゲリの雛がお頭に卵の殻を載っけて走って行くぞ」(五幕二場一八五—八六)とからかわれているところをみると、舞台上に現れるのは年若い少年であろうと思われる。これまでに出てきた登場人物の中でこれを演じられる年齢層を考えれば、該当者は極めて限られてくる。一つの可能性として考えられるのが女役である。当時の英国では女性は少年が演ずるのが習いであり、変声期を迎えるまでの短い期間しか務められないため、劇団にとって極めて貴重な存在であった。シェイクスピア劇において女性登場人物が少ないのも総じてこの制約によるところが大きい。『ハムレット』に出てくる女役は二人だけであり、そのどちらかがオズリックを演じた公算が大きくなるが、彼と一緒に最終場面に登場するガートルートがこれを演じることは不可能である。やはりオフィーリア役の少年がオズリックを演じたのではないかという推測が成り立つのであるが、そうだとすれば、これは突如打ち切りとなった劇中劇の混乱の中、別れ別れになった両者が（生者として）ようやく対面する場面ということになる。会見は「殿下には、ようこそデンマークにお帰り遊ばされました」（五幕二場八二）というオズリックの恭しい出迎えの口上で始まる。これに王子は「謹んで礼を言うよ」（五幕二場八二）と勿体ぶった言葉を返すのであるが、興味深いのは、王子がそれと全く同じ文句を劇中ただ一か所、不幸な結果に終わったオフィーリアとの会見（**encounter**）において口にしている点である（三幕一場九一）。

著者オラウス・マグヌス自身の手になる
ハムレットの版画（巨大な虻の姿が見える）

続く傍白で、王子はホレイショーに「この水虻（waterfly）を知っているか？」（五幕二場八二）と意味ありげな問いを発するが、[18]彼の前にいるのが元オフィーリアであったとすれば、それも合点がいく。実はこの芝居の原話となったアムレトゥスの伝説にも彼女と同じように囮として使われる娘が出てくる。アムレトゥスの狂気が擬態ではないかと疑った王は、王子と幼馴染の娘を彼の下に送り、その行動を観察する。正気であれば必ずや求愛に及ぶはずだと算段してのことだったが、それを知った王子の乳兄弟が虻（gadfly）の尻に藁しべを結わえ二人の方へ飛ばす。警告を受けた王子は王の仕掛けた罠を回避し事なきを得る。[19] ここでは「虻」はアムレトゥスの相手役の娘と切り離すことのできないモチーフとなっており、シェイクスピアもその点を認識した上でこの挿話を芝居に取り込んだものと思われる。原話と決定的に異なっているのは、かつて王子に「ニンフ」（不完全変態をする昆虫の幼虫の意も）と呼ばれた乙女が水死を遂げ、「水虻」となって舞い戻ってくる点である。この奇妙なメタモルフォーゼを思う時、人魚のように川面を漂いつつ古い聖歌の一節を口ずさむ溺死間際のオフィーリアを「水に生まれ、慣れ親しんだ生き物」（四幕七場一七九）になぞらえた王妃の言葉が印象的に思い出される。

だが、喪失を嘆くエフタの娘が待ち人を喜び迎える者となって再登場しても、王子につらく当たられるのは逃れ得ぬ宿命のようである。後に続く王子の傍白は「知らぬが幸い。このような者を知っているのは悪徳だからな」（Thy state is the more gracious, for 'tis a vice to know him.）（五幕二場八四—八五）と、容赦がない。しかしながら、この「知る（know）」という言葉は、エフタの娘の最期を語った聖書の記述にもある通り（she had known no man.（士師記 一一：三九））、男女の関係を指す場合もあり、そう考えると彼の言葉は「この者と関係を持つのは不道徳だからな」という意味にもとれる。さらに「よく肥えた土地を沢山持っている。奴のような獣でも、獣の王になれば、王の食卓に飼い葉桶を据えて、ご会食に与れるというわけだ」（五幕二場八五―八七）というくだりが続くが、ここでは死んだポローニアスの居場所を聞かれた王子が、「晩餐の真っ最中です（At Supper）」（四幕三場一七）と答えていたことを思い出す必要がある。その時、王子は「蛆虫という奴は食にかけては比類なき皇帝ですよ」（四幕三場二一）と皮肉り、死体を料理に、蛆虫を皇帝になぞらえていた。[20]その伝でゆけば、理性を失いクローディアスに「獣」（四幕五場八六）と呼ばれる存在になった娘の遺体が棺桶に収められ、そこに蛆虫がたかる様は王の会食に与っていると言い表せないこともなく、また寓意的な意味で「死の花嫁」となった者であれば、（埋葬された屍で）「よく肥えた土地を沢山持って」いても何の不思議もない。これら全ての解釈はオズリックを目にした観客がそこにオフィーリアの姿を重ね見て初めて可能になるのであり、それ抜きでは俗物の宮廷人を王子が揶揄するだけのいささか精彩を欠いた場面となってしまう。

この視覚的効果を考えれば、王子の注意にもかかわらずオズリックが帽子を被ろうとしないのにも納得がいく。表面的にはそれは慇懃無礼ともいうべき振る舞いに映るが、無帽を貫くことで観客の視線はその顔に自ずと集められる。この後王子は、帽子を被るよう重ねて身ぶりで促し、「どうかお忘れなきよう（I beseech you remember.）」（五幕二場一〇四）と、皮肉のこもった言葉をかけるのであるが、それも元恋人を目の前にしながら、一向に気付いた様子を見せない彼の口から出てこそ面白みがある。

場面の最後は、オズリックに対する王子の駄目押しの酷評で締めくくられる。「そうしてあ奴や、軽薄な今の世に甘やかされた大勢の同じ様なひよっこどもは、ただ時代の流行り文句を覚え込み、皮相な社交のやり取りから上っ面の知識を仕入れ（Thus has he … only got the tune of the time and, out of an habit of encounter, a kind of yeasty collection）、それで深遠かつ選り抜かれた考えを持つ者たちの目をごまかしておるのだ」（五幕二場一八八―九四）。表面的に聞けば、それは外見だけで内実のない浮薄な宮廷人への苦言である。だが、同じ言葉が舞台上の少年に向けて放たれる時、それは「ただ時に応じた台詞回しを覚え込み、会見の時の衣を脱いで、上っ面の衣装を身に着け、見識深く、目も肥えた客の目をごまかしている」という手厳しい評言にも聞こえるのである。少年劇団が隆盛を極めていた当時のロンドンの情勢を考えれば、この言葉は年若い俳優たちに向けられたシェイクスピアを始めとする成人劇団の面々からの負け惜しみに聞こえなくもない。さらに、それが自分の目と鼻の先をすり抜けて行った者の正体にも気付かぬ王子の口から放たれた言葉となると、その皮肉は二重のものとなるのである。

劇中、いくらかなりとも笑いの起きそうな場面はこれが最後であるが、その目的は観客に一息つく間を与えることだけではない。かつて悲嘆にくれるレイアーティーズは「私の妹は御使いの天使になるだろう」（五幕一場二四二）と述べていた。その予言の通りに狂気の乙女が使いの少年に転身を果たしたのだとすれば、彼女の歌や花に秘かな意味が込められていたように、彼も大切なメッセージを携えて登場したと考えられる。そこで思い出されるのが「陛下はあなた様の方に大きな賭け（wager）をなされました由にございます」（五幕二場一〇二―三）というオズリックの口上である。ここで彼が口にする“wager”という言葉には、「賭け」とは別の意味もある。古来、英国に伝わる裁判の一形式として、被疑者の身の潔白を決闘によって証明する方法があった。「決闘裁判」（wager（of battle））と呼ばれるものであり、『リチャード二世』の冒頭にもこの伝統に基づく決闘の場面が（寸前で回避されるが）出てくる。もちろんクローディアスが計画している「賭け試合」（wager）は、あくまでも王子を殺害するための罠にすぎないのだが、その下知がオズリックを介して伝えられる時、それは決闘裁判への召喚として、裁きの訪れを予告するものともなりうる。そう考えれば、「お手合わせいただけますなら、直ちに試合の運びとなります」（it would come to immediate trial if your lordship would vouchsafe the answer.）（五幕二場一六八―六九）というオズリックの言葉も、「ご答弁いただけますなら、直ちに裁判の運びとなります」と聞きなしうる。これに対して王子が「否と答えたらどうだ」とまぜっかえすと、「つまり、殿下、試合にて御自らご対戦いただけますでしょうか、という意味です」（I mean, my lord, the opposition of your person in trial.）（五幕二場一七一―二）と念押しするように言葉を重ねるのであるが、これも「裁判でのご自身の反論でございます」と言っているようにも聞こえ、賭け試合（wager）の隠れた意味を仄めかしているように思われる。

だが王子がその二重の意味を理解することはない。彼にとってそれは受けて立つべき勝負に過ぎず、たとえそこに王の奸計を嗅ぎ取っていたとしても、さほど頓着もしていないようである。受諾の旨を伝えたハムレットは、そうとは知らぬまま自らの運命を選び取ることになる。しかし、たとえ無自覚であったにせよ、彼がそこに己の宿命を感じ取っているのは確かなようである。勝負を思いとどまるよう進言するホレイショーに向かって言う。「今来るのであれば、あとには来ぬ。あとから来ぬのであれば、今来る。今来るのでないとしても、いずれ来るだろう。覚悟が全てだ」（五幕二場二二〇—二二二）。

こうして痛ましい水死を遂げた乙女がその奇妙な「洗礼」の後に甦り、主人公に最後のメッセージを伝えることとなる。もちろん一連の解釈は、オフィーリア役の少年がオズリックをも演じたと推測して初めて可能になることであり、その奇跡のような再生劇もひっきょう演劇の魔術によって生み出された視覚的幻影でしかない。それでもなお、舞台に再臨する「オフィーリア」は、罪と死の想念に塗りつぶされたかのような作品世界において、新たな可能性を示唆してくれる存在である。人を蝕む罪を体現し、死の中にあってなお復讐を叫んでいた亡霊の姿と、渋面を作る王子の前に立つオズリックの憂いとは無縁の若々しい姿を見比べる時、恐怖と破滅ではなく、罪からの解放と再生をもたらす「死」を説いたパウロの一節を思い出さないわけにはいかない。「すなわち、わたしたちは、その死にあずかるバプテスマによって、彼と共に葬られたのである。それは、キリストが父の栄光によって、死人の中からよみがえらされたように、わたしたちもまた、新しいいのちに生きるためである」（ローマ人への手紙 六：四）。

当然のことながら、この小さな「亡霊」を「見る」ことは観客だけに許された特権であり、その姿が王子の目に映ずることはない。あたかも蘇ったキリストに気付かないエマオへの旅人よろしく、「この水虻を知っておるか」などと呑気な会話を交わしている二人の姿を前にして、初めて観客は気付くのである。狂気を帯びながらも、なお鋭い機知と鋭敏な知性を垣間見せるハムレットに、私たちは知らず知らずのうちに信頼を置き、その判断を正しいものとして受け入れがちになるのであるが、王子とて劇中人物の一人に過ぎないのであり、芝居そのものを編み上げた劇作家の真意までを推し量ることはできない。それは、現し世を生きる人間に神の摂理が計り難いのと同じであり、目の前に差し出された恩恵にすら気付かずに行き過ぎてしまう、盲を運命づけられた人間の姿そのものを映し出す鏡ともなっている。

審判と聖体の記憶

広間で待ち受ける王子の下に王の一行が到着し、試合の準備が整えられる。ワトソンは、この一幕を王が司式する「反・聖体拝領（anti-Communion）」と位置付け、そこにカトリックのミサのパロディー的要素を見てとっている（ワトソン 四八〇）。すなわち、酒杯は聖杯に、ぶどう酒はキリストの血に、乾杯の仕草は聖体奉挙に見立てられると言うのであるが、しかし、酒杯が卓子上に置かれているところは、プロテスタントの聖餐式に見えなくもない。エドワード六世からエリザベスへと引き継がれた宗教改革により、教会からは祭壇が撤去され、それに代わって聖卓が置かれるようになっていたのである（クレッシー、フェレル 六九―八〇）。また、当時カトリックでは一般信徒はパンだけに与るのが習慣であった（一種陪餐）ことを思えば、王子に熱心にぶどう酒をすすめる王は、パンとぶどう酒、両方の陪餐（二種陪餐）を唱えたプロテスタントの立場の擁護者のようにも見える。だが、新旧どちらにせよ、そこに聖体拝領（the Eucharist）の転倒したイメージが潜んでいることだけは確かであり、この後の最後の場面を象徴する鍵ともなっている。

まずは王からの和解の勧告に従いハムレットがレイアーティーズに赦しを乞い、全ては狂気のなせるわざであったと弁明する。[21] 両者の和解が成立したところで、クローディアスが試合開始を告げるが、その言葉は同時に王子に対する赦免の宣言ともなっている。

ハムレットが一戦目か、二戦目で一本を取るか、または三度目の手合せで一本返したなら、胸壁じゅうの大砲（ordnance）を打ち上げよ。王は、ハムレットの息がよく続くことを念じて乾杯し、デンマーク四代の王の冠を飾ってきたものより、さらに高価な真珠をこの杯に投げ入れよう（And in the cup an union shall he throw）。酒杯をこちらに。太鼓はラッパに告げよ。ラッパは外の砲手に、大砲は天に、天は地に告げ知らせよ（The cannons to the heavens, the heaven to earth）。今、王がハムレットに乾杯すると。（五幕二場二六八—七八）

試合開始を告げる王の宣言には多くの掛け言葉がちりばめられ、その御前試合に宗教的な色彩を付与するものとなっている。“ordnance” は “cannon” と同じく「大砲」を意味するが、それとほとんど発音の変わらない “ordinance” には秘跡などの「聖礼典」の他に「神の定め」の意味もある。またワトソンは、“And in the *cup an union* shall he throw” のくだりを取り上げ、これを “communion”（聖体拝領）にかけた洒落ではないかと推測しているが（四八〇）、たとえ耳からの連想が無理であったとしても、王がこれ見よがしに掲げて見せる大粒の丸い真珠を見れば、聖餅（聖体のパン／ホスチア）を思い浮かべずにはいられない。最後に “cannon”（大砲）であるが、これと同音語 “canon” には「教会法」、「ミサ典

カトリックのミサにおける聖体奉挙

文」などの意がある（ゴンサレス 四九）。[22] 大砲（cannons）を打ち上げさせた後、酒杯と真珠をおもむろに掲げて見せる王の仕草は、ミサ典文（canon of the Mass）の後、聖体奉挙へと移る一連のミサの流れを連想させるものとなっており、それが王子を毒殺するための芝居であることを考えれば、なおさら涜神的な行為と言わざるをえない。罪を塗り重ねる己の行為を最も神聖な礼典の型にはめ込み、その殺意を華々しい演技で覆い隠すクローディアスの姿は、彼自身の意志が最終的に決めた己の在りようを如実に表すものとなっており、この後彼に落ちかかる運命もその選択に呼応したものとなっている。

こうして始められた「反・聖体拝領」であるが、ひとたび勝負が始まれば、それはたちまち王子に予告された「決闘裁判」へと変貌する。裁きとなれば当然「審判（judge）」が必要となるが、死亡した「裁きの司」（judge）ポローニアスの名代を勤めるのはもちろんオズリックである。一戦目、突きを決めた王子が「判定！（Judgment）」と呼ばわると、「一本です。見事な一本です」（五幕二場二八一）と嬉しげに合いの手を入れる。ハムレットの「判定／裁き」（Judgment）を求める声に呼応するかのように、天には砲声が鳴り響き、王が真珠を入れた毒杯をハムレットに差し出す。皮肉なことに、その杯を最初に受けるのは王妃である。息子の幸運を祈って乾杯しようとする彼女をクローディアスは制止するが、「飲みたいのです。陛下、お許し下さいませ」（I will, my lord, I pray you pardon me.）（五幕二場二九一）と言い置いて毒酒をあおる。忘れてはならないのは、ここでガートルートがはっきりと己の意志を表明していることであり、無自覚とはいえ彼女自身の責任において運命を選び取っていることである。そして、その口を衝いて出た言葉は、表面的には王への詫びでありながら、同時に死を前にした人間が口にする「主よ、お赦し下さい」という告解の文句ともなっている。

周囲の人々が次々と落命していく中、最後に残されたハムレットは、死にゆく彼の後を追おうとするホレイショーの手から毒杯をもぎ取る。「天にかけて、それを貰うぞ！」（五幕二場三四三）というその言葉からは、王子が杯を取り上げただけなのか、一緒に中身も口にしたのか判断することは難しい。だがどちらにせよ、それは王子にとって皮肉な聖餐を意味する。かつて老ハムレットの亡霊は、「聖餐にも与らず、告解も済まさず、終油も施されず」に命を落としたと怨嗟の声を上げていた。レイアーティーズに赦しを乞い、猛毒の油（an unction＝油薬／聖油）を塗った剣の刃を受け、最後に酒杯を手にした王子は、あたかも亡霊の代役として転倒した「終油の秘跡」を受けているかのようである。

場面を最後に締めくくるのは、ポーランドとの戦から凱旋したフォーティンブラスである。思えば彼とハムレットの父親同士も同じ様な死闘を繰り広げたのであったが、それから三十年、王家が断絶したデンマークに勝利者として登場するのはかつての敗者の息子である。「悲しみとともに我が幸運を抱き留めよう」（I embrace my fortune.）（五幕二場三八八）と言い放ち、主を失ったデンマークの王座をすかさず要求する彼は、"Fortinbras"（fortune embrace）というその名が暗示する通り、やがて登位を果たすであろう予兆を感じさせる。だが、たとえ王子の予言通りになったとしても、それが秩序と平和の確立を無条件に意味するものではないことは明らかである。自ら大軍を率い、二束三文の土地を得るためにポーランドに戦を仕掛けるフォーティンブラスは、「そりに乗ったポーランド人たちを打ち砕いた」（一幕一場六三）という若き日のハムレットの父の再来のような人物であり、この好戦的な王の統治が国の安寧に繋がるかどうかは未知数である。一方、時を同じくして到着した英国からの使者は、命令通りにローゼンクランツとギルデンスターンを処刑したことを告げる。片や、「卵の殻ほどのくだらぬことに」（四幕四場五三）多くの人命を投げ出す王子であり、片や、他国の王の指示するまま、吟味もせずに処刑を断行する王であれば、そのどちらにおいても地上における正義が実現される保証はなく、将来への楽観を許さない幕切れとなっている。

契約の記憶

最終幕に向けて物語が展開していく中で、登場人物の言動が持つ真の意味が明かされていくシェイクスピアの作劇スタイルを、ドーバー・ウィルソンは「漸進的啓示」と呼んだ（二三二）。本作品でもその手法は健在であり、周囲の者を困惑させ続けてきたハムレットの狂気に内包される象徴的な意味も、試合前の王子の弁明によって解き明かされる。「もし、ハムレットが正気を奪われ、本来の彼自身ではない時にレイアーティーズを傷つけたのなら、それをしたのはハムレットではない。ハムレットは否認する。では誰の仕業か。狂気だ」（五幕二場二三四―二三七）。この弁明は狂気を理由に自らの責任を回避する意図が垣間見えるとして、しばしば批判されてきた。だが、これと同じような論法は自らの内に巣食う罪の存在を語るパウロの言葉の中にも見受けられる。「すなわち、わたしの欲している善はしないで、欲していない悪は、これを行っている。もし、欲しないことをしているとすれば、それをしているのは、もはやわたしでなく、わたしの内に宿っている罪である」（「ローマ人への手紙」七：一九―二〇）。人間の精神を侵す病としての狂気と、魂を壊敗し死に至らしめる罪とを同一視するわけにはいかないが、少なくとも自らのあるべき本性から抗いようもなく遠ざけられている点では両者は似通っている。

ハムレットの狂気が、人間の本性を絡め取り、蝕んでいく罪の姿を表象しているとするなら、それは己が身体の壊敗の恐怖を語り、憎悪の念と愛憐の情の狭間で揺れ動く亡霊の姿にも通ずるものである。そして両者の相似をアダム伝来の原罪に帰するなら、それはまた全ての人間が共有する死に至る病とも言うべきものと捉えうる。すなわち「彼の罪と死によって私たちは、いわば相続する悪でもって拘束されている」（アウグスティヌス f 一三：一六）のであり、そこからの解放は仲保者キリストを通じて与えられる罪の赦しと更生をもって初めて可能となる。この道程を約言すれば、神との和解に至る道ということになろうが、問題はそれをいかにして成立させ、堅持するかである。

クローディアスが催した剣の試合が「死の舞踏」のごときものへと化していく中、毒杯を手にしたガートルートは無意識のままに「お許し下さい」という告解の言葉を口にし、一方、レイアーティーズとハムレットは絶命までの僅かな間を利用して、互いに赦しを交わし合う。その様は、仕置き場に連れ去られる寸前の悪童が、罰を免れようと大慌てで仲直りする様に似ていなくもないが、その行為から読み取れるのは、やはり神の赦しを求める切実な想いであり、死にあってなお「思い出して下さい（Remember me.）」と訴える亡霊の言葉と相通ずるものがある。それは最早この世においては生者の記憶の中にしか留まるところを持たない者が、その祈りにおいて神との和解を求める声であり、まさにアダム以来の人間の懇請に他ならない。

そう考える時、この最終場面が聖餐式のイメージを色濃く匂わせたものになっていることの意味は大きい。もちろん、クローディアスが掲げて見せる真珠入りの杯は、聖杯とは真逆のものであり、巡り巡って彼自身に落ちかかる死は、神の裁きとして位置づけられる。だが律法と福音を対置させ、人間の罪に下される神の罰と、その苦境に注がれる神の憐れみを表裏一体のものと考えたアウグスティヌスに従うなら、滅びに向かう人々の背後に現出するユーカリストのイメージを、単なるパロディーとして切り捨てる訳にはいかない。「これは、あなたがたのために与えるわたしのからだである。わたしを記念するため、このように行いなさい（doe this in the remembrance of me.)」。自らの想起を促すその言葉が求めているのは他でもない、己の血肉を通して打ちたてられる救済の契約の銘記であり、その意味でこれはまさしく和解を求める人間の声に対する神の応答となっている。

だが、その救済のメッセージを受け止めるのは劇中人物たちではない。舞台の終幕、瞠目する人々を前にしたホレイショーは、「情欲と血にまみれた同義にもとる行為の数々、偶然の思い違い、思いがけぬ殺人、謀略とやむなき事情から生じた死、そしてその結末に、狙いが外れ発案者自身の頭上に落ちかかった企み」（五幕二場三八〇—八五）、その一切を語ろうと言う。だが、その語りからは、どれ程多くのものが抜け落ちていることだろう。私たちはこれまで、亡霊から罪と死の記憶を注ぎ込まれた王子が狂気へと走り、浄罪を切望し祈りを試みていた王が王子の抹殺に血眼となり、愛する者の喪失を嘆いていた乙女が、「タゲリの雛」のような若い廷臣の姿となって「甦る」さまを追ってきた。そのどれもが周囲の誰にも知られる（気付かれる）ことなく起こる転変であり、それを考えれば、その全てを目撃する機会を与えられた観客は、疑似的な神として作品世界に君臨する劇作家の意図を推測することを許された特権的な立場にあると言えなくもない。もちろんそれは、たかだか四時間余りの芝居の上演においてのみであり、それすらも過ぎ去った場面を反芻し、まだ見ぬ結末を想像しながらなのであるが。

では、この小さな「O型の木造小屋」（『ヘンリー五世』プロローグ　一三）での劇作家と芝居の関係を、外に広がる「世界劇場」（Theatrum Mundi）に敷衍して論じるなら、どうなるであろうか。アウグスティヌスは、時間の流れの中に生きる人間の精神は、記憶によって過去を、直視によって現在を、そして期待によって未来を把握すると考えた（アウグスティヌス b下一一：二〇）。それに対し、時間を超越した「神の予見と記憶と知解はそれぞれのものを次々に思考することによって見るのではなく、一つの永遠かつ不変の、言説を絶した注視でもって、その知りたもう一切のものをとらえる」。言い換えれば「一つの直視の中に全体が同時に現前している」（アウグスティヌス f一五：七）のであり、それは神の記憶とも名づけうるものである。であるならば、アダムの堕罪からイエスの贖罪、そして最後の審判に至るまでの神の救済の「計画」もその一部であると考えられ、人は神の記憶の中を生きながら、同時にその記憶の一部を刻印のように心に宿した存在であると言いうる。聖体が象徴するのは、その精神の核となる神の記憶そのものであり、「それゆえかの食物を食べ、またかの飲み物を飲むということは、キリストのうちにとどまり、かつ彼をとどまりたもう方として自らうちにもつということなのである」（アウグスティヌス d二六：一八）。アウグスティヌスは聖餐の秘跡の意義をこう語り、キリストの想起と彼との交わりにおいて、その救いへの希望と信頼を堅持するよう説いた[23]。

この観点に立つ時、『ハムレット』は決して現代的な意味での不条理劇などではないということが理解される。小津次郎は「本当の劇は観客の眼には見えないところで進行している」と述べ、

「この芝居の核心は実の世界ではなくて、虚の世界にある」(二二七)と指摘した。だが、その視点をさらに突き詰めて考えるなら、観客にとって舞台上の世界が虚構であり、劇場の外こそが現実であるのと同様、可変的な人間が生きる「世界劇場」もまた虚の世界にすぎず、その外に広がる永遠不滅の神の記憶こそが真の実世界であるという見方も成り立つのである。芝居の終幕、ハムレットの葬送の準備を命ずる若きフォーティンブラスの脳裏には、そのような考えなど露ほども浮かんではいないだろう。彼にとっては、この舞台上の世界こそが紛れもない現実である。だが、この運命の寵児の栄達も現世の栄枯盛衰の一齣に過ぎないのは言うまでもない。アレクサンダーやカエサルを引き合いに現世の栄華の空しさを論じたハムレットの言を引き合いに出すまでもなく、そこに転がる屍を目にすれば、この芝居の底に流れているのが生者必滅の思想であることは間違いない。だが、全てが瓦解し滅び去るこの虚の世界の結末は、アウグスティヌスが説く「神の計画」の終着点ではない。

「哀れな王妃よ、さらば(adieu)」(五幕二場三三三)。今際の際、王子は母に声を掛ける。あの亡霊も口にしていた"adieu"(to God)の原義は「貴方を神に委ねます(I commend you to God.)」であり、旅立って行く者へ送る別れの言葉であった。自らの命も尽きようとしているハムレットが口にし得る唯一の言葉であったとも言えるが、それはまた同時に全ての人間に当てはまる言葉でもある。一寸先も見通せぬ人の身であってみれば、生も死もただ神のまにまに受け取るしかない。だが、「スズメ一羽落ちるのにも天の摂理があるのだからな」（五幕二場二二〇―二二）と語る王子の言葉は、驚くほどにあっけらかんとしている。[24] それが諦観の裏返しなのか、または神への信頼の証なのか、にわかには判断をつけ難い。だが、「神慮というものがあって、我々人間の細工がどれだけ荒削りでも、ちゃんと仕上げをしてくれるのだな」（五幕二場一〇―一一）というその言葉から窺う限りは、後者であるように思われる。アウグスティヌスは、自らの過去を振り返った『告白録』の中で、現世を夜に、来世を朝になぞらえ歌っている。「かつてわたしたちは怒りの子、闇の子でした。その闇の名残りをわたしたちは罪のゆえに死んだ身体のうちに、朝が夜を吹き飛ばし、闇が消えるまで、負い続けます。……朝わたしたちは立ち上がり、わたしの顔の救い、わたしの神を見るでしょう」（アウグスティヌス　b下一三：一四）。未来を待ち望むその言葉は、亡霊との恐怖の一夜を明かしたホレイショーが、日の出を迎えて口にする文句を思い起こさせる。「しかし見よ、茜色の衣に身を包んだ朝が、あの東方の小高い丘の朝露を踏み越えやって来る」（一幕二場一六六―一六七）。どれ程深い死の闇に覆われようとも、時が来れば朝となり、見失った待ち人が姿を現す。そこで、気付くのである。花婿キリスト（「ヨハネによる福音書三：二九）の再来をもって幕を閉じる神曲（La Divina Commedia）とは、ひっきょう神と人との婚礼に終わる喜劇なのであり、その無辺の神の記憶（memoria dei）に照らせば、ハムレットの悲劇など、ただの幕合狂言でしかないのだと。

【注】

1　『ハムレット』には「第一・四つ折り版」(First Quarto / Q1)（一六〇三）、「第二・四つ折り版」(Second Quarto / Q2)（一六〇四）、「第一・二つ折り版」(First Folio / F1)（一六二三）という三つの版本が存在する。このうちQ1は粗悪な海賊版であるとする見方が最も有力である。

2　ジョンソン、マーストン、デカーといった劇作家同士が少年劇団で掛けられる芝居を通して互いを槍玉に挙げて冷やかし合い、人々の耳目を集めたとされる（小津　一七〇―七四）。

3　マーローは数日後に刺殺、キッドも一年後に死亡した。真相は不明である（スティーン　一二―一五）。

4　ミルワードやリチャード・ウィルソンがカトリックの色濃い痕跡を見出す一方、ダニエルやマシソンのようにプロテスタント思想の投影を指摘する批評家も存在し、意見の一致をみるには程遠い。

5　シェイクスピアがカトリックであった可能性は長く論じられてきた。母方のアーデン家は紛れもなきカトリックの一族であったし、父ジョンと娘のスザンヌも国教礼拝忌避者リストに名を残している。更に言えば、彼のパトロンであったサザンプトン伯の一族もカトリックの名門であった（マイオラ　三五二―六三）。だが、これらの状況証拠から確定的な判断を下すのは難しい。

6　原文（Unhous'led, disappointed, unanel'd）に出て来る "disappointed" という言葉は、"without (spiritual) preparation" の意で、ここでは告解の秘跡の欠如を指すと考えられる。

7　宗教改革の広がりと共に、新旧両派のアウグスティヌスに対する関心も高まった。例えば彼の『告白録』は、一六世紀中だけで少なくとも九種類出されている（アウグスティヌス　b下五〇七）。

8　一五五二年改訂の第二祈祷書は、一五四九年編纂の第一祈祷書に比べ、プロテスタント色がより鮮明に打ち出されており、その後、繰返し改訂された祈祷書の大枠を定めるものとなった（青柳　二一八）。

9　老ハムレットの表向きの死因は庭園で午睡中に蛇に噛まれたためということになっているが、この公への告知と毒液を耳に注ぎ込むという実際の殺害方法とを考え合わせると、それは否応なく蛇の言葉に籠絡され、楽園を追放される人類の始祖を想起させるものとなっている。

10 始源としての父なる神・神の御言葉（ロゴス／万物の創造の形相原理）である御子・神の賜物として両者から発出される聖霊（神の愛）の三つのペルソナから成り、本質において一体である（アウグスティヌス f 一五・一七）。

11 カイザーの指摘するところでは、アウグスティヌスは、神の三位一体の写しである人間の内なる三一性の事実的側面を「精神・知・愛」（mens, notitia, amor）と呼び、その存在を可能ならしめる活動的側面を「記憶・知解・意志」（memoria, intelligentia, voluntas）と呼んだ（七三―七五）。すなわち「私たちは記憶によらなければ精神を想起しえず、知解によらなければ知解しえず、意志によらなければ愛しえないのである」（アウグスティヌス f 一五：七）。「記憶」を「人間の精神的な存在の源」であると同時に（五八）、精神そのものであると規定しうる所以である（七五）。

12 当時の図像学的伝統では、本を手に独り佇む女は祈りと篤信を表した。オフィーリアの姿は、受胎告知の聖母マリアの姿を彷彿とさせるものがある（ライアンズ 六一）。

13 ブリンコによれば、当時のプロテスタントの教義解釈では、寡婦であるガートルートとクローディアスとの結婚は不義と見なされる（一九―二一）。だが「結婚の誓詞を博徒の誓いのごとき虚言にしてしまわれた」（三幕四場四四―四五）という息子の非難に対するガートルートの面喰ったような反応を見れば、彼女にそのような認識は皆無であることは明らかである。

14 「罪を天に告白し［懺悔］、過去を悔い改め［痛悔］、将来を慎みなさるがいい［償罪］」（三幕四場一四九―五〇）。ハムレットはここで、告解の秘跡の文句をそのまま使っている（モリス 五四）。

15 ハントはこのエフタの娘の挿話はオフィーリアの処女性を示唆するものであると考える（一五）。

16 「『ロミオとジュリエット』においても、このイメージが効果的に用いられていることは、カーリンも指摘する通りである（一九一—九二）。

17 当時の芝居の配役がどのようなものであったか、現在では推測するしかない点が多い。最もよく知られた仮説上の兼ね役は、『リア王』でのコーディリアと道化の役である（ウィルズ 一九二）。ウィルズは、一六〇六年に『マクベス』が初演された時、当時人気の少年俳優ジョン・ライス（John Rice）がマクベス夫人とマクダフ夫人の両方を演じたのではないかと推測している。彼の名をギリシャ風に表記すれば "Ricos" であり、僅かな文字の組み換えで "Osric" に変換しうる。

18 "waterfly" はトンボや蛍など水辺を飛ぶ昆虫一般を指すが、ここでは便宜上「水虻」と呼んでおく。

19 この挿話は、サクソ・グラマティクスの『デンマーク史』や、オラウス・マグヌスの『北方民族文化誌』（一五五五）には収録されているが、ベルフォレの『悲話集』には収められていない。

20 この台詞（Your worm is your only emperor for diet）は、神聖ローマ皇帝カルロス五世が召集した一五二一年のヴォルムス帝国会議（the Diet of Worms）を揶揄したものと考えられている。召喚されたルターは自説の撤回を拒否し、異端の宣告を受けた（マシソン 三九一）。

21 ステッグナーによると、宗教改革によって告解制度が消失した結果、悔悟者がとる行動は「本人と神しか知り得ない精神的内省と、外に向けての社会的告白」の二つに分かれた（一一一）。後者は罪障滅却ではなく、被害者や共同体との和解を主目的としており、王子の弁明もその色彩が濃い。

22 ミサ典文とは聖別の祈りのことであり、パンとぶどう酒をキリストの体と血として聖変化させる聖霊の働きを求めるものである（ゴンサレス 四九）。

23 「わたしは記憶と呼ばれる、このわたしの力をも超えて行こう。甘美なる光よ、あなたの許に達するために、わたしはこの記憶の力を超えて行こう」（アウグスティヌス b一〇：一七）「わたしを超えて、あなたにおいて（supra me, in te）」（一〇：二六）神を求める。その時、神が人間の心の中にあるメモリアを照らし、神のメモリア（memoria dei）を人間に与える。これが神の憐れみである。（宮谷宣史『告白録』訳者 五四八）

24　一五九六年に当時十一歳の息子ハムネットを亡くし、一六〇一年に父ジョンを失っていることを思えば、その言葉の裏には痛切な記憶が隠されていたかもしれない（グリーンブラット 二八八―三二二）。

使用テキスト

G. Blakemore Evans ed. *The Riverside Shakespeare*. Boston: Houghton Mifflin Company, 1974.

[引用文献]

Beauregard, David. "'Great Command O'Ersways the Order': Purgatory, Revenge, and Maimed Rites in *Hamlet*," *Religion and the Arts* 11 (2007): 45-73.

Blincoe, Noel. "Is Gertrude an Adulteress?" *ANQ*, 10 (Fall 1997): 18-24.

Bullough, Geoffrey. ed. *Narrative and Dramatic Sources of Shakespeare*, VII. London: Routledge and Kegan Paul, 1973.

Carlin, Patricia L. *Shakespeare's Mortal Men: Overcoming Death in History, Comedy and Tragedy*. New York: Peter Lang, 1993.

Chambers, E. K. *The Elizabethan Stage*, 4. Oxford: Clarendon P, 1961.

Cressy, David. *Birth, Marriage & Death: Ritual, Religion, and the Life-cycle in Tudor and Stuart England*. Oxford: Oxford UP, 1999.

Cressy, David and Lori Anne Ferrell. *Religion and Society in Early Modern England: A Sourcebook—Second Edition*. New York: Routledge, 1996.

Daniell, David. "Explorers of the Revelation: Spenser and Shakespeare" In *Shakespeare's Christianity: The Catholic and Protestant Poetics of Julius* Caesar, Macbeth, *and* Hamlet. ed. Beatrice Batson. Waco TX: Baylor UP, 2006

Duffy, Eamon. *The Stripping of the Altars: Traditional Religion in England 1400-1580*. New Haven CT: Yale UP, 1992.

The Geneva Bible: A Facsimile of the 1560 Edition / with an introduction by Lloyd E. Berry. Madison: U of Wisconsin P, 1969.

Greenblatt, Stephen. *Hamlet in Purgatory*. Princeton UP: Princeton, 2001.

——. *Will in the World: How Shakespeare Became Shakespeare*. New York: W. W. Norton &Company, 2004.

Hays, Michael L. *Shakespearean Tragedy as Chivalric Romance: Rethinking, Macbeth, Hamlet, Othello, and King Lear*. Cambridge: D. S. Brewer, 2003.

Hunt, Cameron. "Jephthah's Daughter's Daughter: Ophelia." *ANQ* 22 (Fall 2009): 13-16.

Landau, Aaron. "'Let Me Not Burst In Ignorance': Skepticism and Anxiety in Hamlet." *English Studies* 82 3 (June 2001): 218-30.

Low, Anthony. "*Hamlet* and the Ghost of Purgatory: Intimations of Killing the Father," *English Literary Renaissance* 29 3(Autumn 1999): 443-467

Matheson, Mark. "*Hamlet* and 'A Matter Tender and Dangerous'.", *Shakespeare Quarterly* 46 4 (Winter 1995): 383-398.

Maxwell, Julie. "Counter-Reformation Version of Saxo: A New Source for *Hamlet*?" *Renaissance Quarterly* 57 2 (Summer 2004): 518-560.

Milward, Peter, SJ. *The Catholicism of Shakespeare's Plays*. London: The Saint Austin P, 1997.

Miola, Robert S. *Early Modern Catholicism: An Anthology of Primary Sources*. Oxford: Oxford UP, 2007.

Morris, Harry. *Last Things in Shakespeare*. Tallahassee: Florida State UP, 1985

Neill, Michael. *Issues of Death: Mortality and Identity in English Renaissance Tragedy*. Oxford: Clarendon P, 1997.

Steane, J.B. *Christopher Marlowe: The Complete Plays*. London: Penguin Books, 1986.

Stegner, Paul D. "'Try what repentance can': Hamlet, Confession, and the Extraction of Interiority." *Shakespeare Studies* 35 (2007): 105-29.

Watson, Elizabeth S. "Old King, New King, Eclipsed Sons, and Abandoned Altars in Hamlet," *Sixteenth Century Journal*; Summer 35 2 (2004): 475-500.

Wills, Garry. *Witches and Jesuits: Shakespeare's Macbeth*. Oxford: Oxford UP, 1995.

Wilson, J. Dover. *What Happens in Hamlet.* Cambridge: Cambridge UP, 1964.
Wilson, Richard. *Secret Shakespeare: Studies in Theatre, Religion, and Resistance.* Manchester and New York: Manchester UP, 2004.
Zimmerman, Susan. *The Early Modern Corpse and Shakespeare's Theatre.* Edinburgh: Edinburgh UP, 2005.
アウグスティヌス、アウレリウス
（a）『自由意志』（アウグスティヌス著作集 三 初期哲学論集（三））教文館、一九八九年。
（b）『告白録（上・下）』（アウグスティヌス著作集五（一・二））宮谷宣史訳、教文館、一九九三／二〇〇七年。
（c）『恩恵と自由意志』（アウグスティヌス著作集一〇 ペラギウス派駁論醜（二））教文館、一九八五年。
（d）『ヨハネによる福音書講解説教（二）』（アウグスティヌス著作集 二三）教文館、一九九三年。
（e）『詩編注解（二）』（アウグスティヌス著作集 一八（二））教文館、二〇〇六年。
（f）『三位一体』（アウグスティヌス著作集 二八）教文館、二〇〇四年。
青柳かおり『イングランド国教会——包括と寛容の時代』彩流社、二〇〇八年。

ウィルソン、イアン『シェイクスピアの謎を解く』河出書房新社、二〇〇〇年。

カイザー、H・J『アウグスティヌス——時間と記憶——』新地書房、一九九〇年。

ゴンサレス、J『キリスト教神学基本用語集』教文館、二〇一〇年。

シュトルツ、アルバン・イシドア『聖アウグスティヌスの哲学』一九九五年。

ゼーベルク、ラインホルト『教理史要綱』教文館、一九九二年。

塚田理『イングランドの宗教——アングリカニズムの歴史とその特質』教文館、二〇〇四年。

テュヒレ、ヘルマン編集『キリスト教史 5——信仰分裂の時代』平凡社、一九九七年。

日本聖書協会訳『聖書』（口語訳聖書）日本聖書協会、一九七八年。

八代崇『イングランド宗教改革史研究』創文社、一九七九年。

第四章　オリエント女性サフィ

――『フランケンシュタイン』に刻まれたオリエントの記憶

阿部　美春

メアリ・ウルストンクラフト・ゴドウィン・シェリー

メアリ・シェリー（一七九七―一八五一）は、フランス革命の余韻覚めやらない一七九七年、ウィリアム・ゴドウィンとメアリ・ウルストンクラフトを親として生まれた。近代無政府主義と近代フェミニズムのパイオニアという「輝かしい両親」と、その信奉者で後に夫となった詩人パーシー・ビッシュ・シェリー（一七九二―一八二二）の影響のもと、文学的才能を開花させた。ゴシック小説『フランケンシュタイン　現代のプロメテウス』（一八一八）を始め、歴史ロマンス『ヴァルパーガ』（一八二三）、黙示的小説『最後の人間』（一八二六）など六つの長編、およそ三〇篇の中短編、その他旅行記、ヨーロッパ偉人伝、夫の詩集を残している。古典から同時代のものまで浩瀚な読書に裏打ちされた作品は、総じて生身の人間描写より観念がまさる傾向があり、作品の舞台も、英国にとどまらず、「田舎の村の二、三の家族」を題材にしたジェイン・オースティンと対照的である。

メアリは、両親や夫に深い敬意を生涯抱きつづける一方で、その作品は声高に主義主張を語るものではなく、一見ラディカルさを欠いているように思われる。だが、作品を貫く西洋的普遍性を相対化する視点には、西洋文化批判が潜んでいる。ガヤトリ・スピヴァクが、『フランケンシュタイン』の強みであると評価した、確定しない「慎重に距離をおく」(一三八) 相対化の視点は、メアリの作品を特徴づけるものであり、『フランケンシュタイン』の場合、イギリス人航海者ウォルトン、科学者フランケンシュタイン、怪物三者の入れ子構造の語りを通して、「現代のプロメテウス」の多義的姿が描かれるところに、それを見ることができる。

若書きの作品とはいえ、西洋文化の二大起原神話、プロメテウス神話と創世記を枠組みに据えた、近代科学者による生命創造譚は、西洋的人間像、知識の探求、科学とテクノロジーの孕む問題を提示し、時代ごとに新たな読みの可能性を広げてきた。その重層的な語りからは、オクシデントとオリエント、キリスト教とイスラム教、ギリシアとオスマン帝国、旧世界と新世界をめぐって、西洋的な二項対立におさまらない物語が見えてくる。

物語は、北極海の新航路開拓に向かうウォルトンの語りで始まる。ウォルトンは、極北の氷原を犬橇で行くフランケンシュタインを船上に助けあげ、彼の語る新人類創造の顛末を記録し、故郷イングランドの姉（妹）マーガレットに送る。物語はすべてウォルトンの認めた第四の書簡で展開する。本稿で取り上げるオリエント女性サフィは、物語最深部、怪物の語りに登場する。醜さゆえに創造主フランケンシュタインに見捨てられた怪物は、人間の迫害を逃れて、亡命フランス人家族、ド・ラセ家の隣に隠れ住み、一家の生活の一部始終を観察して、言語を学び、一家の姿に理想の家庭を見る。この一家を訪れ、やがてその一員となるのがサフィである。彼女は、アラビア人キリスト教徒とイスラム教徒トルコ人を親に持つのだが、故国オスマン帝国を捨て、ヨーロッパ社会での生活に期待を寄せる。彼女のヨーロッパ・キリスト教社会へのイニシエーションは、はからずも怪物にとって人間社会の言語、歴史と社会制度学習の場となる。

怪物とオリエント女性サフィ

怪物とサフィは、コンスタンティン・フランソワ・ド・シャスブフ・ヴォルネイ（一七五七―一八二〇）の『諸帝国の没落』（一七九一）（以下『没落』と略す）を通して、ヨーロッパの社会や歴史を学ぶ。サフィの言語学習ために、恋人、後に夫となるフェリックスが選んだテキストは『没落』であった。サフィと一緒に、つまり彼女の教育をこっそりと見聞して学ぶ怪物は、このテキストについて次のように語る。

この作品を通して、私は歴史についての大まかな知識と、現在あるいくつかの帝国の外観を知った。それは、この地上の異なった国々の習慣、政府、宗教について理解を与えてくれた。私が知ったのは、アジア人の怠惰さ、ギリシア人の並外れた才能と精神活動、古代ローマ人の戦、すばらしい美徳、後のその強大な帝国の没落と衰退、騎士道、キリスト教、王族のことだった。(メアリ a 八九)

『没落』は、怪物とサフィの脳裡にヨーロッパの集合的記憶を刻むのだが、興味深いことに、怪物は同じテキストを通して、「アメリカ半球の発見を知り、その先住民の不幸な運命を知り、サフィとともに涙する」(メアリ a 八九)。ヨーロッパ・キリスト教社会に理想の成就を夢見るサフィに対して、怪物は、やがて新世界の先住民にヨーロッパで迫害される自らの姿を重ね、ヨーロッパを去り、南米の荒野に女怪物と生きることに一縷の望みを託す。

南米の荒野をめざす怪物をめぐるエピソードには、新世界の他者をめぐるヨーロッパの集合的記憶である無垢と野蛮、高貴な野蛮人と人喰いの野蛮人という、はるか古代に起原を持ち、一五世紀ヨーロッパと新世界の遭遇によって反復・増幅され、征服と植民化を正当化することになった他者をめぐる記憶を辿ることができる（ヒューム 六三）[1]。ではサフィをめぐるエピソードに、オリエントの他者をめぐるどのような記憶を跡づけることができるのだろうか。

一五世紀ビザンチン帝国の都コンスタンティノープル陥落以来、ヨーロッパの脅威であったオスマン帝国は、作品の背景となる一八世紀後半から一九世紀にかけて、後に歴史家がオリエント問題とは、実はヨーロッパ列強の問題なのだと喝破したように、ヨーロッパ列強の領土的野心に翻弄されていく。当時、列強は極東、日本近海にも迫り、開国と通商の要求を突きつけていた[2]。オスマン帝国の場合、ヨーロッパ列強という外患に加えて、ギリシア人の反乱、エジプトの台頭という内憂に直面し、凋落の一途を辿っていた。

古代ギリシアに溯る脅威と魅惑、憎悪と憧憬のオリエントは、専制、宗教的不寛容、野蛮、暴虐、淫乱、快楽といったステレオタイプのイメージをヨーロッパ人の記憶に留めてきたのだが、サフィをめぐるエピソードに、それらはどのように影を落としているのだろうか。

メアリが『フランケンシュタイン』執筆と並行して読んでいた『女性の権利の擁護』（一七九二）（メアリ c 一巻 一四九、メアリ b 一巻 二二）（以下『擁護』と略す）では、官能のハーレムと魅惑するオリエント女性のメタファーが繰り返し用いられる。また『フランケンシュタイン』と相前後して執筆出版されたパーシーの『イスラムの反乱』（一八一八）［原題『レイオンとシスナあるいは黄金都市の革命、一九世紀のヴィジョン』(一八一七)で、オスマン帝国は、「太陽のもとでなされるありとあらゆる圧制」の表象として描かれる。ウルストンクラフトやパーシーの作品からは、オリエントの他者をめぐるヨーロッパの集合的記憶が浮き彫りになる。

メアリは、後に『最後の人間』で、キリスト教、イスラム教双方にとっての聖都コンスタンティノープルがペストに征服され、トルコ人とギリシア人、イスラム教徒とキリスト教徒ともに死に至るという、ヨーロッパに根深い二分法の記憶を覆す作品を描くのだが、『フランケンシュタイン』の場合はどうであろうか。メアリの相対化の視点は、オリエントをどのように描いたのか。本稿では、『フランケンシュタイン』がオリエントという他者をめぐる記憶をどのように反復しているのか、また逸脱あるいは変容させているのかを検討する。

アイデンティティとしての記憶

一九八〇年代前後に始まる、記憶をめぐる議論の先鞭をつけたひとり、アライダ・アスマンの『想起の空間　文化的記憶の形態と変遷』(二〇〇七)の訳者、安川晴基は、「記憶」について次のように述べている。「記憶」とは、ある集団がそれを介して自らの過去を選択的に構成し、集合的アイデンティティを確立するための、組織化され、諸々のメディアによって客体化された共通の知識の蓄え」(五五七)の謂であり、「各々の社会、そして各々の時代に固有の、再利用されるテクスト、イメージ、儀礼の総体である。それらを『保つ』ことで、各々の社会は、自己像を固定させて伝える。つまり、主として過去に関する(しかしそれだけではない)、集団によって共有された知識のことであり、その知識に依拠して集団は自らの統一と独自性を意識する。」「個々の社会は、想起の文化を構築することで自己の像を想像し、世代の連鎖を貫いてアイデンティティの連続性を打ち立てる」(五六四)。ヨーロッパもまた、さまざまな他者を措定することで自己像を構築してきたのだが、オリエントの他者について、彌永信美は、次のように述べている。世界を「東洋と西洋」に分ける考え方は西洋で「発見」され、それゆえ、「オリエントの生まれ故郷はオクシデントにほかならない」(一一)。オクシデントは、オリエントを発見し構築することで自己像を形成し、記憶として継承する。サイードの命名したオリエンタリズムは、「オリエントを支配し再構成し威圧するための西洋の様式《スタイル》」(二―三)として、オクシデントによる選択的構築の記憶に重なる。本稿では、結論を先取りして言うならば、ヨーロッパがオリエントを「図式化」し「表象」する様式オリエンタリズムの多義性、複眼性を跡づけることになるだろう。

オリエントとオクシデント

庄子大亮によれば、他者に対して抱く脅威と魅惑、憎悪と憧憬は、ヨーロッパに固有のものではない。ヨーロッパの場合、オリエントの対置は、古代ギリシアに溯るのだが、始めからバルバロイという他者を対置して自己を定義する意識があった訳ではなく、前八世紀のポリスの成立以来、地中海からアフリカまで進出し、オリエントと交易し文化を吸収することで発展してきたのだった。そもそも「ヨーロッパ」という呼称は、ギリシア神話のフェニキアの王女エウロペに由来する。エウロペは、白い牡牛に変身したゼウスに誘拐され、クレタ島でミノスら三人の子どもを生む。また、ギリシア神話の英雄もオリエントと関連をもっている（三四―七）。太田秀通は、アジアとヨーロッパの起原について、アッシリア語で、始めという意味のアシュー（acu）から、ギリシア語アシエーまたはアシア（Asia）が生まれ、アッシリア語で、薄暗い、闇夜などの意のイレブ（ireb）またはエレブ（ereb）から、ギリシア語のエウローペまたはエウローパ（Europe）が生まれた、というのが有力な説という（九―一〇）。また、高知尾仁は、ギリシア・ローマを継承する世界に対するオリエント、キリスト教世界に対するオリエント、ペルシア世界を継承するイスラーム教世界、という構図が定着し、オクシデントの出発点ギリシアはペルシアと対置され、イスラーム世界の誕生によって、ローマとサラセンという東西の対置が生れ、さらには、西欧とトルコの対置へ移っていったと跡づける（一三）。

興味深いことに、怪物とサフィが学ぶテキスト『没落』に、このオリエントとオクシデントを対置するヨーロッパの記憶の典型を見ることができる。作者ヴォルネイは、フランスの貴族、哲学者、旅行家であり、中東への旅行体験をもとに書いた『エジプト、シリアへの旅』（一七八七）が、ナポレオンのエジプト遠征（一七九八—九）に用いられたことで知られる。『没落』は、ヴォルネイ自身のシリア、エジプトへの旅から構想が練られ、一七九一年パリ、翌年ロンドンで出版され、革命時代のベストセラーとなったと言う。『没落』の英訳者ジェイムズ・マーシャルは、メアリの父親ゴドウィンの生涯の友でもあった（ワーズワス『没落』序）。

『没落』のテナーは、第一に歴史は神ではなく人間の過誤の歴史であり、第二に世界は「自然の法」の下、「理性」を規範とし、「正義」を王座にすえることで幸福に至るというものである。文明発祥の地オリエントに過去の栄光を見る一方で、同じ轍を踏まないために、ヨーロッパが教訓を見るべき地と位置づけ、ヨーロッパに未来を見るという視点で一貫している（二九、六三）。まさにオリエントからヨーロッパにやってきた女性のイニシエーションにふさわしいテキストと言える。

『没落』では、一七八四年オスマン帝国を訪れたヨーロッパからの旅人が、耕作地も村も町も見捨てられて廃墟と化したかつての王国エジプトとシリアの地に佇み瞑想にふけっていると、廃墟と墓場の霊が現われる。廃墟を前にして、文明の盛衰を慨嘆し神を呪詛する旅人（語り手）に、廃墟の霊は、文明の盛衰の原因は神ではなく人間にあること、廃墟が語る教訓つまり人間の過誤の歴史から学ぶよう戒める。廃墟の霊は旅人を天空に誘い、地上を眺望しながら、過去と現在の様々な宗教と栄華を誇った社会の盛衰を展開して見せる。

『没落』は、オリエントを、以下のように描き出す。

アジア全域はもっとも深い闇の中に横たわっている。中国人は尊大な専制にひれ伏し、運命のなすがままに任せ、竹の鞭にかしこみ、変わらぬ慣習や直し難い言語の欠点に囚われたまま、失敗に帰した文明と機械仕掛けの人形という姿を曝している。インド人は、迷信に捕われ、不可侵のカースト制度に拘束され、度し難い無感動のままに無為な生活を送っている。タタール人は遊牧する者も定住する者も、常に無知、凶暴で、祖先と変わらぬ野蛮な生活をしている。アラブ人は、幸運な才に恵まれてはいるが、力と労働の果実を部族間の混乱と一族の嫉妬の内に失っている。アフリカ人は、人間であることから貶められ、致命的な隷属に甘んじている。

（六七―八）

ヴォルネイがアジア世界を描く言葉、「闇」「専制」「迷信」「無為」「無知」「凶暴」「野蛮」には、オリエントをめぐるヨーロッパの記憶が色濃く影をおとしている。

一方ヨーロッパは次のように描かれる。

ヨーロッパの一部の国々では、まさに理性が翼を広げ始めている。だがそこにおいてさえ、個々人の知識が国全体の人々と共有されているだろうか？優れた政府が国民に利益をもたらしているだろうか？人々は、自分たちが文明化されていると言うが、彼らは三世紀前に、この地上を不正行為で埋め尽くしたのではなかったか。彼らは交易にかこつけて、インドを荒廃させ、新大陸の人口を激減させたのではなかったか、そして現在はアフリカを非人間性の極みである奴隷に貶めているのではないのか。（六八）

大航海時代に新世界を崩壊させたヨーロッパは、当時、三角貿易によって、アフリカ人奴隷とアメリカ先住民の犠牲の上に利益をあげていた。『没落』は、ヨーロッパが過去から当時にいたるまで犯してきた過誤の歴史に目をつぶることはない。とはいえ、ヨーロッパに、理性による世界再生の希望を見る、啓蒙思想の洗礼を受けたテキストは、オリエントをめぐる記憶の反復を免れているわけではない。

サフィの祖国オスマン帝国は、廃墟の霊の口を通して、次のように語られる。タタール（韃靼《だったん》）3

の砂漠から生まれ、その勇気と思慮分別と節度と合意で、あるいはイスラム教でギリシア人やアラブ人を征服し、スルタンは正義で統治し秩序を維持し、嘘つきの裁判官や強欲な統治者は罰せられ、大衆は平和の内に暮していた。耕作者はイェニチェリ、トルコ近衛騎兵に掠奪されることなく、田畑は実りを結び、商業は栄えた。勇気が称賛され、臆病は罰せられ、多くの国が征服され、広大な帝国が築きあげられた。やがて貪欲な野心のために、あらゆる階級に混乱が起こり、スルタンの驕り、専制からあらゆる悪が生じた。それからパシャの暴政に対する反乱が起きたが、逆にそれを格好の口実として鎮圧され、家も家畜も物も掠奪されることになった。暴虐の極みに、ついに人々は謀反を起こす。神は万人を平等とみなし、何人たりとも同胞を虐げる権利をもたない、という自然の法則を顧みない国の没落は避け難く、イスラム教の帝国もその運命を免れえない（五一―四）。亡霊は、このように帝国の勃興、繁栄、衰退を語り、さらにつづけて、民衆の反乱による帝国の崩壊を予言する。

そうだ、破壊された夥しい帝国の廃墟に誓って言おう。トルコは、統治様式の範と仰いだ国々と同じ運命を辿るだろう！異国人がスルタンを都から追い出すだろう。オルハンの王座「オスマン帝国皇帝の座」は倒されるだろう。その民族の若者たちは、命を落すだろう。大勢のオグズ族は、頭目を奪われ、大勢のノガイ族のように散り散りにされるだろう。こうして解体された帝国の民は、彼らをつなぎ止めていた軛を解かれ、かつての違いが復活し、無政府状態が広がるだろう。シャーたち［ペルシャ、サファヴィー朝の支配者］の支配した帝国同様に。そしてついに、アラブ人、アルメニア人、ギリシア人の中から、新たな国を造る立法者が現われるだろう。（五六）

結局、オリエントの廃墟の霊が語るのは、文明が発祥したオリエントはいまや崩壊の一途を辿る過去の地であり、その盛衰を教訓に、未来はヨーロッパにある、ということである。オリエントの廃墟は、ヨーロッパが同じ轍を踏まないための教訓を語っているのである、と。このオリエントとヨーロッパの対比の根底には、当時の両者の関係、つまりオリエントはヨーロッパが覇権を握る世界経済システムに組込まれ（ウォーラステイン　一五六）、経済的軍事的に侵略され辺境化していくという時代が投影されているのだが、それと同時に、太陽のメタファーに基づいてオリエントとオクシデントを対置する記憶の投影も色濃い。ラテン語 oriens は、to arise, spring from, proceed from, to rise つまり「起きる、現われる」を意味する動詞の orior の派生語であり、the rising sun, the east, the morning「日の出の太陽」を意味する。一方 occidens は（of the heavenly bodies）to set すなわち「落ちる」を意味する動詞 occido から派生し、the setting sun, the west「日没の太陽」を意味する。（高知尾　一五—六、*SOD*）。陽の昇る地オリエントと陽の沈む地オクシデントは、過去の栄光と現在の没落をしるすオリエントと、現在と未来を体現するオクシデントに重ねられるのである。

彌永信美によれば、空間的に遠いオリエントは、時間的な遠方つまり過去の始まりの時と、それと同時に終わりの時としても位置づけられた。始まりの時として見るオリエントは、野蛮であり無垢であり、失楽園以前の「原初の真理」を探求するところである。一方終わりの時として見るオリエントは、文明の極致である。いずれにしても、今を体現するヨーロッパは、太陽が東から昇り西に移動するように、世界の中心は東から西へ移り、今や忘却の彼方にあるオリエントを再発見するというのである（一二―三、一五―六）。パーシーの『アラスター』（一八一五）の詩人が、古の叡智を求めて彷徨い、時の誕生の秘密を知ったのは、まさにオリエントの「始原の時」の廃墟を巡る旅の途上だった。

歴史を繙くならば、ヴォルネイの『没落』を貫くオリエントの記憶は、その後ヴォルネイの同国人アレクシス・ド・トクヴィル（一八〇五―五九）の議会演説（一八四〇年一一月）に受け継がれていることが分かる。トクヴィルは、エジプトとシリアを始め、「インダス河畔から黒海沿岸にいたる広大な空間のなかであらゆる社会が崩壊し、すべての宗教が弱体化し、民族性がことごとく消えさり、知識という知識の光が消しさられ、古いアジア世界が消滅しつつあります。そして、それにかわってヨーロッパ世界が徐々に勃興している」と言い、十字軍に準えて、ヨーロッパによる世界再生を語っている（山内 一八〇）。ヴォルネイは、オリエントを「闇」「無為」「怠惰」「隷属」の状態に貶め、新大陸に破壊と破滅をもたらしたヨーロッパの過誤の歴史にも触れたが、トクヴィルになると、ヨーロッパによる世界の再編成への使命感あるいは欲望のみが露《あらわ》である。

ともあれ『没落』というテキストは、オリエントを捨て、ヨーロッパを選ぶというサフィの選択に確証を与え、オリエントとヨーロッパをめぐる記憶を構造化するのである。したがって、彼女と怪物の涙は、新世界の発見に対して流されることはあっても、オリエントの終焉に対して流されることはない。『フランケンシュタイン』という物語全体の構図から見るならば、大航海時代のヨーロッパの新世界発見に続く侵略と征服の野心は、フランケンシュタインやウォルトンの野心に重ねられ、近代ヨーロッパの拡大と侵略に対する批判という意味を帯びている。その一方で、オリエント女性サフィにヨーロッパを選ばせることで、オリエントに向けられたヨーロッパの野心は不問に付されているようだ。歴史を見るならば、当時、新世界は、ヨーロッパからの独立を求める先住民や奴隷による「反乱の世紀」(増田 一五一)の真っただ中にあり、ヨーロッパ列強は反乱や蜂起に戦々恐々としつつ、覇権争いの最中だった。列強の野心の矛先は、新世界だけでなくオスマン帝国をはじめオリエントにも向けられていった。とするならば、ヨーロッパで翻弄されるオリエントの父と娘の姿には、列強によるオリエント侵略の時代が透けて見える。

フィルヘレニズムとオリエンタリズム

オスマン帝国は、かつて「三大陸にまたがる人類史上屈指の巨大帝国」として、「一六世紀の最盛期には地中海の四分の三を制覇」（山内 二四）したのだが、とりわけヨーロッパ・キリスト教社会の防波堤、コンスタンティノープルの征服は、ヨーロッパに悪夢的記憶を刻みつけることになった。その衝撃と脅威のほどは、turk が「力が強く乱暴で冷酷な奴」（新井 a 一二）の意味を帯び、「トルコ人が来るぞ」が子どもを脅す言葉として使われたところにも見ることができる。しかし近代のオスマン帝国は、帝国内でのギリシア人の反乱、エジプトのムハマド・アリーの勢力拡大、セルビア人の反乱などが相次ぎ（山内 一二九）、もはやヨーロッパの脅威ではなかった。にもかかわらず、ヨーロッパは、残忍なオスマン帝国の記憶を温存するだけでなく、バルカン半島の民族運動の弾圧者、悪者に仕立て上げていった（新井 b 一二一―三）。[4] わけても、オスマン帝国からの独立を求めるギリシア独立運動は、ヨーロッパの記憶に深く刻まれたフィルヘレニズムに火をつけ、圧制のトルコ、自由のギリシアという記憶をいやが上にも増した。

フィルヘレニズムとは、*SOD* によれば、ギリシアの独立擁護と支持、またギリシアとその文化への愛の謂であるが、このギリシアへの愛というコインの裏側には、オリエントへの憎悪があることを忘れてはならない。フランス革命の影響のもと、ヨーロッパ各地での自由を求める運動と呼応したギリシア独立運動は、バイロンやプーシキンをはじめヨーロッパの知識人を熱狂させ、またドラクロワに、『キオス島の虐殺』（一八二三―二四）や、『ミソロンギの廃墟のギリシア』（一八二六）をはじめ一連の作品を描かせることになったのは、よく知られている。ギリシア独立運動は、オリエンタリズムを対概念にもつフィルヘレニズムを顕在化させ、近代のオスマン帝国は、凋落の現実とは裏腹に、圧制と残虐の表象として、ヨーロッパの記憶にとどまることになった。

一方ヨーロッパ文化のルーツ、自由を表象する古代ギリシアをめぐる記憶は、一八三二年ギリシア王国が成立したとき、パルテノン神殿の堂々たる遺跡の聳える、しかし当時は一寒村にすぎなかったアテネが首都に選ばれた（クロッグ　五七―八）ところにも見ることができる。ともあれオスマン帝国とギリシアの戦いは、オリエンタリズムの対概念としてのフィルヘレニズムを集約的に露呈し、圧制のオスマン帝国という記憶を増幅したのだった。現代においても、ギリシアとトルコのＥＵ加盟をめぐる議論で、その記憶は反復され、古代に遡る栄光のギリシアが、今日に至るまで、ヨーロッパの記憶の中で特権的な地位を占めていることを、改めて浮き彫りにした。[5]

近代化された記憶

『イスラムの反乱』は、パーシーがそれまで暖めていたものを六ヶ月で一気に書き上げた作品。フランス革命とその後の反動が、オスマン帝国の圧制に対する革命とその後の反革命に重ねて描かれる。世界の変革というテーマにおいて、初期の『マッブ女王』から後の『縛めを解かれたプロメテウス』に至る系譜に位置づけられる作品である。自作について、パーシーは、コンスタンティノープルと現代のギリシアを舞台に、フランス革命のような最高の理想をかかげた革命（パーシー b 一巻五六四）、「ヨーロッパの国で起こり得る革命を描いた物語」（パーシー a 三二）であると述べている。

この物語で圧制に立ち向かう指揮を取るのは、ギリシア語で「人々」（people）を意味する名のレイオンと、彼の恋人シスナである。レイオンの別名は「自由」（パーシー a 五篇一八歌一一五―六）であり、暴君「オスマン」（五篇三二歌二八三）の別名は「飢餓と疫病」（五篇三二歌一二七五―六）である。シスナは、冷酷な暴君の欲望の奴隷となる（七篇四歌二八―三〇）。アジアの専制帝国を舞台に展開される『イスラムの反乱』は、暴虐、専制、淫乱、官能のオリエントの記憶を、ドラクロワの『キオス島の虐殺』やアッシリア最後の王の終焉を描いた『サルダナパロスの死』（一八二七）と共有する。

興味深いのは、パーシーの作品を批判した批評家テイラーと、パーシーが、ギリシアへの愛とオリエントへの憎悪という記憶を共有していることである。テイラーは次のように言う。

シェリー氏が論拠とする法律と政府は、無法な専制君主に支配されるトルコ人のものである。専制君主の宗教は、媚びへつらう偽善者が信仰するイスラム教である。イスラム教徒が共同戦線を組む舞台としてシェリー氏が描くのはギリシア、比類なきかつての栄光と独立の記憶に満ち、現在は恥辱にまみれ隷属の淵に沈む地である。われわれはイングランド人であり、キリスト教徒であり、自由であり、独立している。われわれはシェリー氏に問う、彼の主張がどのようにわれわれにあてはまるのか。あるいは、われわれ自身の制度にとって不利益となる主張からわれわれは何を学ぶのか。（ジョン・テイラー・コールリッジ　一二九）

テイラーが、オスマン帝国の暴政に喘ぐギリシア、「かつての栄光と独立の記憶に満ち、現在は恥辱にまみれ隷属の淵に沈むギリシア」「無法な専制君主に支配されるトルコ人」「媚びへつらう偽善者が信仰するイスラム教」と語る時、立ち現われるフィルヘレニズムに潜むオリエンタリズムの記憶は、パーシーと共通する。両者の違いといえば、テイラーがイギリスに自由を見て、暴虐のオリエントと対置するところである。

『イスラムの反乱』で、この世のありとあらゆる圧制を表象するオスマン帝国は、「自由の国アメリカ」（二一篇二四歌二一五）にも対置される。ターハンは『イスラムの反乱』のオスマン帝国には、フランス革命だけでなく、英国によるアイルランド支配、世界帝国化する英国が重ねられていると指摘する（八五）。ともあれ『イスラムの反乱』は、もはやオスマン帝国が脅威ではなくなった時代に、専制のオスマン帝国の記憶が反復・増幅の道をたどったことを語っている。

ところが『フランケンシュタイン』には、歴史上の異教徒の恐ろしい征服者としてのオスマン帝国の記憶はおろか、「太陽の下でなされるありとあらゆる圧制」（パーシー a二四〇）の表象としてのオスマン帝国も見ることはできない。サフィの父親のトルコ商人は、故国の家庭の暴君、ハーレムの好色な主であったかもしれないが、ヨーロッパでは、フランス政府の宗教的憎悪と経済的野心の犠牲となり、[6]無実の罪で死刑を宣告され、フランス人一家の助けにすがることでしか、生きのびる術のない無力な存在である。彼は最終的には、故国とイスラム教を嫌い、ヨーロッパ・キリスト教社会に期待を抱く娘にも背かれる。ヨーロッパで運命に弄ばれる父親の姿に、暴君の影はない。そこから透けて見えるのは、むしろヨーロッパのしたたかさ、オリエントを軍事的経済的に支配しようとする野望である。歴史家が指摘するように、近代のヨーロッパは、専制、文化なき征服者、過酷な抑圧者というオスマン帝国の記憶を温存し、「文明化」と領土拡大に意図的に利用したのだった（山内 七七、七九、新井 b一五四—五）。[7]

メアリの場合、オリエントを描く多義的な視点は、一八二六年の『最後の人間』になるとより顕著である。そこでは、コンスタンティノープルを舞台にあらゆる二分法の終焉が描きだされる。ヨーロッパの集合的記憶に刻まれた「抑圧と野蛮さの記念碑」としてのオスマン帝国、「文明と自由の精神」を体現するギリシアを隷属と野蛮の中に貶めるオスマン帝国（メアリ b二巻 一二七―八）というイメージと同時に、トルコ人もギリシア人と同じ血の通った人間（メアリ e 一二五）と、二分法を崩す。さらに『最後の人間』では、ギリシアとオスマン帝国の戦いは、ペストの脅威とそれのもたらす死の前に意味を失う。キリスト教徒とイスラム教徒が闘うコンスタンティノープルを征服するのは、死である。一人の男を除いて人類は死に絶え、死が世界を支配する。死をもたらすのは、ヨーロッパで他者の病、他者のもたらす脅威という記憶を想起させるペストであることも意味深い。そこに一貫して見られるのは、ヨーロッパとその他者を相対化するまなざしと言えるだろう。表象、記憶の換骨奪胎という意味では、パーシーとは異なったラディカルなメアリの一面を見ることができる。ただし、ペストが鎌首をもたげるのはナイル沿岸と描くところには、文明の発祥の地であると同時に終焉の地としてのオリエントをめぐる記憶の反復を見ることができるようだ。パーシーは、後に『縛めを解かれたプロメテウス』において、プロメテウスが愛の顕現であるエイシアと結びつくことで、暴君ジュピターが敗北し、世界が愛の翼に包まれる世界を描いたが、ギリシアとアジアの結びつきによってもたらされる愛と調和に満ちた世界を描く作品は、二分法の消滅を描くメアリの世界とは、まったく趣を異にする。

興味深いことに、現実のメアリは、ギリシア独立運動においては、バイロンやパーシー同様、熱烈なフィルヘレネスの面を見せている。独立運動の立役者のひとりマヴロコルダト（一七九一－一八六五）[8]から刻々と伝えられる戦況を聞いたメアリは、オスマン帝国打倒の期待を、次のように綴っている。「イスラム教に対するキリスト教の戦いは、私たちの父祖が血を流してきたものであり、今や冷酷な帝国を倒すことで、いっそう浄められようとしています。そしてこの世でもっともすばらしい地域のひとつで自由と幸福の樹立は、白髪の在郷軍人から学童にいたるまで、あらゆる人々の心を熱狂と切望で満たすに違いありません」（メアリ b三巻三九九）。これらの言葉は、彼女もまたフィルヘレネスのひとりとして、オスマン帝国をめぐる記憶を共有していることを語っている。作品と現実との矛盾、あるいは両義性は、祖国の独立のために奮闘する友人マヴロコルダトへの共感に一因を認めるとしても、慎重に距離を置く、相対化の視点が作用していると言えよう。あるいは、二項対立を超えた多義的な女性の視点（ロウ X）を見ることも可能だろう。この視点は、フランケンシュタインが、ギリシア・ローマの詩を語る件にも見ることができる。メアリの初稿は、オリエントの本の魅力を語る件で、「ギリシアやローマの男らしく好戦的な詩とは何と異なっていることか」と、「好戦的」（warlike）という形容詞を使っているのに対して、パーシーが手を入れた版では、「英雄的」（heroical）となっており、現実でも作品でもフィルヘレネスの面目躍如するパーシーと、メアリとの相違を見ることができる（メアリd二八九）。

多義的なオリエント女性

さて件のトルコ商人は、フランス人ド・ラセ一家に助けられ、ヨーロッパを逃れて帰国の途につくのだが、彼は、身の安全が確保されるや、ヨーロッパとキリスト教に対する嫌悪と軽蔑を蘇らせ、フランス人青年との結婚の約束を反古にするよう娘サフィに命ずる。彼の豹変ぶりには、狡猾なトルコ商人という常套のイメージがエコーしているようだ。ともあれ、家庭の暴君に戻った父親の厳命は、故国を捨て、ヨーロッパの地にとどまるという娘の決意を翻させることはできない。娘はヨーロッパの言語の分かる供を連れ、恩人一家を探し当てるために旅立つ。一方一家は、トルコ人商人の逃亡幇助の罪に問われ、財産を没収され、亡命生活を余儀なくされる。彼らは、自分たちを裏切り、一家没落の原因となったトルコ商人に恨みを抱かないだけでなく、はるばる彼らを訪ねてきた商人の娘を快く迎える。トルコとイスラム教に偏見を抱くことのない一家の寛大さは、ヨーロッパ・キリスト教社会への偏見に満ちたトルコ人と対照的である。

オリエント女性サフィの物語は、怪物の口を通して語られる。言い換えるならば、ヨーロッパ人のまなざしを内面化した怪物による、オリエント女性の描写と言える。

それは、馬に乗り、案内を連れた女性だった。女性は、黒い服に身を包み、黒い厚いヴェールを被っていた。アガサが尋ねると、それに答えてこの見知らぬ女性は、美しい響きでフェリックスの名を口にした。その声音は、耳に心地よいものだったが、私の友人たちの声音とは異なっていた。この言葉を耳にするや、フェリックスは急いで女性のもとへやってきた。彼女は彼を目にすると、ヴェールをあげ、私は天使さながらの美しい顔立ちを目にした。烏の濡れ羽さながらに黒く輝く髪を珍しい編み方をし、眸は黒く、しかし穏やかでありながら生き生きとしていた。その顔立ちは均整が取れており、肌はすばらしく白く、頬は美しいピンク色を帯びていた。(メアリ a 八七)

「黒い服、黒いヴェール、やさしく、生き生きとした黒い眸、烏の濡れ羽さながらに黒く、珍しい編み方をした髪、色白の肌にピンクの頬の美人」として描かれるサフィは、「魅惑のオリエント」の記憶を彷彿させる。サフィの描写は、容姿の魅力という点で、『フランケンシュタイン』のなかでも精彩を放っている。たとえばフランケンシュタインの婚約者エリザベスは、素直で気だてがよく、夏の虫さながら明るく快活で、感受性が強く愛情深く、その姿は軽快優美であると描かれる一方、容姿となると、赤茶色の髪、鳥のような快活さと同時に、穏やかさをたたえる薄茶色の眸という以外は、顔立ちも服装も定かではない。フランケンシュタインの母親キャロラインは、献身と慈愛に満ちた女性であることが繰り返し語られるものの、姿形となるとまったく不明である。一八三一年版で、フランケンシュタイン家のマントルピースを飾る肖像画は、質素な身なりの彼女が、青ざめた顔で亡き父親の棺の傍らにひざまづく姿を描いているのだが、そこから浮かび上がってくるのは、同情を寄せつけない美しさと威厳である。いささか穿った見方をするならば、サフィの姿は怪物のまなざしを通して語られるのに対して、エリザベスとキャロラインの姿はフランケンシュタインによって語られており、女性をめぐる語りの違いは、怪物の血肉の通った人間らしさと、無情なフランケンシュタインの対比を語るものと読めなくもない。

それはともかくとして、サフィの容姿の描写は際立っている。白い肌とそれを縁取る黒髪、白い肌に映える黒い眸とピンク色の頬。黒いヴェールの中から現れる天使さながらの顔と、魅力は姿形だけにとどまらない。「豊かな抑揚の歌声、ギターの調べで心を揺さぶる異邦人」（八八）として、異国の情熱的な調べと歌声で魅了する、と描かれる。怪物がヨーロッパ人のまなざしで描くサフィの姿には、ヨーロッパの憧憬の対象「魅惑するオリエント女性」という記憶が鮮明だ。

そもそも、魅惑するオリエント女性の系譜は、クレオパトラからサロメへ脈々と続き、「運命の女」として神話化している。ガランの『千一夜物語』の仏訳版（一七〇四―一七）やその後の英訳版が、想像のオリエントへの憧憬をいっそうかき立てたことは想像に難くない。だがサフィは、「運命の女」とはほど遠い。亡き母親から受け継いだ知性への憧れと精神の自由と独立への願望を熱く語るサフィは、オリエント女性をめぐるヨーロッパの記憶から逸脱したヒロインと言える。

オリエント女性といえば、パーシーの『アラスター』の「アラビアの乙女」と「ヴェールの乙女」（パーシー a 一八）を想起させる。夢に現われ詩人を魅力するヴェールの乙女は、詩人自身を映し出し、知識と真実と美徳と自由について語る姿が描かれるのだが、やがて哀愁に満ちた歌声を響かせ、あらわな両腕で詩人を抱きしめる。知識と美徳と自由を語る高邁な精神の持ち主であると同時に、豊かな歌声で魅了するヴェールの乙女の姿は、サフィに重なる。パーシーとメアリ、ふたりのシェリーにとって、オリエントの女性は、官能的で魅了する女性であると同時に、高邁な精神の持ち主という点で共通するようだ。少なくとも二人のヴェールの乙女において（パーシー a 一八—一九）。ところで『イスラムの反乱』のシスナもまた、これらの系譜に属する女性のように思われる。彼女は、暴君オスマンのオダリスクとしてハーレムに幽閉の身となるが、冷静さを失うことなく瞑想にふけると同時に、リュートを奏で激しく悲嘆に満ちた歌声で暴君の邪心を鎮める（パーシー a 七篇四歌）。またシスナは、オダリスクとして官能と欲望の対象としてのオリエント女性、囚われのオリエント女性を体現する一方で、レイオンとともに圧制打倒に立ち上がる女性革命家としての姿は、ヨーロッパの記憶を逸脱している。

官能性では、メアリが『フランケンシュタイン』を書いている時期に出版され、パーシーの朗読で読んだであろうコールリッジの『クブラ・カーン』（一八一六）の「ダルシマーを持った」「アビシニアの乙女」のエコーを聞くことができるようだ。[9]「美しいアラビア女性」としてフランス人一家を魅了し喜びを与えるサフィは、ネットンの指摘する、一九世紀のオリエントをめぐるヨーロッパのパラダイム変化、異質なものへの恐怖と脅威から異国の魅惑へという変化（三九―四〇）を映し出しているようだ。

魅惑のオリエントといえば、オダリスクをモチーフとした一連の絵画を想起させずにはおかない。オダとはトルコ語で部屋を、オダリスとはスルタンの側室に仕える奴隷を意味する。オダリスクを描く絵は、一八世紀トルコ趣味が広まって以来、ヴィーナスなどヨーロッパの伝統的なモチーフと、旅行者や出版物によって伝えられたオリエント・イメージが融合したところに生み出され、またさらなる官能と淫乱のオリエント・イメージを拡大していったと言う（矢野　八六）。マッケンジーは、この時代のオリエント・モチーフの絵画をめぐって、正確さというよりも雰囲気の力に関心を抱いた（五〇）時代と分類したが、有名無名多くの画家が描いたのは、想像のオリエント女性だった。[10]二〇世紀のマティス、バリュテュスまで連綿と続くオダリスク絵画の伝統は、「魅惑のオリエント」という記憶の強固さを伺わせる。

怪物のまなざしを通して語られるサフィは、魅惑するオリエント女性であることは確かだが、サフィはそこにとどまらない。そもそもサフィに、故郷を捨てさせ、ヨーロッパを選ばせることになったのは、母親から受け継いだオリエントとヨーロッパをめぐる記憶だった（メアリ a九二）。サフィの母親は、アラビア人キリスト教徒であるが、捉えられて奴隷となり、その美貌がトルコ人商人の目にとまり、彼の妻となる。二人の間に生まれた娘がサフィだった。ハーレムでの生活を厭い、娘には同じ境遇を辿らせまいと、母親は娘に、トルコが「女性イスラム教徒に」「より高い知性の力」と「自立した精神」を禁じ、女性を「ハーレムの壁の内に閉じ込め」「幼稚な娯楽にふけることのみを許す」地であること、それに対してヨーロッパは「女性が社会的地位を認められる」地であると教えた。母親の教えを胸に刻んで成長した娘は、「壮大な思想と、美徳を求める切磋琢磨に慣れた」女性となり、キリスト教徒と結婚してヨーロッパに留まることに、その理想の実現を期待することになる。

このエピソードには、イスラム教の不寛容と女性の抑圧という、根深い記憶の刻印を見ることができる。実際のオスマン帝国は、もちろん抑圧や差別と無縁ではないが、「多様な宗教、言語、民族のゆるやかな統合と共存のシステム」（鈴木 四）、迫害を逃れてユダヤ人が安住の地を見つけた地であり（鈴木 一五二）、むしろ異教徒に不寛容なのは、ヨーロッパ・キリスト教世界の方であったことを、近年の歴史研究は明らかにしている。

このサフィ母娘をめぐるエピソードには、ふたつの点——亡き母親による娘教育と、ハーレム批判において、ウルストンクラフトの投影を見ることができる。[11] 亡き母の教えを胸に成長するサフィは、生後間もなく母親を亡くし、その著作を糧として育ったメアリ・シェリーに重なる。一方、ハーレムとイスラム教を、女性の自立と自由を拘束するものとして語るサフィの母親に、ヨーロッパの父権社会をハーレムとイスラム教のメタファーで批判したウルストンクラフトの似姿を見ることができる。

ウルストンクラフトの『女性の権利の擁護』は、ミルトンから同時代のルソーやグレゴリィ博士のコンダクト・ブックまで、女性のあるべき姿を説く書物を批判し、新たな女性像と教育を提起する先駆的な本である。ウルストンクラフトは、創造主が男女両性に等しく与えたはずの精神と理性を、女性が持たないかのごとく扱われ、精神の陶冶ではなく、官能を磨くことのみを求められる状態を、イスラム社会と、ハーレムに重ねて批判し、女性を「魅惑的な情婦」ではなく、「愛情深い妻や理性的母親」にする教育の重要性を説いた。その含意は、モンテーニュ（一五三三―九二）からモンテスキュー（一六八九―一七五五）まで共通する、オリエントを通したヨーロッパ批判なのだが、そのメタファーの根底には、官能のオリエントという強固な記憶が潜んでいる。

『擁護』で、イスラム教とハーレムのメタファーは四箇所に及ぶ。ウルストンクラフトは、ヨーロッパ女性の置かれた状況が、女性に魂を認めないイスラム教社会にも等しい（七三―四）、「まさにイスラム教式に、女性は人類の一員としてではなく、いわば従属する者として扱われている」

（七三—四）[12]と批判する。

また、女性と結婚をめぐる件では、「女性が社会で身を立てる唯一の道は、結婚である。この願望のために女性は動物になり下がり、結婚するためならば、子どもに似つかわしい行動をとるのである。つまり着飾り、塗りたくり、神の創造物にあだ名をつけるのである。確かに、こうした弱い人間はハーレムにふさわしい」（七六）と、男性の視線をひくための手管を弄する姿を、ハーレムの女性に準えて批判する。

さらに、女性は優しさと甘い魅力的な優美さのために創造されたと言うミルトンを、女性に魂を認めないイスラム教に重ねて批判する。「女性は、やさしさと人を引きつける感じのよい優美さのために創造されたとミルトンは言うのだが、私には、彼がイスラム教の調子で女性から魂を奪おうとしているのだと思わざるを得ない。また女性は人を引きつける感じのよい優美さと盲目的な服従を運命づけられており、男性が思索の翼でもはや飛翔できない時に、彼らの感覚を満足させるのだと、ほのめかしているのだと思わざるを得ない」（八八）と。

ハーレムに準えた批判は、時代の求める女性像にも向けられる。身を飾り、虚飾と手管で男性の気を引くことは、ハーレムでは必要であっても、不滅の魂の持ち主にはふさわしくない（九七—八）。「徳ある男性の愛を得るために、わざとらしい身ぶりは必要だろうか？　自然は女性に男性より弱い体を与えた。（中略）だが女性は、夫の愛を得るために、手管を使ったり、病弱な繊細さを装わなくてはならないのだろうか?弱さは優しさをかき立てるかもしれないし、男性の驕ったプライドを満足させるかもしれない。だが、保護者の驕った愛撫が、尊敬されることを求め、尊敬されるに値する精神を満足させることはないであろう。溺愛は友情の代わりにはならない。確かにハーレムではこれらの手管すべてが必要であろう」（九七―八）と。

現代の編者は、こうしたウルストンクラフトのハーレムとイスラム教批判を、当時流布していた偏見によるものと捉えているが、『擁護』には、官能のハーレム、魅惑するオリエント女性という強固な記憶の反復が伺える。ウルストンクラフトが記憶と想像のオリエントを描いたとすれば、彼女が生まれる前の時代、メアリ・ウォトレイ・モンタギュ（一六八九―一七六二）が、実際にオリエントを訪れ、旅行者の目を通したオリエントを描き、ヨーロッパに流布する誤ったオリエント・イメージを批判したことは注目に値する。メアリ・シェリーは、モンタギュの『トルコ大使館からの手紙』（一七六三）をすでに読んでいたが、サフィ母娘の描写にオリエント女性の抑圧という『擁護』のエコーはあっても、モンタギュの『手紙』のエコーはないように思われる。[13]

モンタギュが、トルコ駐在大使の夫とともに滞在中、故国に送った手紙は、『トルコ大使館からの手紙』として死後出版され反響を呼んだ。見聞に基づいた描写は、ヨーロッパに流布するオリエント・イメージを覆し、ウルストンクラフトの「偏見」とは対照的である。近代フェミニストのパイオニア、ウルストンクラフトもオリエントの女性をめぐる偏見と無縁ではないところに、オリエントをめぐる言説の多義性、ジェンダーのみならず多様な変数が関わることを示している。

モンタギュが、ソフィアで女性の公衆浴場（*hamam*）を訪れた経験を綴った、一七一七年四月一日付の手紙の一節は、次のように女性だけの公衆浴場を描写し、官能と淫乱のオリエント女性を換骨奪胎しているようだ。「みんな生まれたままの姿で、つまり分かりやすい英語で言うならば、素裸で、どのような美しさも欠点も隠してはいないのです。しかし、淫らな微笑みや慎みのない仕草は少しもありませんでした。彼女たちの振舞には、ミルトンがわれわれ皆の母を描くのに等しい威厳と優美さが備わっていました。グィドやティツィアーノが鉛筆で描いた女神さながらの均整のとれた女性たちがたくさんいました。大半は、輝くばかりの白い肌をしており、いく房にも分けられ、真珠かリボンを編み込んだ両肩にかかる美しい髪のみをまとう姿は、三人の美の女神そのものでした」（五八―六〇）。ここには、モンタギュを「魅惑するオリエント女性」の姿はあるが、「官能と淫乱のオリエント女性」の姿はない。アングルの『トルコ風呂』（一八六二）[14]は、モンタギュの『手紙』に着想を得たことで知られるが、当の『手紙』にはアングルの絵画の官能性はない。

またモンタギュは、女性だけの公衆浴場に淫らな要素どころか、英国の女性にはない自由な空間を見て、女性版コーヒーハウス、女性が定期的に集い情報を交換しスキャンダルに花を咲かせる場とさえ捉えている（五八―六〇）。

トルコ女性がヨーロッパ女性のもたない自由を享受するエピソードは、それだけではない。たとえば服を脱ぎ一緒に仲間に加わるようにと勧められたのを断るかわりに、服をはだけてコルセットを見せると、彼女たちは、コルセットを夫が妻を閉じ込める装置と解釈したというエピソードを紹介して、[15] 同性だけで裸で寛ぐ女性と、乗馬服の下にコルセットをつけた窮屈さを対比する件、また他人の視線を遮断する女性たちの被り物と洋服を描写する件にも見ることができる（七二）。

このような、モンタギュがトルコで見聞した自由な女性の場は、サフィの記憶にはないようだ。母親の教えは、サフィの「偏見のない性質」に、「キリスト教徒ゆえに、また気持ちの上でもトルコに住むことは唾棄すべきこと」と思わせる。ハーレムを去り、精神の陶冶を求めるサフィは、ウルストンクラフトの教えを実践する女性と言える。

確かなことは、メアリがウルストンクラフトを受け継ぎつつ、サフィ母娘の描写においては、官能のオリエント幻想を見事に裏切っていることである。美貌ゆえに奴隷から正妻となったサフィの母親が娘に教えたのは、「より高い知性の力」と「自立した精神」を磨くことであり、「壮大な思想と、美徳を求めることであった。メアリは、サフィを魅惑するオリエントの女性として描くのだが、危険なオリエントの女性、官能のオリエントという記憶を換骨奪胎する。

では、サフィはヨーロッパ社会で願望を成就できるのだろうか。サフィはフェリックスの教えを受け、「女性が社会的地位を認められる」地で、近代の友愛家族の、つまり暴君ではなく愛情深い男性による新しい家父長制の理想の妻・母親モデルを内面化した女性となり、盲目の父親に替わり、ハーレムではなく友愛家族の家長フェリックスのよき妻となるだろう。しかし女性が社会と政治の表舞台から排除され、家庭という場で期待されるというフランス革命後の社会を見るならば、妻として母親として求められる役割は大きくとも、その未来はあまり明るいものではなさそうだ。『フランケンシュタイン』が、理想的友愛家族の崩壊を通して、自己犠牲の愛情深い妻・母親という悪夢を描く作品であることを考えるならば、サフィの未来には、友愛家族への幽閉という枷が透けて見える。後にボードレール（一八二一—六七）が、一八三四年にドラクロワが描いたふたつの作品、『アルジェの女たち』と『シモン夫人の肖像』に、時代の閉所恐怖症、ブルジョワ家庭への幽閉と倦怠を重ねて見た（ヴォーン 二五三—四）[16]というが、ドラクロワのふたつの絵は、故国のハーレムのサフィと、ヨーロッパの友愛家庭のサフィの姿に重なるようだ。ビリー・メルマンもまた、ハーレムの女性にヨーロッパ女性の鏡像を指摘している。女性旅行者、伝道師、作家たちは、オリエント女性を究極の「他者」と見ることはなかった。むしろ、オリエント女性に、西洋女性の鏡像を、ハーレムに究極のエキゾチックな舞台ではなく、ブルジョア家庭との類似を見た（三一六）、と。

むすび

サフィをめぐるエピソードに、「脅威」から「魅惑」へとオスマン帝国をめぐるイメージの転換を見て来たのだが、フランケンシュタインの親友クラーヴァルをめぐるエピソードに、また別なオリエントをめぐる変化を見ることができる。一八三一年版では、クラーヴァルが、ギリシア語、ラテン語を完璧にマスターした後、オリエントの言語に関心を持つのは、故郷ジュネーヴにもどった後、活動の場を拓くためであると言う。彼の学ぶ言語から、ヘブライ語がはずされ、サンスクリット語がそれに取ってかわる。言語習得の目的は焦点が明確となり、栄光のない生涯は送るまいと、オリエントに目を向け、そこに進取の精神を生かせる場を求めたと、変化する。文学青年クラーヴァルは、オリエンタリストとしてオリエントの言語にどのような可能性を見たのだろうか。商人である父親と同じ方向に、つまり経済活動の可能性を見たのか。それともグランドツアーやその経験者の設立したディレッタント協会（一七三四）、またナポレオンによるエジプト遠征の成果『エジプト誌』全二十巻（一八〇九―二二）のような考古学的活動の可能性を見たのだろうか。一八三一年版の変化は、オリエントをめぐるヨーロッパの関心がどのようにエコーしているのか、これはまた別の問題である。少なくとも、サンスクリット語への関心は、現実のインド支配の進行と無関係ではないだろう。

付け加えておくならば、近代科学による人類創造という悪夢的体験をしたフランケンシュタインの場合、オリエントの作品は、ギリシアやローマの男らしく好戦的な世界とはまったく異なる魅力、つまり、人生は、陽光に満ちた穏やかさと麗人との恋にあると思われる魅力で慰撫する。

こうした文脈において、次の一節、「すぐに気づいたのだが、その異邦人が明瞭な音声を発し、自分の言語を持っているように見えるのだが、小屋の住人たち（フランス一家）に理解してもらえず、また理解することもできなかった。（中略）その異邦人が彼らの音を繰り返すことから、まもなくわかったのだが、彼女は一生懸命に彼らの言語を学ぼうとしているところだった」（メアリ a 八七）と、怪物のまなざしを通して描かれるサフィの姿に、ヨーロッパ人の集合的記憶に由来する、文明論的な自負を見るのは穿ちすぎだろうか。

夫となるフェリックスと彼の家族を前に、サフィのもどかしげな姿が語るのは、プロメテウスとエイシアの関係ではない。この後、ド・ラセ家の一員となり、『没落』をヨーロッパ社会へのイニシエーションとするサフィの姿は、ヨーロッパに教化啓蒙されることを待つオリエントの姿が重なって見える。また彼女を教え導くフェリックスには、オリエント女性を解放するヨーロッパの男性（高知尾 一二八）を見ることができるようだ。

交易や外交だけでなく旅行者としてオリエントを訪れる人々が増えていった時代、残忍な恐ろしい敵オスマン帝国の記憶は温存されつつ、文明化の対象に変換されていく。[17] ネットンは、「もはや力なく、恐れられる存在」ではなくなったオリエントは、異国の魅惑的な存在としてロマン派に受け継がれる（三九–四〇）と指摘したが、父親と故国を捨てヨーロッパ社会に期待をかけるサフィの姿は、「異国の魅惑的な存在」と同時に、ヨーロッパを範として近代化を図ろうとする当時のオスマン帝国の姿が重なる。「もはや力なく、恐れられる存在」ではなくなった父親と、オリエントの魅惑的な女性サフィは、はからずも近代のオスマン帝国を浮かび上がらせる。

『没落』は、過去に繁栄したオリエントが、今や「闇」「無為」「無知」「専制」「野蛮」の中に横たわる姿を、怪物とサフィの脳裡に刻んだ。オリエントは、ヨーロッパが教訓を汲み取るべき過去の地であると同時に、文明化されるのを待つ地、「理性」の広まりつつあるヨーロッパによって啓蒙される地である。歴史を振り返るならば、この時代ヨーロッパの文明化の自負とは、植民化の自負とその正当化と同義だったことを考えるならば、ヨーロッパの記憶を換骨奪胎するサフィは、怪物とともに、近代ヨーロッパによる侵略と植民化を、暗に批判する存在とも読むことができる。

［注］

1　拙論「新大陸のユートピア――『フランケンシュタイン』」参照。怪物をめぐるエピソードは、ヨーロッパ大陸で被る迫害から、ヨーロッパに絶望し南米で異性のパートナーと生活することを願うエピソードまで、ヨーロッパの他者をめぐる神話、「人喰いの野蛮人神話」を想起させる。それと同時に、大航海時代以来の「無垢な民の楽園」、キリスト教王国という楽園の可能性を秘めた地、あるいはエル・ドラドという、新大陸をめぐる神話の連想を誘う。

2　時代は、第二の航海時代の様相を呈し、オランダ、フランス、イギリスが植民地拡大でしのぎを削り、オリエントに向けられた矛先は、日本とその近海も例外ではなかった。蝦夷地（室蘭）にイギリス船が来航、すでに一七九一年アメリカ商船レディワシントン号が紀伊大島に来航、翌年にはロシア船が大黒屋光太夫を伴い根室に来航、一八〇四年には、ロシア船が長崎に来航し通商要求、一八〇八年にはイギリス軍艦が長崎に来航（フェートン号事件）など、鎖国日本も開港と通商を迫られる時代だった。

3　タタール人とは、「本来は、東北アジア内陸部の諸集団の総称と考えられるタタル（tartar）を、漢語で表記した名称。後、北アジア、中央アジアの諸集団を広く韃靼と呼んだ。漢語の韃靼とロシア側の呼称タタールが概念の上で重なり合うようになった」と言う（『中央ユーラシアを知る事典』）。タタールの語源は諸説あるが、自分たちとは異なる言語を話す他者、という意味において、ギリシア人にとっての「バルバロイ」［非ギリシア人、わけの分からない言葉を話す人］と共通する。

4　ネットンは、西洋がオリエント支配のために、パラダイムシフトを図ったと、指摘する。「異質で相容れない政治的存在としての中東は、もはや力なく、恐れられる存在ではなかった。かつてはその最大の集団であるオスマン帝国は傾きつつあった。一七九八年ナポレオンは、ピラミッドの戦いでマムルーク［イスラム圏の傭兵］を破った。さらに通商、旅行、戦争といった様々な経路で、中東、イスラム教徒について知られるようになり、もはやかつてほど異質ではなくなった。」かつてのパラダイムである異質性、恐怖、脅威は消えるか、あるいは少なくとも消えかかっており、一九世紀まで生き残ったのは、異国の魅惑的な（exotic）という要素だったと言う（三九―四〇）。

5　現在ＥＵが直面している経済危機が、ギリシアやトルコをめぐるヨーロッパの集合的記憶にどのように揺さぶりをかけるのか、予測はできない。だが少なくとも二十一世紀初頭まで、ギリシアとトルコをめぐる集合的記憶は、一九八〇年代イギリス外相がギリシアのＥＣ加盟を擁護した、「今日のヨーロッパの政治・文化があるのはすべて三〇〇〇年前のギリシアの遺産のおかげである」という言葉にエコーし、その一方、一九八七年来加盟を申請しているトルコをめぐっては、ジスカール・デスタンが「トルコが加盟するようだったら、ＥＵは終わりだ」と

いう言葉にも見ることができる。（『朝日新聞』二〇〇二年一一月一四日）

6　トルコ商人を裁いた政府が、当時めまぐるしく権力交替をした時代のどの政府をさしているかは断定できないが、語り手ウォルトンが故郷に送る手紙の日付「一七──年」と、一七九一年パリで出版された『没落』への言及があることを考慮するならば、第一共和制の時代（一七九二）である可能性が高い。当時のオスマン帝国は、対仏貿易が圧倒的な位置を占めており（ウォーラスティン　一六六）、自国産業の新興を図りたいフランス政府にとって、トルコ商人の存在は、好ましいものでなかったことは想像できる。

7　歴史を辿るならば、フランスとオスマン帝国は、一六世紀のスレイマン一世とフランソワ一世の治世以来、ハプスブルク朝の神聖ローマ帝国という共通の敵に対処するため、基本的に友好関係を維持し（山内　六一）、トルコはフランスに通商特権をいち早く与えた関係だった。またオスマン帝国はフランスを改革の範としてもいた。だが、ナポレオンによるエジプト遠征は、両国のそれまでの伝統的な友誼関係を揺るがせることになった。こうした歴史をメアリがどこまで意識していたか定かではないが、トルコ商人に対するフランス政府の仕打ちは、奇しくも歴史上トルコが被った仕打ちが重なって見える。

8　マヴロコルダトは、ギリシア人解放をめざす友愛会の代表イプシランデスの従兄弟、後に彼自身も独立宣言の起草者のひとりとして、また新生ギリシア初代大統領として活躍した。

9　パーシーによる『クリスタベル』の朗読を聞いたことは、日記に記されているが、『クブラ・カーン』については不明である。

10　マッケンジーは、「絵画におけるオリエンタリズム」において、ドラクロワを「正確さというより、雰囲気の力」に関心を抱いた時期の画家として分類している（五〇）。ただしドラクロワの個々の作品は、一八三二年親善使節の随行員としてモロッコ等を訪れた経験、バイロンを始めとする文学作品の影響等、モチーフ選択と描写いずれにおいても、一様ではない。

11　一八一六年一二月五日にサフィの到着と言語教育の件を書き終え、六日から九日にかけて、ウルストンクラフトの『擁護』読みながら、サフィの物語を書き続ける。

12 『女性の権利の擁護』の編者は、「イスラムは女性に魂があることを否定する、という広く流布したキリスト教の誤解について触れた」件であると指摘する。

13 メアリが『フランケンシュタイン』と並行して編集し、前後して出版された『六週間の旅行記』（一八一七年）にモンタギュの『手紙』についての言及がある。

14 一九世紀に夥しく描かれることになるオダリスク、たとえばアングルの一連のオダリスク作品『グランド・オダリスク』（一八一四）、『女奴隷のいるオダリスク』（一八三九、一八四二）、『トルコ風呂』（一八六二）は、彼の地を訪れたことのない画家の手になる想像のオリエントだった。ドラクロワの『オダリスク』（一八二九）も、彼がまだオリエントの地を訪れる前の作品だった。

15 ヨーロッパ女性のコルセットをめぐっては、女性にとって拘束か、あるいは解放かいずれの解釈もある。

16 ボードレールは、ドラクロワの全作品に「特異で執拗な憂鬱」を見、それは「最も瀟洒で最も華やいだ、『アルジェの女たち』の中にも息づ」いていると言う（ボードレール 一〇三）。

17 オスマン帝国をめぐる記憶について、マックリーンは、英国の場合、それは単なる他者ではなく、社会・政治上のモデル、文化と文明のモデルであると同時に、野蛮で驕った浪費家、キリスト教転覆を図る悪魔の手先でもあり、矛盾をはらむものだったと指摘する。さらにマックリーンは、他者の中に優れたものを認めることが、同時に悪意に満ちた嫌悪を育むことになったと言う（五五、六一）。

使用テキスト

Shelley, Mary. (a) *The Novels and Selected Works of Mary Shelley*. Ed. by Nora Crook, vol. 1. London: William Pickering, 1996.

——. (b) *The Letters of Mary Wollstonecraft Shelley*. Ed. by Betty T. Bennett. 3 vols. Baltimore and London: University of Nebraska Press, 1980, 1983, 1988.

——. (c) *The Journals of Mary Shelley*. Ed. by Paula R. Feldman & Diana Scott-Kilvert, 2 vols. Oxford: At the Clarendon Press, 1987.

——. (d) *The Original Frankenstein*. Mary Shelley with Percy Bysshe Shelley. Ed. by Charles E. Robinson. Oxford: Bodleian Library. U. of Oxford, 2008.

——. (e) *The Novels and Selected Works of Mary Shelley*. Ed. by Jane Blumberg with Nora Crook vol. 4. London: William Pickering, 1996.

[引用文献]

Coleridge, John Taylor. *The Quarterly Review* April 1819. in James E. Barens (ed.), *Shelley: The Critical Heritage*. London & Boston: Routledge & Kegan Paul, 1975: 124-135.

Lowe, Lisa. *Critical Terrains – French and British Orientalisms*. Ithaca and London: Cornell UP., 1991.

Mackenzie, John M. *Orientalism: History Theory and the Arts*. Manchester: Manchster UP., 1995.

MacLean, Gerald. *Looking East: English Writing and the Ottoman Empire before 1800*. London: Macmillan, 2007.

Melman, Billie. *Women's Orients: English Women and the Middle East, 1718–1918 – Sexuality, Religion and Work*. London: Macmillan, 1995.

Montagu, Lady Mary Wortley. *The Turkish Embassy Letters*. Ed. Malcolm Jack. London: William Pickering, 1993.

Netton, Ian Richard, 'The Mysteries of Islam' in G. S. Rousseau and Roy Porter (ed.), *Exoticism in the Enlightenment*. Manchester: Manchester UP., 1990.

Said, Edward W. *Orientalism*. New York: Vintage Books, A Division of Random House, 1979.

Shelley, Percy Bysshe. (a) *Shelley Poetical Works*. Ed. by Thomas Hutchinson. London: Oxford UP., 1970.

——. (b) *The Letters of Percy Bysshe Shelley*. Ed. by Frederick L.Jones, 2 vols. Oxford: The Clarendon Press, 1964.

Spivak, Gayatri Chakravorty. *A Critique of Postcolonial Reason – Toward a History of the Vanishing Present*. Cambridge, Massachusetts: Harvard University Press, 1999.

Turhan, Filiz. *The Other Empires — British Romantic Writings about the Ottoman Empire*. New York & London: Routledge, 2003.

Vaughan, William. *Romanticism and Art*, London: Thames and Hudson, 1995.

Volney, Constantin Francois. *The Ruins: or A Survey of the Revolutions of Empires*, Translated by James Marshal, Otley・Washington D.C.:Woodstock Books, 2000.

Wollstonecraft, Mary. *A Vindication of the Rights of Women*. Ed. by Janet Todd & Marilyn Butler, Vol. 5, London: Pickering, 1989.

阿部美春「新大陸のユートピア――『フランケンシュタイン』」『イギリス・ユートピア思想』大阪教育図書、二〇〇七年。

アスマン、アライダ、安川晴基訳『想起の空間　文化的記憶の形態と変遷』水声社、二〇〇七年。

新井政美 a『オスマン V.S. ヨーロッパ　〈トルコの脅威〉とは何だったのか』（講談社選書メチエ二三七）講談社、二〇〇二年。

―― b「トルコ　ヨーロッパ関係史」『トルコとは何か』（別冊『環』一四）藤原書店、二〇〇八年。

ウォーラーステイン、I、川北稔訳『近代世界システム　1730~1840s　大西洋革命の時代』名古屋大学出版会、一九九七年。

太田秀通『ギリシアとオリエント』（日本オリエント学会監修　オリエント選書　一一）東京新聞出版局、一九八二年。

クロッグ、リチャード、高久暁訳『ギリシア近現代史』新評論、一九九八年。

小松久男他編『中央ユーラシアを知る事典』平凡社、二〇〇五年。

庄子大亮「古代ギリシアとヨーロッパ・アイデンティティ」『歴史としてのヨーロッパ・アイデンティティ』山川出

版社、二〇〇三年。

鈴木董『オスマン帝国の解体　文化世界と国民国家』筑摩書房、二〇〇〇年。

高階秀爾『フランス絵画史』講談社、一九九〇年。

高知尾仁『表象のオリエント　一九世紀西洋人旅行者の中東像』東京外国語大学アジア・アフリカ言語文化研究所、一九九四年。

ヒューム、ピーター、岩尾龍太郎／正木恒夫／本橋哲也訳『征服の修辞学　ヨーロッパとカリブ海先住民、一四九二年―一七九七年』法政大学出版局、二〇〇五年。

ボードレール、シャルル、阿部良雄訳『ボードレール全集　Ⅲ 美術批評　上』筑摩書房、一九八五年。

増田義郎『物語ラテン・アメリカの歴史　未来の大陸』中央公論社、一九九八年。

矢野陽子「グランド・オダリスク　官能を身にまとった裸婦」『さまよえる魂　一九世紀Ⅰ』第一七巻　講談社、一九九三年。

山内昌之『近代イスラームの挑戦』中央公論社、二〇〇八年。

彌永信美「〈近代〉世界と「東洋／西洋」世界観――ヘーゲル・内村鑑三・「近代の超克」思想を中心として――」

高知尾仁編『表象としての旅』東洋書林、二〇〇四年。


【参考文献】

Leask, Nigel. *British Romantic Writers and the East — Anxieties of Empire*. Cambridge: Cambridge UP., 1992.
——. 'Easts' in Nicholas Roe (ed.), *Romanticism: An Oxford Guide*. Oxford: Oxford UP., 2005.
小松香織『オスマン帝国の近代と海軍』（世界史リブレット）山川出版社、二〇〇四年。
高知尾仁編『表象としての旅』東洋書林、二〇〇四年。
前嶋信次著、杉田英明編『イスラムとヨーロッパ　前嶋信次著作選二』（東洋文庫）平凡社、二〇〇〇年。

第五章　マーク・トウェインの未完作品「インディアンの中のハック・フィンとトム・ソーヤー」――記憶と深層心理を探る旅

山本　祐子

作家マーク・トウェインの「記憶」

マーク・トウェインは自らの「記憶」を語ってきた作家とも言える。手記、旅行記、自伝、小説など膨大な作品を世に送りだしてきたが、その多くで彼は自分の「記憶」を利用していたからである。トウェインが一九〇六年（亡くなる四年前）から口述筆記で残した自伝原稿は編集すると三巻にも及んでいるが、そこに記された思い出は驚くほど精彩で、決して読むものを飽きさせない。[1]彼は晩年を迎えてもなお「記憶」の泉が満々とあふれ、そこを覗き込むとき創造力は高まり抑えきれなくなるようだった。

彼の代表作『ハックルベリー・フィンの冒険』（一八八四）は、舞台となったミシシッピ河畔の生活から登場人物のエピソードにいたるまで、彼の少年時代の「記憶」をもとにして描かれている。この作品がアメリカ文学の古典とされ、その主人公ハックは「アメリカ人の原型」とまで言われていることを考えると、作家マーク・トウェインの「記憶」は作品のなかで生きつづけ、アメリカ人のみが共有できる「国民的記憶」として受け継がれているとも言えるのではないだろうか。

ところがトウェインは『ハックルベリー・フィンの冒険』の続編に取り掛かったとき、意外なことに、あふれんばかりの「記憶」の泉に手をさしのばすことを止めてしまう。「記憶」を語る作家は、「記憶」とはそもそも何であるのかに疑問を抱いてしまったからである。晩年になるほど、彼は人間の「記憶」という問題に執着し、哲学的な思索を深めていくようになる。そのきっかけとなったのが、未完作品の「インディアンの中のハック・フィンとトム・ソーヤー」（一八八四年執筆）である。この未完作品をひもとくことで、「記憶」を語る作家が、自らの「記憶」をどのように考えていたかを読み取っていきたい。

『ハックルベリー・フィンの冒険』の続編を読む

『ハックルベリー・フィンの冒険』（一八八四）は、意味深長な終わり方をする。一八四〇年代後半のミシシッピ河畔の田舎町で浮浪児として育ったハックは、様々な事情に迫られて逃亡奴隷のジムとともに命がけで川を下り、文明社会から逃げ続けた。しかし波乱にみちた逃亡の果てに、ハックはあえなく人間社会のなかに取り込まれてしまう。だが、どうしても落ち着くことができない。もはやインディアン居留地区、つまり西方に広がる辺境地フロンティア[2]へ逃げ出すしかない、とハックが覚悟を決めたところで物語は終わるのだった。

フロンティアとは開拓地と未開地との境界を指し、文明と自然が接する場所を意味する。アメリカでは開拓時からパストラル思想が根強く、自然と接するフロンティアにおいてこそ牧歌的で清らかな精神が保たれると讃える風潮があった。文明生活は堕落と抑圧に満ちているとされ、そこから逃れられる最後の避難場所として自由の大地フロンティアへの幻想は高まっていたのだ。ハックがフロンティアを目指したのも自然の成り行きであったのだろう。しかしハックにとってフロンティアは安住の逃亡先となるのだろうか、一抹の不安と好奇心を抱きつつ本を閉じた読者も多かったはずだ。

トウェインは一八八四年に『ハックルベリー・フィンの冒険』を書き終えると、すぐさま、ハックのフロンティアに向けた新たな冒険物語に取り掛かっている。しかしすぐに筆が止まってしまい、その後とうとう完成させることはなかった。そもそもトウェインはいったん書きだした作品を途中で投げ出すことも多いのだが、そうした未完・未発表の原稿をお気に入りの小箱に貯めていく癖もあったため、膨大な遺稿が現在まで残っている。アメリカの研究者はそれらを発掘・整理する作業をいまだに続けていて、トウェインは死後一〇〇年たった現在でも新たな原稿が出版され読まれている興味深い作家なのだ。彼の遺稿としてトウェインの死後半世紀以上をへた一九六〇年に未完作品ながら初めて出版されることとなったのが、「インディアンの中のハック・フィンとトム・ソーヤー」である。

興味深いことに、この物語でハックが向かったフロンティアは、残忍なインディアンや社会を追われた犯罪者たちが待ち受ける不毛の荒野であった。冒険小説に出てくるような高貴なインディアンとの心温まる交流も、胸打つような冒険や自由が味わえるはずもない。少年たちはひたすら飢えと恐怖に苦しめられ、心身ともに蝕まれるなか、物語は第九章で中断してしまう。当時から大流行していた冒険小説はフロンティアやインディアンをロマンチックに彩り、若い読者たちの幻想を募らせていた。トウェインはこうした冒険小説の甘い嘘・偽りをからかい、フロンティアの現実を暴き出そうとしていたと解釈されている。[3]

当時はすでに、アメリカの発展を支えてきたフロンティア開発も終焉を迎えようとしていた。一八九〇年にはアメリカ合衆国政府によってフロンティアの消滅が宣言されたことによって、重苦しい閉塞感がアメリカ社会全体を覆ったことはよく知られた事実でもある。ハックは開拓時代を逞しく生き抜いた「アメリカ人の原型」であり、開拓時代を象徴する少年だ。そのハックが、フロンティアにはもはや自由も希望もないことを自ら体験してしまうのだ。後世の批評家たちが、そこから、開拓時代を終えたアメリカ社会の苦悩と現実を読み取ろうとしたのも納得がいく。

しかしこの作品にはアメリカの現実が投影されているとするには見過ごせない矛盾があり、多くの研究者たちを悩ませてきた。その一つは、インディアンが極悪非道な悪魔のごとく描かれている点である。[4] 前作における黒人奴隷ジムの扱いを見ても明らかなように、トウェインは人種問題に対して、同時代人のなかでは抜きん出て深遠な視野と洞察力を持って筆を執り、社会を批判してきた。ところがそのトウェインが、インディアンだけは悪役ステレオタイプをかたどっただけの短絡的で差別的な扱い方で終わっていることに、多くの批評家や読者たちは落胆した。

もう一つの問題点は、ひどく非現実的な事件や自然描写が作品全体に広がっていたことである。ハックたちがフロンティアに向けて旅したオレゴン街道は、開拓移民たちが幌馬車などを使ってミズーリ州から西方の開拓地へ移住していくときに辿った道であり、西部開拓史を象徴するフロンティア街道だった。トウェイン自身はこの街道を実際に通って大陸を横断し西方のネバダまで旅したことがあるうえに、当時数多く出版されていた開拓者たちの体験記や見聞録を調べ上げていた。つまりトウェインはいつものように、自分自身の体験のみならず、他者の記録も拝借しつつ、それまでの作品のような現実的で社会性の強い旅行記に仕上げようとしていた節がある。ところが実際に出来上がった物語にはトウェインらしからぬ陳腐なストーリーと現実味に欠けるおどろおどろしい作風が広がり、研究者からも不満の声があがった。[5]

ゴシック・シンボルとしてのフロンティア

そこで本論では、従来の解釈をひとまず忘れて、視点を変えたい。「インディアンの中のハック・フィンとトム・ソーヤー」は、西部冒険小説としてのイメージが先行するあまり見過ごされてきたが、その形式はゴシック小説に倣っていることが容易に見て取れる。フロンティアの現実を描いた冒険小説としてではなく、心理的恐怖を描いたゴシック小説としてみていくと全く異なる解釈が生まれてくる。まずは物語をみていくことから始めたい。

ハックはトムと黒人ジムとともにインディアン居留地区を目指して、オレゴン街道を西へと進んでいく。その途中で、移住先のオレゴンに向けて幌馬車で旅を続ける開拓民ミルズ一家と出会う。彼らに同行して旅を続けること二、三週間で、スー族の居留地あたりまで到達する。そこは、現在のネブラスカ州を越えてワイオミング州に入ったあたりで、政府軍としては西方最果ての防衛拠点、ララミー砦があるあたりだ。[6] まさに辺境地の最前線、これより先は完全なる未開の荒野が広がるフロンティアに入ったとたん、悪魔のようなインディアンたちが登場してくる。

この続きにいく前に、ハックらが同行していたミルズ一家を紹介しておきたい。ミルズ家は、両親に三人兄弟と二人姉妹の七人家族だった。ミルズ家の長女ペギーは、天使のように清らかで美しい女性だった。穢れを知らない美徳の乙女を、兄弟たちはまるで騎士が慕っている貴婦人を扱うように、敬愛と礼節をもってエスコートする。つまりペギーとは、ビクトリア朝文化における理想的な女性で、一九世紀のロマン主義小説などで繰り返された典型的なヒロイン像に倣っている。ミルズ一家は開拓民特有の粗野な人々で、純朴だが無知だと記されている。その男たちが妹を麗しき乙女とたたえ尽くすのは矛盾した設定ではあるが、こうした扱いをうけたヒロインが小説には欠かせないのである。そして当然ながらペギーにはフロンティアに精通した勇敢でたくましい若者、ブレイス・ジョンソンという婚約者がいた。ペギーはブレイスを心から慕い、彼が数日後れて追いかけてくるのを心待ちにしていた。

ここまで役者が揃えば次の展開は容易に想像できるだろう。ハックら一行がフロンティアに野営したその晩に、悪魔のようなインディアンたちが襲撃してくる。インディアンたちはミルズ夫妻を惨殺して頭皮をはぎ、男兄弟たちも皆殺しにしてしまうと、ペギーだけでなく、彼女の幼い妹と黒人ジムを連れ去ってしまう。なんとか逃げ延びたハックとトムは、後から追いかけてきたブレイスと合流し、誘拐された者たちの救出に向かうのである。インディアンたちの跡を追うなかで、彼らは身内を白人に殺された報復として、同じく白人であるミルズ家を襲ったことが分かってくる。

ところでブレイスら一行はインディアンたちが野営した跡を辿っていくなかで、地面に打ち付けられた四本の杭と血痕を発見して、不安に襲われる。四本の杭と聞いただけで、当時の読者は、インディアンならではの残虐な拷問が白人女性になされたと察するからである。そしてその犠牲者は、婚約者ブレイスには伏せられていたが、まちがいなく美徳の乙女ペギーであった。彼女は両手両足を杭に縛り付けられて暴行され、手足の肉はそがれ、それを食べさせられるといった野蛮な拷問をうけたと思われる。トウェインは自らペギーの悲劇を設定しながら、続きを書けなくなってしまったようである。

インディアンにさらわれる白人女性の物語は、体験記から伝記を含め、植民地時代から人気を博していた。インディアンは続々と入植してくる白人たちとの対立を深め、近接する白人の村を襲撃し、白人たち（主に女性と子供）を誘拐していった。誘拐された人数は正確には分かっていないけれども、数万人に上ると推定されている（デルニアン―ストドラ xv）。インディアン捕囚の体験記が出版されると、おおいに世間の注目を集め、「キャプティヴィティ・ナラティブ」というアメリカ最初の文学的ジャンルにまで発展していくことになる。インディアンたちとの接触を余儀なくされた当時の白人たちは、インディアン虜囚を自分にも起こりうる身近な危機としてとらえ、いっそう強い関心を向けていたことが容易に分かる。

この「キャプティヴィティ・ナラティブ」で最も多い形式といえば、若く信仰深い女性が誘拐され、異教徒たちのなかで過酷な試練にさらされるというものだった。たしかにインディアンたちに連れさられた白人女性は厳しい状況におかれるものの、必ずしも拷問されたわけではなく、むしろ労働力として重宝されていたことが、一六八二年初版の「メアリー・ローランドソン夫人のマサチューセッツにおけるインディアン捕囚記、一六七六年」などからも分かる。しかし報復心に燃えた残忍なインディアンが、白人たちへの憎しみから、ペギーのような乙女をさんざん拷問するという逸話や噂話が様々な著書で繰り返され、[7] 白人の敵・悪魔的なインディアン像が強められていった。そこには、インディアン討伐の大儀を訴えるという白人側のイデオロギーが反映されていたとも言われている。

しかし時代が進むにつれて「キャプティヴィティ・ナラティブ」も変容していく。虜囚物語の歴史をまとめた『インディアン・キャプティヴィティ・ナラティブ、一五五〇〜一九〇〇年』によると、一九世紀後半になっても、インディアン虜囚は少なからずあったが、ほとんどのアメリカ人にとっては対岸の火事となっていた。そのなかでインディアンによる女性の誘拐物語はアメリカ人が現実に直面している危機を表した読み物ではなくなり、アメリカの開拓史を捉えなおす歴史的な読み物となっていった。そしてインディアンによる乙女の誘拐はより非現実的に描かれるようになり、感傷的で不気味なゴシック小説の形態をとるものも現れるようになったというのだ（デルニアン－ストドラ&リヴィニア 一六七）。邪悪な亡霊がとりついた古城のかわりに、悪魔的インディアンが住まうフロンティアの迷路が「深層心理を映し出すゴシック・シンボル」（デルニアン—ストドラ&リヴィニア 一八八）となっていったことが分かる。

「インディアンの中のハック・フィンとトム・ソーヤー」も同じだ。物語の舞台は一八四〇年代後半であるが、実際に物語が書かれたのは一八八四年である。物語に登場するスー族もこのころまでには合衆国軍との度重なる激しい戦闘で疲弊し滅びの道を歩んでいた。[8] インディアンはもはや現実の敵ではなく、過去に滅ぼした民族であったのだ。その滅ぼされた民族が報復のために亡霊となってよみがえったかのごとく、物語に登場するインディアンたちは一様に悪魔的で人間味がない。しかもペギーをさらってフロンティアの迷路へ忽然と消え去ってからのインディアンたちは、亡霊のごとく禍々しい痕跡と幻影を漂わせるばかりとなる。インディアンたちが住まうフロンティアは時に邪悪で神秘的な力が働き、超自然的な光景が広がる。この恐ろしげな世界でハックらは悲劇の起こった原因を究明しつつ、犠牲となった乙女の救出にむかうという、明らかなるゴシック小説の枠組みで物語は語られていく。トウェインはいにしえの亡霊がとりつくヨーロッパの古城ではなく、アメリカ人にとっての過去の亡霊インディアンが徘徊するフロンティアを「ゴシック・シンボル」として選び、その迷路に迷い込んだ者たちの心理的恐怖を描き出していくのだ。

ゴシック小説における「無意識」の探求

ジークムント・フロイトが深層心理学を確立するのは二〇世紀初頭であるが、彼も認めるように、心理学に先んじて文学者や哲学者たちは「無意識」の存在に気付いていた。ロマン主義文学では早くから心の奥底に隠されている「無意識」の存在をすでに作品に表してきた。アメリカでは、ナサニエル・ホーソーンやエドガー・アラン・ポー、ハーマン・メルヴィルがそれぞれ独自の解釈で、意識できないが個々の心の奥底に潜んでいる深層心理の探求を作品のなかで試みてきた。だがそれは、禁じられた暗闇へ足を踏み入れるような恐怖と不安が付きまとい、怪しげで不明瞭な作風となるため、アメリカの一般読者には不評であったと、批評家ジャイ・マーチンは「恐ろしげな借り物、恐ろしげな取引」において解説している。物質主義のアメリカ人にとって、意識できない存在を受け入れることができなかったのだというのだ（マーチン　一一二）。

続くマーチンの解説によると、しかしながら南北戦争後にかけて心理学研究の発展がアメリカ文学に大きな変革をもたらしたという。その解説を要約すると、一九世紀半ばごろからヨーロッパでは心理学研究（当時はまだ哲学の一部とされていた）も大きく発展し、「意識下の領域」つまり「無意識」の存在を認め、研究の裾野を広げ始めていく。一八六九年に出版されたエドゥアルト・

フォン・ハルトマンの『無意識の哲学』は、その衝撃的なタイトルもあって、ヨーロッパで大人気となり、大衆の好奇心をあおったという。心理学研究においては後れをとっていたアメリカにも、南北戦争後からアメリカに「無意識」という新たな概念がもたらされると、一般大衆は手で触れることのできない不可解な「無意識」なるものを分かりやすく提示してくれる物語を歓迎した。そのなかで爆発的な人気を博したのが、エリザベス・フェルプスの『半開きの門』(一八六八)だ。これは、現実の世界に似せた想像上の精神世界、つまり無意識の世界において、精霊となった故人と再会できるという内容であった。当時は南北戦争により身内を失った女性たちが数多くいたこともあって、この作品に慰めを求めた女性たちの絶大な支持をえることになる。彼女の成功を見て、そして彼女のやり方をまねて、ヘンリー・ジェームズやエドワード・ベラミーのような後年のリアリスト作家たちはゴシックやオカルトの枠組みを用い、「無意識」なるものを具体的な空間として視覚的・立体的に表し作品化していった。マーク・トウェインもその一人であったというのだ(マーチン 一二四)。

トウェインは一八七三年ごろから、『半開きの門』のバーレスクという形式をとって、ストームフィールド船長が訪れたという天国での体験記を描いている。彼は、フェルプスがしたように、ゴシック小説の枠組みのなかで故人と再会できるという神秘の場所(天国)を遠い宇宙に存在する異世界として描き出していく。トウェインはストームフィールドの天国訪問記を晩年になるまで何度も書き足し、「精神世界」あるいは「無意識」の領域にたいする関心を深めていくことになる。トウェインは「無意識」という概念がアメリカ文学にもたらされ始めた一八七〇年代から、ゴシック小説という枠組みのなかで実験的に取り組んできたのである。[9] 満を持して「インディアンの中のハック・フィンとトム・ソーヤー」をアメリカ的ゴシック小説として構築し、無意識の世界における新たな旅物語に取り掛かったわけだ。トウェインがハックの次なる逃亡先としてフロンティアを選んだのは確かだが、そのイメージは文明社会から物理的に切り離された辺境地ではなく、文明社会とは精神的に切り離された空間、すなわち心の奥底に広がっているとされた無意識の世界をとらえていた。

「記憶」のない世界

心の奥底に広がる意識下の世界を描き出す空間としてフロンティアは実に適していた。ハックたちが初めてフロンティアに足を踏み入れたとき、荒野は「見渡す限り、どちらを向いても、空が地上に接するところまで何もない」（四二）状態で、まるで「長い水平線とさざ波だけ」（四二）がひろがる草原の大海原のようだという。ハックはトムと二人きりでこの荒野の大海原に取り残されたとき、彼を取り巻く景色には彼の心のありさまがまざまざと投影されていた。

そこは、とてつもなく大きくて、広くて、どこまでも平坦な世界だった。すべてが死んだように（中略）ひっそりと静まりかえった、音のない世界。今まで体験したことのない寂しい場所なんだ。心が折れそうだよ。耳を澄ましても不気味な静寂しかとどかないのだから。僕たちもたまには喋ったよ。そうだね、一時間に一回ぐらい。でも僕たちはほとんどの時間、考え事をして、眺めていた。こんな重苦しさを破る言葉もなかなか出てこないんだよ。（四九―五〇）

またある場面では、フロンティアが本当に大海原へ変わってしまう。豪雨が瞬く間に洪水を引き起こし、ハックらが命からがら逃げ込んだ高台はまるで大海に浮かぶ孤島のごとくになってしまう。まさにハックは無人島の漂流者であり、視界に映るのは大海原のさざ波だけとなったとき、時間や距離感などの現実感が遠のき、言いようのない孤独感に心は占められていく。ハックの旅したフロンティアは、外界の現実社会から切り離された非現実的で超自然的な空間であった。そこに迷い込んだハックは、未知の海域に一人閉じ込められた漂流者に喩えられ、自分の存在だけを見つめてすごす虚無の世界を体感する。

このフロンティアでは、キリスト教的道徳が通用せず、インディアンの神々が支配していた。ブレイスはフロンティアで頼れる唯一の存在であった。そのブレイスが、インディアンを心底憎んでいたにも関わらず、インディアンの神々を信心していたのである。なぜなら異教徒の迷信を忠実に守ることだけが、この超自然的な世界において生き残る術であったからだ。彼はインディアンの神々への奉仕として、金曜日にはアンテロープの肉を食べないという誓いを立てていた。フロンティアでは曜日の感覚などどとうに消え去っていたにも関わらず。だがその誓いを誤って破ってしまったとき、ブレイスが予言したとおり恐ろしい災いが彼らを襲ってくることになる。それについては後ほど詳しく述べたい。

このように異教徒の迷信が現実化してしまうような超自然的な世界にあっては、生活力のあるハックですら無力となってしまう。ハックが前作で見せたような浮浪児ならではの知恵や川下りの経験も、ここでは役にたたないのだ。前作でハックを悩ませた日曜学校の教えも、生き延びるために覚えた小遣い稼ぎも、ここでは必要とされない。ハックは作者トウェインの経験を多く共有した登場人物であり、ときにトウェインの少年時代の分身とさえ言われる。そのハックが無力となる世界とは、作者トウェインの開拓者魂も、元蒸気船パイロットとしての知識も、キリスト教徒としての教養も、文明人としての常識や金銭感覚も、トウェインが現実社会で学んできた「記憶」がほとんど反映できない世界であった。前作ではトウェインの「記憶」を下敷きとしてハックの冒険の細部まで築かれていったのとは対照的に、続くフロンティアの冒険ではその「記憶」がほとんど締め出されていることが分かる。

前作ではみずみずしいスイカや新鮮なナマズの味わい、食後のゆったりとしたタバコの吸い心地、ミシシッピ河畔の腐った魚の臭いなど、ハックが体感したものが多彩かつありありと伝わってきた。これらハックが感じた臭い・味・触感は全て、トウェインの少年時代の「記憶」をもとに描かれていた。前作に満ち溢れていた少年時代の生き生きとした「感覚的記憶」もまた、本作では締め出されている。ここでハックは感覚や感情の機微を伝えることはなくなり、先ほど詳しく紹介したような孤独と静けさ、そして最後には恐怖と空腹の思いだけが重苦しくのしかかってくるのだ。フロンティアという「無意識」の世界は、トウェインが現実に体験した多彩で血の通った「記憶」がほとんど入り込まず、新たな「記憶」もさして足されない、無味で空虚な空間を想定して描かれている。

能力心理学（faculty psychology）における「心の解剖劇」

作品のいたるところで、人間の意識下に広がっているだろう心象風景が、フロンティアの光景として映し出されている。そこに描かれた「無意識」とは、作者本人が現実のなかで溜め込んできた生身の「記憶」からひどく遠のいた遥かなる世界をイメージしている。そこは、孤独と静けさだけが重くのしかかってくるだけの無味で空虚な世界であった。しかし第七章のほとんどを割いて描かれた霧の風景ほど、「無意識」の心象風景として、空虚で恐ろしげに訴えかけてくる箇所はない。

それは、先ほど述べたように、ブレイスらがインディアンの神を怒らせたことにより災いが襲ってきたときのことだ。深い霧がたちこめ、彼らは視界がきかない完全なる白い世界に閉じ込められてしまう。トムは足元にいたガラガラヘビに気をとられたほんの数秒間で仲間の姿を見失ってしまい、一人きりで霧のなかに取り残されてしまう。そこは神秘的な白だけの何もない世界であった。トムはハックたちの声が聞こえたような気がして、音の方向に向かうが、誰もいない。白の世界では、どこから音が聞こえてくるか分からなくなってくるからだ。亡霊のように現れては消える音を追ってあちらこちらを走り回るばかりだ。時折足を止めてじっと耳を澄ますと、「経験したことのないような恐ろしい静寂に包まれる」（七〇）。それが耐えられなくなって、また狂わんばかりにさまよい続ける。ようやく霧がはれて保護されたとき、トムは数日間起き上がれないほど心身をいためていた。

霧の中では、視力は閉ざされ、狂ったコンパスのように方角感覚を失い、聴覚は狂い、時間の感覚すら失われているのだ。判断力は鈍り、意志の力などまったく通用しなくなってくる。不気味な白の世界はそこで迷う者の心まで白く塗り固めていくようで、ハックが霧のなかで偶然出会った「見知らぬ男」は長いこと霧のなかでさまよっていたため心がすっかり壊れてしまい、訳のわからないことばかり言っていた。

この白い霧の世界を理解するには、一九世紀はじめの心理学説として隆盛を極めた「能力心理学」が参考になる。一八世紀はじめごろまで精神や心の問題は哲学的に研究されていた。ヤロンシェフスキーの『心理学史』によると、クリスチャン・ヴォルフ（一六七九—一七五四）は理性の時代がもたらした合理的で先進的な西欧心理学を発展させ、哲学的な心の問題を数学的な思考で分析した。つまりヴォルフは「心理現象の種々のクラスを叙述し、それらを階層的に配置されたグループに分けた。独特な『人間の心の解剖劇』が上演され、各グループにはその原因及び基礎としての対応する能力が考えられた」（ヤロンシェフスキー 九四）。これらの能力を説明原理として体系化し、心理的過程を解き明かそうとしたのが、「能力心理学」である。具体的に言うと、人間の心は判断・理性・意志・記憶・感覚・推理などの独立した「心的能力（機能）」から成り立っていると想定し、「心的能力（機能）」の個々の働きと相互作用を分析することで、人間の心に起こっている精神活動を説明しようとしたのだ。この極めて論理的・数学的な手法で、人体解剖で胃や腸などの臓器を切り分けていくように、「心の解剖劇」では心のなかを幾つもの「心的能力（機能）」に区分けして解説していくのである。

「能力心理学」は、かの有名なフランツ・ガルの「骨相学」に多大な影響を及ぼした。「能力心理学」の認めた「心的能力（機能）」がそれぞれ別個の脳器官に宿っているとし、体系化したのがガルの「骨相学」だ。ガルは「心的機能」をつかさどった脳器官はその働きに応じて大きさや形状が異なってくるため、頭蓋骨を視診・触診するだけでその人の性格や気質が分かるとまで主張した。この点はガルの大きな過ちであった。とはいえ精神という目に見えないものが、頭蓋骨上で物理的に見え判断できるという分かりやすさから、一九世紀前半の欧米の大衆のあいだで熱狂的な人気を博した。トウェインも少年時代に、村を訪れた骨相学者に心を奪われ、「骨相学」の教本を勉強したことがあるほどだ。「骨相学」は素人や悪質な詐欺師などにも容易に習得できたため、いかさまやペテンの隆盛をもたらし、非合理な説とされ急速に衰退する。だが「骨相学」とは本来、当時最先端科学の脳解剖学と心理学を結び合わせた先進的な研究方法でもあったのだ。「骨相学」は大脳機能局在説（大脳にいくつかの機能が局在するという説）として、現代の医学においても部分的に引き継がれている。

「能力心理学」では精神活動を幾つもの要素に区切っていき、「骨相学」ではそれらを脳器官として分析する。「能力心理学」と「骨相学」の影響により、つまり一九世紀の合理主義と実証主義の流れをうけて、人間の体から胃という器官を切り出すように、人間の心から「理性」や「記憶」などといった心的器官を一つずつ切り取ったら残った人間の心はどうなっていくのか、ヴォルフの「心の解剖劇」を思わす思考法をトウェインが思いついたとしても不思議はなかったのである。

ところでトウェインは「良心」を失ったあと、人間の心はどうなるのかについても検証している。ダグラス・ラングストンによると、中世ヨーロッパでは「良心」とは善悪を判断する過程を意味するだけの言葉であった。しかし宗教改革をへて「良心」は心に宿る特別な一個の存在とみなされるようになる。「良心」は神に与えられし聖なる存在であり、善悪を判断する「内なる審判者」と考えられるようになったのである。この「良心」つまり「内なる審判者」は正しいことと悪いことを判断し、その判断に従って行動しないと罪悪感という罪を与えてくるというものだった。このピューリタンの思想が能力心理学にもおよび、「良心」は「記憶」や「理性」と同じく独立した「心的機能」の一つとされ、その機能は正しいことと悪いことを道徳的に判断することだった（ラングストン 七―八）。理性の時代を迎え、理性を持ってより良い社会を作ろうとした一九世紀において、カントもそうであったように、「良心」を研究・開発すれば人間の道徳性を高められると期待は高まっていた。

現代の心理学では、「良心」とは様々な感情が合わさって引き起こされる反応と考えられ、「良心」を独立した「心的機能」とする思想がすたれると、その研究意義も失われた。それにともなって「良心」の意味も漠然とした道徳意識を指すようになる。

しかし一九世紀に生きたトウェインにとって「良心」とは善悪を計る判断機能である。またピューリタン思想からみれば「内なる審判者」であり、それを宿した人間の分身とさえ言える存在であった。いずれにせよ「良心」とは独立した存在であるのだから、機関車から速度計を取り出すように、この「良心」だけを心から取りのぞくことも可能だろうと考えたわけだ。それを実際に作品化したのが、ゴシック風の奇怪な寓話「コネティカットにおける最近の犯罪騒ぎに関する事実」（一八七六）である。内容については省略するが、この小話によると、「良心」という存在がなくなっても人間の心はしっかりと働き、罪悪感という面倒なものに責められない分さばさばとして快活に暮せるという。

トウェインにとって、「良心」よりも他の「心的機能」が奪われるほうが恐ろしかったようだ。先ほどの霧の光景にもう一度戻ってみたい。トムの心から方向・視力・聴覚・時間などを判別する感覚の「心的機能」がほとんど奪い取られ、判断・理性・意志といった「心的機能」もすこしずつ失われつつあった。彼の心から「心的機能」が一つまた一つと引かれていくとき、霧の白い世界のように心も空白となっていくのである、そのときのトムの脅えようは見ていても辛い。しかしトムから「記憶」という機能だけは奪われなかった。

一方霧の中で出会った「見知らぬ男」はあらゆる「心的機能」が奪われていたようで、最後には獣のようになって、四つん這いで歩き回り、飢えと渇きを満たすだけの亡者となって目の前の食べ物をむさぼりながら死んでしまう。この「見知らぬ男」からは「記憶」という「心的機能」も奪われていた。彼は首にかけていた金のロケットを時折開けては、中の写真を見つめるのだが、その最中に自分が何をしていたのかも忘れて眠ってしまう。ロケットのなかには、一〇〇年以上前のスコットランドの衣装を身に着けた女性と子供たちの絵が入っていた。おそらくは彼の妻と子供たちだろう。するとこの「見知らぬ男」は家族の記憶を失い、それゆえいっそう孤独で、霧のフロンティアを一世紀もさまよっていたのだろう。「見知らぬ男」がロケットを離さなかったように、心が空白となっていくなかで最後まで手放そうとしなかったのは家族の「記憶」だったわけだ。

家族の「記憶」

「記憶」とは不思議なもので、自分の「夢」や「無意識」の世界において家族の「記憶」を失ってしまえば、そこでは家族などはじめから存在していなかったことになる。家族の「記憶」を失うことは家族そのものを失うことである。「見知らぬ男」の心を蝕む孤独な放浪にも表されているように、トウェインは家族を失うことを明らかに恐れていた。しかし、ブレイスが婚約者ペギーとその家族を失っているように、本作品以降にもトウェインが「無意識」や「夢」の旅を描いたとき、男性が家族と引き裂かれるという設定が繰り返されることになる。

トウェインは七〇歳になる一八九六年ごろから、「無意識」あるいは「夢」の中にはもう一人別の自分（ドリーム・セルフ）がいるという、深層心理学者フロイトを思わせる思想を打ち立てていく。小此木によると、フロイトにとって「夢は本来、睡眠中の精神活動であり、睡眠によって覚醒時の自我活動が低下し、意識過程から無意識過程への退行がおこる」（小此木 四七）ものであり、夢のなかには本人すら知らなかった無意識の心的活動が表れてくるとした。トウェインのほうは、当人すら知らなかった無意識における別の自分が夢のなかに表れるとして、ゴシック風の「夢（無意識）」の世界を舞台として活躍するもう一人の自分（ドリーム・セルフ）を小説に描いていった。その手法や設定は「インディアンの中のハック・フィンとトム・ソーヤー」と酷似しているものも多い。たとえば一八九六年に書かれたと推定されている「呪われた海の荒野」をみてみたい。フロンティアの物語では、トウェインの少年時代の分身といわれたハックとトムが主人公である。「呪われた海の荒野」の主人公はトウェイン本人を思わせる男性だ。また舞台となったのも、前者ではフロンティアの大海原であったが、後者は夢の中や異次元の大海である。両方ともが、時間や方向感覚などのない真っ白い空間に閉じ込められると、悪魔のような敵（片やインディアンで片や海の怪物）が現れて、乙女をさらっていってしまう。前者における悲劇の乙女はブレイスの婚約者であったが、後者ではトウェイン本人とされる男の娘たちだ。いずれの場合もトウェインは女性が無残に虐待あるいは殺されたことをほのめかしたところで筆を折ってしまっている。この他に彼が晩年に書いたゴシック風小説には、妻子と引き離されて異世界に迷い込んでしまったかわいそうな男の話もある。

ハックがミシシッピ河を下る筏の旅物語は、トウェインの「記憶」をもとに織り成されていたが、続くハックが向かったフロンティア、彼の最後の逃亡先では、「記憶」が削られ現実の自己が失われていく無意識の心象風景が描かれていたのだ。「記憶」とは不可解で壮大な問題であるはずだが、そこでトウェインが最後にこだわった「記憶」は、意外にも単純で人間的なもの、家族の「記憶」だけだった。「見知らぬ男」にあるように家族の「記憶」を失うことへの恐怖は、家族を失うという恐怖の表れであったのだろうに、結局トウェインは家族を失うという恐怖の深層心理小説を繰り返すことになる。

[注]

1　トウェインの口述筆記による自伝『マーク・トウェイン自伝』は二〇一〇年に初めて出版されたが、のこりの二巻は現在も編集作業中で数年中に出版予定である。

2　正確に言うと、小説の最後でハックは「テリトリー（准州）に行く」と述べている。アメリカ合衆国は、当然「州」の集まりであるが、一九五〇年までアメリカ合衆国には、「州」とは別に、「准州」を設けていた。「准州」は英語では「テリトリー（territory）」と呼ばれ、アメリカ合衆国の国土の一部ではあるものの、連邦議会により個々に組織された地域で、一定の段階をへて州に昇格していく。例えば、ミズーリは一八一二年から二一年までの准州期間をへてから、州に昇格している。また本作品においてハックたちが通過した地域をみてみると、ネブラスカは一八五四年から六七年、オレゴンは一八四八年から五九年の准州期間をへて、州に昇格している。「テリトリー」はインディアンが強制的に移住させられた地域として有名であり、ハックが目指したネブラスカ准州にもスー族インディアン居留地区が置かれていた。したがって当時「テリトリー」という言葉は一般にフロンティア、あるいはそこに置かれたインディアン居留地区を意味している。

3　ウォルター・ブレアによると、ジェイムズ・フェニモア・クーパー（一七七八―一八五一）らアメリカ小説を形作ってきた先人たちがインディアンを高貴なる野蛮人として美化し、フロンティア開拓をロマンチックな幻想に包んできたことをトウェインは批判的にとらえ、フロンティアの現実を描くことに腐心していたという。こうしたブレアの解釈が、のちの批評を率いていくことになる（八一―八八）。

4　ブレアによると、ジェイムズ・フェニモア・クーパーなどの開拓物語や西部冒険物で理想化されてきたインディアン像、「高貴なる野蛮人」の幻想を崩し、本来のインディアンの姿を描き出そうという意図があったことは間違いないが、だからといって彼らをそこまで極悪非道に描き出す必要はなかったのではないかと疑問を残している（八二）。ブレアの言うように、トウェインはクーパーの描く高貴なるインディアンは現実味が乏しいと反発していたのは確かだ。しかしこの作品では、インディアンの実像を描くというよりはむしろ、悪魔的なインディアンというクーパーらが作り出したもう一つのインディアン・ステレオタイプを借用しているのは確かである。

5　現在マーク・トウェイン・ペーパーズがトウェイン手書きの遺稿（タイプ打ち原稿を含む）のほとんどを所有していて、その中には「インディアンの中のハック・フィンとトム・ソーヤー」も含まれている。ブレアは、これら遺稿の管理と編集を任されていたことのあるバーナード・デボートと、本作品の真価について話し合ったことがあるという。ブレアによると、そのなかでデボートは現実には「起こりそうもない」光景や出来事が作品に描かれている点を指摘し、作品の欠点として挙げたという（八八）。

6　ロバート・アトリーの『アメリカ西部のインディアン・フロンティア、一八四六～一八九〇年』によると、一八六一年までララミー砦より西方には政府軍の砦が敷かれていなかった。ただし南北戦争時代にはララミー砦から西方へ爆発的に進行が進み、フロンティア全域にわたって砦が築かれることになる。同じ頃、大陸横断の鉄道も完成する（六二）。

7　リチャード・アービング・ドッジの『我らが自然のインディアン』はトウェインも読んでいたフロンティア見聞録であるが、そこでもインディアンたちがさらってきた白人女性を拷問したという話を幾つも掲載している。

8　南北戦争後になると西部開拓・移民が空前のスピードで推し進められ、合衆国陸軍は強力な戦力をもって、スー族を筆頭とした多くの部族を攻め滅ぼし、土地を奪っていく。合衆国陸軍の軍事的征服にたいする、インディアンの武力抵抗も激しさを増していくことになる。なかでも有名なのが、一八七六年にスー族がカスター大隊をせん滅したリトル・ビッグ・ホーンの戦いだ。しかし一八九〇年には合衆国陸軍は一五三人（ときに三〇〇人とも言われる）のスー族を虐殺し、息の根を止めたといわれている。その同年にはフロンティア消滅が宣言され、インディアンは歴史上消え去った民族として扱われることになる（富田　一六三―六八）。

9　トウェインは、若い頃から習作でゴシック小説を手がけてきたが、リーランド・クロースによると、トウェインはゴシック小説の文学的技法よりも、ゴシック小説のもたらす効果に関心が強かった（一〇八）。その成果が晩年の未完作品群に表れていることは良く知られている。

使用テキスト

Twain, Mark. *Huck Finn and Tom Sawyer Among the Indians and Other Unfinished Stories*. The Mark Twain Papers. Berkeley, Los Angeles, and London: U of California P, 1989.

［引用文献］

Blair, Walter. "Huck Finn and Tom Sawyer among the Indians." *Mark Twain's Hannibal Huck & Tom*. Ed. Walter Blair. The Mark Twain Papers. Berkeley, Los Angeles, and London: U of California P, 1969. 81-91.

Derounian-Stodola, Kathryn Zabelle, ed. *Women's Indian Captivity Narrative*. Penguin Books, 1998.

——. and James Arthur Levernier. *The Indian Captivity Narrative, 1550-1900*. New York, Oxford, Singapore, and Sydney:

Twayne Publisher, 1993.

Dodge, Richard Irving. *Our Wild Indians: Thirty-Three Years' Personal Experience Among The Red Man of The Great West*. Hartford: A. D. Worthington & Co., Publishers, 1890.

Hartmann, Karl Robert Eduard von. *The Philosophy of the Unconscious: Speculative Results According to the Inductive Method of Physical Science*. New York: MacMillan and Co., 1884.

Kerr, Howard and John W. Crowley, eds. *The Haunted Dusk: American Supernatural Fiction, 1820-1920*. Athens: the U of Georgia P, 1983.

Langston, Douglas C. *Conscience and Other Virtues*. Pennsylvania: Pennsylvania State U P, 2001.

Martin, Jay. "Ghostly Rentals, Ghostly Purchases: Haunted Imaginations in James, Twain, and Bellamy." *The Haunted Dusk: American Supernatural Fiction, 1820-1920*. Athens and Georgia: the U of Georgia P, 1983. 121-31.

Phelps, Elizabeth Stuart. *The Gates Ajar; Or , our Loved Ones in Heaven*. Boston: Fields, Osgood, & Co., 1869.

Rowlandson, Mary. "Captivity of Mrs. Mary Rowlandson Among the Indians of Massachusetts, 1676." *The Account of Mary Rowlandson and Other Indian Captivity Narrative*. Ed. Horace Kephart. Mineola, and New York: Dover Publications INC, 2005. 58-86.

Twain, Mark. *Autobiography of Mark Twain*. Ed. Harriet Elinor Smith. Berkeley, Los Angeles, and London: U of California P, 2010.

——. *The Devil's Race-Track: Mark Twain's Great Dark Writings*. Berkeley, Los Angeles, and London: U of California P, 1980.

——. "The Facts Concerning the Recent Carnival of Crime in Connecticut." *Mark Twain: Collected Tales, Sketches, Speeches, & Essays 1852-1890*. Ed. Louis J. Budd. New York: The Library of America, 1992. 644-60.

——. "Enchanted Sea-Wilderness." *Mark Twain's Which Was the Dream?: And Other Symbolic Writings of the Later Years*. Ed. John S. Tuckey. Berkeley and Los Angeles: U of California P, 1968. 76-88.

——. *Huck Finn and Tom Sawyer Amongthe Indians and Other Unfinished Stories*. The Mark Twain Papers. Berkeley, Los Angeles, and London: U of California P, 1989.

Utley, M. Robert. *The Indian Frontier of American West 1846-1890*. New Mexico: U of New Mexico P, 1984.

エム・ゲ・ヤロンシェフスキー『心理学史』柴田義松・盛岡修一他訳　明治図書出版株式会社、一九七三年。

[参考文献]

Botting, Fred. *Gothic*. London and New York: Routledge, 1996.

Krauth, Leland. *Mark Twain and Company: Six Literary Relations*. Athens and London: The U of Georgia P, 2003.

LeMaster, J. R. and James D. Wilson, eds. *The Mark Twain Encyclopedia*. New York: Garland, 1993.

MacIntyre, Alasdair. *A Short History of Ethics*. London and New York: Routledge, 2010.

Poe, Edgar Allan. *Edgar Allan Poe: Complete Tales & Poems*. New Jersey: Castle Book, 2002.

Rippa, Alexander. *Education in a Free Society: An American History*. New York: Longman, 1997.

Watkins, G. K. *God and Circumstances: A Lineal Study of Intent in Edgar Allan Poe's The Narrative of Arthur Gordon Pym and Mark Twain's the Great Dark*. New York, Bern, Frankfurt am Main, and Paris: Peter Lang, 1989.

小此木啓吾『フロイト』講談社、一九八九年。

加藤尚武編『哲学の歴史』中央公論新社、二〇〇七年。

亀井俊介『ハックルベリー・フィンのアメリカ』中公新書、二〇〇二年。

C・G・ユング『創造する無意識』松代洋一訳、平凡社、二〇〇九年。

鈴木美津子『Sentimental, Gothic, Romantic ——一八世紀後半の英文学とエピステーメ』英宝社ブックレット、一九九七年。

T・H・リーヒー『心理学史——心理学的思想の主要な潮流』宇津木保訳、誠信書房、一九八〇年。

富田虎男『アメリカインディアンの歴史』雄山閣、一九九七年。

浜野成生編『アメリカ文学と時代変貌』研究社出版、一九八九年。

第六章　スコット・フィッツジェラルドの『夜はやさし』
――忘却された記憶の回帰とディック・ダイヴァーの崩壊

村尾　純子

はじめに

『楽園のこちら側』（一九二〇）でデビューを飾り、ジャズエイジの旗手と呼ばれたスコット・フィッツジェラルド（一八九六―一九四〇）は、彼の文学的地位を不動のものにした小説『グレート・ギャツビー』（一九二五）を執筆後、九年の構想と執筆期間を経て、『夜はやさし』（一九三四）を出版した。パリでの放蕩な暮らしを支える生活費捻出のための多量の短編執筆の合間に書いたこの小説の創作はかなり難航する。当初、一九二五年一月に起きたドロシー・エリンソンという一六歳の少女の母親殺しをもとに構想され[1]、次に映画監督を主人公に据えたプロットへ変更されるなど、数々の主題の変遷を経たこの作品は、一九三〇年以降、妻ゼルダの統合失調症[2]の発病により、精神科医を主人公に据えた物語へと舵を切りなおすことになる。フィッツジェラルドのこの新しい小説が出版された時期は、一九二九年に起きたニューヨーク株式市場大暴落に始まる世界恐慌の只中にあり、一九二〇年代の好景気に沸いた放蕩の時代のツケを反映させたようなこの作品は、売れ行きも評価も芳しくなかった。

時代を先取る華々しい作家としての公的なイメージとその裏での地道な努力、成功した自己イメージとその背後にある敗者になることの恐怖が、彼の作品にはつきまとう。一九三六年のエッセイ「こわれる」において、彼は心情を吐露している。

一〇年前、人生とくればだいたいが個人的な問題だった。いくら努力してもどうにもならない、しかし、ここ一番、奮闘する必要がある。こういう気持ちのバランスを崩さないこと。もはや失敗は避けられないという確信と、なおかつ「成功してみせよう」という決意、もっと踏み込んでいえば、おのれの過去にひそむ絶望と、未来へのひたすらなる気概との矛盾。家庭や、職業、個人的なしがらみに共通する苦患がのりきれれば、《自我》は、無から無へ放たれた矢のように、重力をうけて大地に落ちるまでは、何ものにもさまたげられずに飛びつづけるだろう。[3]（四〇）

可能性と不可能性の間で均衡をとり続ける意識、不可能と分かりながらも可能性を信じる態度は、一つの強迫観念のようなものに思える。彼の描く主人公たちは、成功を信じてアクロバティックな跳躍をしてみせるが、その先には避けられない崩壊の結末が待っている。そしてまさにこのような態度は、キャシー・カルースの言う、「トラウマ的体験を生き延びるということは、その先に破滅が待っていることがわかっていながらも、果てしない反復を内面にかかえこむ宿命を背負う」（九一）ことに似ている。作家の心理に深く根付いている焦燥感、敗者になる恐怖は何らかのトラウマ的体験によって形づくられ、「記憶」の忘却と想起のシステムを、様々な形で支配し、歪めているように思える。

忘却される弱い主体の「記憶」

先の引用文から読み取れるのは、強力な勝者と敗者の論理である。このような論理の背景にあるのが、フィッツジェラルドも経験した第一次大戦とそのイデオロギーであろう。戦争にあたって強化された「国家」の意識と「強い主体」たる個人の意識は、直接的、間接的に同時代の人々に大きな影響を及ぼしたはずである。松本一裕は『記憶のポリティクス』の序で、国家の成立を支えるアメリカの「大きな物語」は、アングロサクソン中心のナショナル・アイデンティティを紡ぎ出したが、それはマイノリティの「小さな物語」を犠牲にして成り立ち、「大きな物語」の確認のために、対抗する物語を必要としてきたことを述べている（三—八）。アメリカは移民によって成り立ち、複数の民族を理念において統一してきたが、それは移民を弱く、醜いものとして排除、抑圧し、その他者の記憶を忘却し[4]、対抗的なものを内包することによってであった。そしてそれが可能となったのは、この抑圧・忘却のシステムが、「強い主体」強化のイデオロギーを内面化した個人の心理においても働いていたからだと言えるだろう。

『夜はやさし』という作品を読むにあたり読者が困惑するのは、人格の崩壊にまで至るディックの転落の原因が、因果関係を解明しようと作品に当たったところで明確な解答が得られない点である。このことは、この作品の欠点とも言われてきたが[5]、還元的に作品を読んでもテクストの中に確かな原因を特定しにくい。つまりその原因は作品の成立を動機付けながらも、その内容は「空白」となっているのである。作者に問うことでしか永遠に埋めることのできないディック崩壊の原因という記憶の「空白」部分は、読者がこの作品を読む際の動機を形成するが、その「空白」を埋めようと試行錯誤するも、結局のところそれを埋める確かな証拠が見当たらず、読み終えてもなお我々を不満に陥らせてしまう。ひょっとすると、その「空白」は、先ほど述べた抑圧・忘却のシステムによって生まれたものであり、それが埋められないこと自体が意味を持つと言えるのかも知れない。

M・アルヴァックスは、記憶の一部分の損傷である「健忘症」を、脳の衝撃によって引き起こされるのではなく、「記憶の知的機能の全体が傷つけられたため」（一三）、「社会を構成する諸集団と関係を持つ能力一般」（一三）が損傷されたため起こるのだと説明しているが、ディックの抱える問題は、このような健忘症に似て、彼の個人史における、社会と個人とを結ぶ絆の分裂に関わる、彼の意識に取り込むことのできない何らかの記憶にまつわるのではないかと思われる。つまり、彼の崩壊の原因となるある個人的記憶が、テクスト全体において忘却されているということではないか。アルヴァックスにならうなら、作者の社会的集団に対する関係性に何らかの問題があり、維持される記憶である「集合的記憶」として想起されないのだと言えるかも知れない。意識的であれ、無意識的であれ忘却され、テクストに書き込まれないもしくは想起されない記憶は、その「空白」であること、書き込まれないこと、想起されないことによりその存在を明らかにしていると言えるであろう。そしてその「空白」は、トラウマ記憶の存在を明らかにする。なぜなら「トラウマの本質は、現在苦しんでいる症状がどこから発しているのかをつきとめられないことにある」（下河辺 b二一―二二）からである。

キース・ギャンダル（Keith Gandal）は著書『銃とペン』（*The Gun and the Pen*）の中で、戦争が作家たちに与えた精神的な傷について、非常に示唆に富む論を展開している。彼はその著書の中で、ヘミングウェイ、フォークナー、フィッツジェラルドの主要な三作品を取り上げ、その中に置換して現れている兵士動員の傷（"mobilization wounds"）の影響について論じている。ヘミングウェイとフォークナーは身体的欠陥のために戦闘に参加できず、フィッツジェラルドも軍事訓練を受けてはいたものの大尉としては不適任とされ、兵站部の一員として貢献したのみで戦闘には参加せずに戦争は終結となっている。第一次大戦以前は、アングロサクソン人の社会的地位や素性、立派な教育を受けているかどうかにより将校の任命がなされていたのに対し、第一次大戦からは、知能テストの結果による選抜や、外国人部隊の指揮のために外国語の能力がある者が優遇されるなどして、軍による選抜方式に変化があり、エスニック・アメリカンが軍の中で昇進の機会を得ることができるようになったことが証明されている。彼らはそのような選抜を経験し、それによって今まで確かなものであったはずの、アングロサクソンの男性としての地位や特権が無効とされ、エスニック・アメリカンたちに取って替わられる経験をしたがゆえに、その憤りや自己卑下、自己憐憫といったものが作品の中に書き込まれていることをギャンダルは立証している（三一—四三）。

ギャンダルの論を参照するならば、例えば、『グレート・ギャツビー』の中で、下層階級の出身でドイツ移民と思しきギャツビー（彼のもとの名はドイツ的響きのギャッツである）が戦争で数々の武勲を立てて昇進したことは、軍が特権ではなく能力重視による昇進基準を採用していたことを物語っている。デイジーは軍人として有能なギャツビーに惹かれるが、虚飾が暴かれ、彼がデイジーを手にする望みは果たされずに、結局はアメリカ社会の中では特権を握るトムに奪い返されて終わる。ギャンダルは、祖先がアイルランド系移民であったフィッツジェラルドの抱く、新しいアメリカ人であるギャツビーに対する同情と、特権を奪われることの恐怖からくる嫌悪の中に、兵士動員の傷の影響を読み込んでいる。つまり、男としてのアイデンティティは、戦争そのものではなく、軍に拒絶されたという記憶により損なわれているというのである。そして軍による拒絶は、作品の中では、理想の女性による拒絶という形に置き換わって現れる。男としてのアイデンティティは、女性に受け入れられるかどうかにより確定されたり、確定されなかったりするというのである（一六七―八二）。このようなトラウマ的記憶の影響は、『ギャツビー』以後の作品にも及ぶと考えることは間違いではないだろう。『夜はやさし』においてはさらなる深化が見られると言える。

『夜はやさし』は、初めて映画で成功を収めた一七歳の駆け出しの女優ローズマリー・ホイトが、フランスのリヴィエラ海岸に休暇に訪れ、そこでいつ終わるともしれない休暇を過ごしているディック・ダイヴァーとその妻ニコールの一行と知り合うところから始まる。[6] ローズマリーは礼儀、人をもてなす態度、容姿すべてにおいて完璧なディックに一目で恋をするが、彼は実は統合失調症の妻に生涯を捧げた医師であることをしばらくして知る。不倫とは知りながらもローズマリーとディックは恋に落ちていくが、この恋がディック転落の契機となることになる。

ディックの転落の原因をたどる鍵となるのは、先ほど紹介したギャンダルの言うような「男らしさ」にまつわるトラウマ的記憶、その存在は感じられるが意識化されない記憶ではないだろうか。なぜならディックの男としての自己過大評価および戦争との間接的な関わりが、以後の彼の転落と釣り合わない印象を受けるからである。ローズマリーと出会い恋に落ちていく過程を描く第一部と、ディックの転落を描く第三部の間に、過去の回想を描く第二部が挿入される。[7] その過去の記憶を辿る第二部では、精神科医になりたてのディックはまさに、アメリカの自由、平等、正義のイデオロギーを内面化した前途洋々たる医師として登場し、狂気の妻を救う戦いへと、盲目的に駆り立てられていく様が描かれる。

一九一七年の春、ドクター・リチャード・ダイヴァーは初めてチューリッヒにやってきた。二六歳だった。男として今が旬、まさに花の独身時代の真っ盛りである。戦争中ではあったが、ディックにとって時代はやはり申し分なく、彼にはすでに値打ちがつきすぎ、莫大な投資がされているために、戦場で散るわけにはいかなかった。何年か経って思えば、このスイスという聖域でさえ、戦争の余波を免れるのは容易でなく、そもそもそれについては充分な確信があったわけでもない――だが一九一七年当時は、避難するという考えを一笑に付し、戦争の方で自分に手を出してこないのさ、などと言いわけがましくうそぶいていた。地元の徴兵委員会から届いた命令書によれば、チューリッヒにおいて研究を完成し、計画通り学位を取得すべしと

なっていた。（一二九）[8]

当時は第一次世界大戦の最中、彼は戦争イデオロギーを内面化していると思われるが、軍の精神病院に派遣されるも、与えられる仕事は「もっぱら事務的なことで臨床ではなかった」（一三二）ため、戦闘ではなく間接的に戦争に関わる人物とされている。戦争によって需要の高まった精神科医になることは、立派な兵士になれなかった事実の代替行為として読むことが可能ではないか。「値打ちがつきすぎ」「戦争で散るわけにはいかない」ということが、戦闘に行かない言い訳になると同時に、医師であるということが彼の男としての能力を十分に証明するからである。戦闘兵士でない欠点は医師である利点で相殺される。

また、「ニューヘイブン時代には吊り輪で鍛え、今は冬のドナウ川で泳げる自分の肉体に感謝している」（一三〇）ディックは、「自分には人を惹きつける力があり、自分が人に与え、呼び起こす愛情は、まともな人々の間では何か異質なものであることに気付かなかった」（一三〇）とされ、男らしさを証明する身体能力を持ち、類まれなカリスマ性を持つ人物とされている。作者は、自らのトラウマ的記憶から、従来の「男らしさ」を解体し、新たな「男らしさ」を再構築すべく、医師ディック・ダイヴァーの物語を紡ぎだそうとしていると言える。しかし、その新たな「男らしさ」構築の試みは頓挫するよう運命づけられている。なぜなら「強い主体」にこそ価値を置くアメリカのナショナル・ストーリーは、「弱い主体」を切り捨て、それを忘却することで成り立ち、アメリカの称揚する「男らしさ」のイデオロギーには、弱い主体の存在する余地はない。ましてやそのようなイデオロギーを内面化しているディックにとって、弱い自分を認めることは、アイデンティティのよって立つ足場がないことを意味するからである。物語の進行と共に、内面の弱さを露呈していくディックは必然的に「弱い主体」としてしか規定されず、社会の周縁へと追いやられることになる。この点に関して、次章で詳しく見ていこう。

「逆転移」がもたらす虚像

そもそも「男らしさ」の危機をもたらしたのは、第一次大戦であったと言えるだろう。この大戦は理想の兵士とはどのような者かを明確にし、「男らしさ」を規定したと同時に、その「男らしさ」は幻想であったことを暴き出した。エレイン・ショーウォーターは『心を病む女たち——狂気と英国文化』の中で、「女の病」とされた精神病が、第一次世界大戦時にシェル・ショックとして、男にも生じる病であることが認められるようになった経緯を説明している。「大戦は男らしさの危機であり、ヴィクトリア朝風男らしさの理想への試験であった。ある意味では、シェル・ショックの原因となった、恐怖感を表に出すまいとする、長い期間にわたる抑制は、男性の役割、つまり市民生活における、自己抑制と感情の隠蔽が誇張されたものに過ぎない」（二一七―一八）のであり、弱さを口外できないゆえにシェル・ショックという形で表現されたボディー・ランゲージであった。また戦争神経症は、「戦争にたいするばかりでなく、『男らしさ』の概念自体に対する、男性たちの偽装した抗議」（二一九）であると彼女は述べる。この男のヒステリーは、男女の性役割の分業、公的／私的領域の分離、男は「正気」で女は「狂気」といったありとあらゆる二分法を疑問に付す原因となったという。

戦争において精神科医は、戦闘で傷ついた兵士の士気を取り戻させ戦場に復帰させる任務を負い、「男らしさ」の不安を治療する役割を果たす訳であり、治療を行う主体は「男らしさ」を持っている者とされる。また精神科医たる男は狂気の女を治療することを期待し、期待される。だが作中治療者／分析者たるディックはニコールに対してその役割を果たせない（ニコールの治癒はディックとの別れによってもたらされる）ばかりか、結局のところ自らが「弱い主体」＝アルコール依存症となり、女の置かれている狂気を体現する者の立場へと置かれることになる。

彼が弱い主体として規定されていく過程を見てみよう。チューリッヒのドムラー診療所に入院している統合失調症の患者ニコールは、軍服姿のディックに一目で恋をし、一方的に彼に宛てて手紙を書き送っている。軍服は「男らしさ」の象徴であり、これをまとうディックは、ニコールの目には「男らしい男」と見えている。ニコールはディックに対し「転移」を起こす。ニコールの発病の原因は実の父ウォレン氏による近親姦であり、タブーとされる父‐娘のエディプス的欲望は、ディックへの恋心としてディックに「転移」しているのである。ニコールのディックへのこの感情の「転移」は、治療にとって好都合な治癒への第一歩であるため、主治医との相談で、これを治療に利用することとなる。ディックのような有能な医師なら、この「転移」を利用して、彼女を治癒へと導けると期待されるが、実際は彼は「転移」を解消できないばかりか、「逆転移」を引き起こし、抜き差しならない感情に支配されてしまい、ニコールによる「男らしい男」のイメージの投影を以後維持しなければならなくなる。

ディックはもちろん「転移」の危険性に関しては認識してはいるものの、それの自分への影響について無自覚であり、自分の反応を分析していない。「転移」の持続は危険であるため、他の医師との相談により、ニコールのディックへの恋すなわち転移を終わらせることが最良の策だと決まる。ディックは自分をあきらめるようニコールを説得する。彼の意図を理解した彼女がショックを受けている様子を看護婦の報告から聞き知ったディックは、解放された気分を味わう一方で、彼女の愛情を拒絶したことから医師らしくない動揺を覚える。そしてそれは、彼の知覚・感覚の揺らぎとなって経験される。

暮れなずむ春の夕日がレールや自販機のガラスを金色に染めているプラットフォームに着いたとき、停車場が、病院が、宙に浮かんだまま縮まったり拡大するのを感じ始めて、ぎょっとした。だから、チューリッヒの堅固な玉砂利道がふたたび靴の下でかっちりと感じられたときにはほっとした。（一六〇）

それに続く数週間、ディックは深い失望感を味わっていた。治療に源を発し、挫折して機械が止まるように終わった恋愛沙汰は、金臭く味気ない気分を残した。ニコールの感情が不当に扱われたのだ――これがもし自分自身の感情であったのであればどうだろう？　やむをえずしばらく至福から身を引かなければなるまい――ニコールが大きな麦藁帽子を振り回しながら診療所の小道を歩いている姿をたびたび夢に見た。（一六一）

ここでみられるディックの動揺は、医師としての鎧の脆弱さを表面化させていることになる。「逆転移」は、感情の高ぶりを引き起こし、現実感覚を揺るがし、医師／患者の関係性を揺るがしている。二つ目の引用に述べられている「失望感」「金臭く味気ない気分」とはニコールの味わっている感情に他ならないのだが、この感情を彼は自分のものとして経験する。そのため彼は自分の中に沸き起こった恋愛感情に対して「解毒剤を用意し」（一六二）、バル・シュル・オーブの交換手嬢に自分の関心を移そうと努めたり、仕事に没頭したりすることで紛らわせようとするが、それも無駄な試みとなる。

ここで「転移」「逆転移」についてもう少し詳しく見てみよう。ユングは、「転移」とは、初めは両親やその他の家族に投影されていた、性愛的な面や本来の性的な性質を持つ心的内容が、分析者に投影されることであり、その心的内容には近親(相)姦的な面があると述べる(二二一―二二三)。また、フロイトによれば、感情転移は「人工的につくられた病気」であり、その感情を投影される医師は「空想的な対象」であるという(六二四)。さらにフロイトは、感情転移に対し医師が取るべき態度に関して次のように述べる。「感情転移から生じる患者の要求に私ども医師がしたがうなどということは、ありうべからざることですが、それらの要求を不親切に扱ったり、まして憤慨してはねつけたりするのは、非常識です。私どもは患者に対して、君の感情は現在の状況から生じたものでもなければ、医師の人格に当てはまるものでもなく、君の心のなかにかつて起こったことの反復であるにすぎない、ということを教えて、こうした感情転移を克服するのです。このようにして、私どもは患者にその反復されたものをなんとか思い出すようにしむけます」(六〇八)。

一方「逆転移」は、臨床心理学者D・セジウィックがユングを引用しながら説明しているところによれば、「無意識的な『影響』を通して、患者の病(『症状』)が分析家に実際に転移すること」(一二三)、つまり患者の心理の心的な感染である。それにより分析家は、無意識の内容に圧倒され、苦しみ、傷つく一方で、その傷つきが分析家に癒しの力をもたらすものでもあるという。ユングは、「転移」は治療の上で重要な可能性を引き出すことができるものであるが、分析者である医師は自分に転移された心的内容を患者以上に意識していなければならず、それができなければ、患者も分析者も同一の無意識の中に捕らえられてしまう危険性があり、分析者の側に正常な時なら潜在的なままであったかも知れない心的内容が活性化されてしまうことが最もやっかいであると説明する（一九―二〇）。「逆転移」に対処するために重要なのは、分析家の側の過去の無意識的な解決されていない状況が活性化された場合、それを分析できる状態にまで意識化することである。「転移」が起こると「逆転移」が生じるのはやむをえないが、そのような心的感染に対する備えは分析家にはなくてはならない。ディックに関して問題なのは、彼が恋愛感情を、「転移」「逆転移」というフィクションの状況の中で引き起こされたものではなく、自分本来の感情であると誤認し、まさにフロイトが「ありうべからざること」と警告した「患者の要求にしたがう」状況に陥ってしまう点である。

そのように考えると、「転移」「逆転移」によって引き起こされる感情は、本来の欲望のメタファーであり、フィクションであるので、それ自体はそういうものとして扱われなければならない。つまり、ニコールのエディプス・コンプレックスを帯びた欲望は、ディックへの欲望へと翻訳されたものである。そしてディックの中に湧き上がった欲望は、転移されたもの、患者によって引き起こされたものであり、本来ならば問題化されないもの、あるいは未だ問題化されていないものである。そしてまたニコールによって投影されたディックのイメージは、ディックその人の実像とは当然異なる。当然、ディックの描くニコールの像も本来の彼女とは異なる彼のイメージである。ニコールのディックに宛てた手紙には、「軍服姿のあなたにお会いしたとき、とてもハンサムなお方だと思いました……だけど、お見受けしたところ、あなたはほかの人より物静かで、大きな猫みたいに穏やかそうです」（一三六）「だれかわたしに恋をしてくれたらよいのに。何年か前、男の子たちがそうしてくれたように。でもそんなことに思いを巡らすのは、まだ何年も先のことでしょう」（一三九）などと、一方的なニコールの思い描くディック像や、彼女の願望を綴るが、このような投影されたイメージと恋愛への憧れは、後に「逆転移」によりディックの願望となるのである。

フィクションであるはずのニコールの彼に対する愛情、一途な情熱の甘美さは、彼にフィクションと現実の境目を飛び越えさせ、分析者たる医師が患者と結婚することになる。二人の結婚による、ディックの願望とニコールの願望の融合、手紙に「ディコル」（Dicole）と署名する関係は、フィクションの現実化を意味する。つまりこれは「逆転移」状況を生きること、「転移」された患者の病を分析家である医師が生きることであり、現実とは異なるフィクション的状況を生きることに他ならない。これは、同僚のフランツ・グレゴロヴィウスが「きみの半生を医師兼看護人として彼女に捧げるのか？」（一五六）と警告するとおり、ある意味自己犠牲的な行為である。「ニコールを抱きしめ、唇を味わうにつれ、彼女もいっそう全身を預けてきて、初めての愛に溺れ、飲み込まれながらも、同時に安堵と勝利感に満ちた唇を押し付けてくると、ディックは自分がそこに存在すること自体に感謝したくなった。よしんば自分がニコールの潤んだ瞳に映る影にすぎないとしても」（強調筆者　一七二）と彼が感じるとき、その虚構の愛を受け入れ、その愛に答える覚悟をしていると言える。これはつまり彼にとっては、本来の自分を抑圧し、虚構の自己を生きることに他ならない。彼はニコールの生み出したフィクションに自らも参与し、新たな自己の創出により新たな「記憶」を紡ぎだそうとするのだと言えるだろう。

反復されるトラウマ的「記憶」

このように見てくると、『夜はやさし』のディックと、前作『グレート・ギャツビー』のギャツビーの注目すべき共通点が浮かび上がる。『グレート・ギャツビー』において、フィッツジェラルドは、虚構の自我を生き、その虚構と現実との矛盾によって崩壊する主人公ギャツビーを創造した。そして作者は『夜はやさし』において、まさに「転移」「逆転移」の状況で、ディックにギャツビーの行為を反復させていると言えるのである。つまり、『グレート・ギャツビー』で描かれたある「記憶」が、『夜はやさし』において反復される。

ギャツビーの崩壊は、ニックという語り手によって次第に彼の実像が暴かれていくことで、彼が富を築く際に犯罪に手を染め、自分の身元を偽り、幻想によって周囲を欺こうとしたところが原因であったのだろうと結論づけられる。語り手の存在と彼の解釈が、作品の解釈にある一定の方向性を持たせている。しかし、『夜はやさし』にはそのような語り手の存在はなく、全知（必ずしも全知ではないが）の語りが、ディックが前途有望な精神科医となり、患者と結婚し、無名の医師として行方が分からなくなるまでを辿る。語り手の不在がディックの崩壊の原因の特定を困難にする。作品に一貫した視点がないことで医師ディックの転落の原因が不明瞭となり、彼のパーソナリティに歴史的な繋がりを見出せなくなる。すなわち、過去を過去とし、現在を現在とすることができず、過去―現在―未来へと流れる時間の感覚を取り戻せないでいると言える。これは、作品のみならず、作品の外にいて物語を統括している作者が、この時間の流れを確立できていないこと、「記憶」を過ぎ去った過去として意識の中に落ち着かせることができていないことを物語っている。そのために、ディックが陥るのは、現在は過去の反復に過ぎず、未来を構築できず、再び過去へと回帰してしまう円環的罠なのである。ギャツビーが過去を切り離すことで作り上げた虚構の自分を手に入れようとした一方、ディックはまさに「転移」「逆転移」という虚構的状況、ニコールの描いた幻影の中で、過去を忘却したまま現在を生きようとすると言えるだろう。

　このように二作品を比べてみると、過去の忘却による新たな自己の創出の欲望が反復強迫的に現れているのが分かる。いずれの主人公も過去（＝記憶）との関わりにおいて問題を抱えており、その記憶は新たな自己像の中にそのままでは組み込めないものとして存在している。記憶として定着させることができないがゆえに、その記憶を二人の人物は人生において再演してしまうのである。ギャツビーはデイジーの喪失を二度経験し、ディックは自己の喪失を二度経験する。一度目は「転移」による他者のイメージの中に、もう一度はニコールと別れることで。そして、この喪失には、先に論じた共通する想起されない「記憶」が関わっているのである。

　ギャツビーは、ニックに語る過去の回想の中で、本人の創作、再構成によって自分の過去を語るが、その言説の中にはトラウマは存在しない。トラウマの性質が思い出すことのできないものであるならば、彼が語っているものの中にトラウマ記憶はなく、彼の作り上げた物語から漏れ出ているものの中にこそあるはずである。例えば、ギャッツというドイツ的ひびきの名をアメリカ的ギャッツビーに変更すること自体、自分の過去を捨て去るに等しい行為なのだが、[9] そのような出来事は語られるべきではない記憶としてある。またディックの崩壊の原因に関して作品は沈黙したままであり、その沈黙の中に、読者はトラウマの存在する気配を感じ取るのみである。

　『夜はやさし』という作品が、一人の統合失調症の患者の症例の記述でもなければ、一人の精神科医の診療記録でもなく、小説でありロマンスであるゆえんは、まさに、幻想を通じて過去の記憶を忘却して、新たな自己を創出しようとするその行為こそがドラマであるところにある。[10] つまり、科学的、分析的な職業人であるはずの精神科の医師が、理性を奪われて、情動に支配され、溺れ、身を滅ぼす悲劇性の中に、ひとつの壮大なドラマがあるということを作品は主張するのである。ディックが大学時代にルーマニア人の友人に言われた「きみはロマンティックな哲学者じゃない――科学者なのだ。ものを言うのは、記憶力、気力、性格――とりわけ分別だ。これがきみの問題になるだろう――自己判断てやつが」(二三二)という言葉は、彼の性向の中に科学的分析力の何らかの欠如があったことを示唆している。この作品の中で、彼はロマンスを宿命とし、それを自ら生きるよう定められている。そして、そのロマンスという、新たな「記憶」の創出に伴い忘却された、ニコールの狂気、彼自身の「影」「コンプレックス」といった弱い主体を示唆するものは、想起してはならない「記憶」として忘却されようとする。

ディックが患者ニコールの心理に感染し「逆転移」が起きているという事実を、恋愛感情と捉えて分析しないということとは、本来ならば彼の職業的有能さと人格を疑わしいものにする決定的な事実となる。セジウィックによると、「逆転移」について長らく論じられることが少なかったのは、分析家の心理に関わるがゆえであったという(四)。逆転移を治療技法として扱った最初の分析家は、フィッツジェラルドも統合失調症の妻の治療の関係で知っていたユングである。[11] しかし、「逆転移」に関する研究は、ユングの晩年の一九五〇年代後半以降彼の後継者たちにより発展させられたもので、「逆転移」が分析者の心理に何をもたらすのか、どのような影響を及ぼすのかという実体は、ごく最近まで明らかにはなっていなかったという（セジウィック 九—一〇）。長年「逆転移」の実体が公表されなかったのは、それが分析者の側の心理を明らかにし、分析者の人格的欠点を露わにし、その否定的な側面をつまびらかにすることになるからである。だからこそ公表することが阻まれてきた。医師自身の患者との関係における自己分析や内省は、医師の権威を損ない、完全であるはずの医師の人格の弱点をさらけ出し、「男らしさ」の基盤を覆す可能性が高い。ディックは一切をニコールへの愛に還元して説明しているが、それはまさに、完全であることを求められる医師の心の揺らぎを隠し、「男らしい男」の対面を維持せねばならないゆえの方便である。

ニコールの愛を拒絶した後、モントルーを旅行中、ディックは彼女と偶然出会う。ニコールは彼を姉のベイビーとニコールに好意を寄せるイタリア人の若者マルモラとの夕食に招待する。そこでディックは、ベイビーの口から、ウォレン家がニコールのために医者を買おうとしているという途方もない計画を聞き、彼をニコールの医者にしようと思っているのではないかと勘違いする。「ディックはカッとなった——ミス・ウォレンはこのおれが自転車に乗ってきていることを知っていたはずだ。にもかかわらず、断りきれないような言い回しをとりつくろっている。とりあえず、会わせておけという魂胆か。一緒にしておけばいずれ二人は甘い仲、おまけにウォレン家の金がある、という訳か！」（一七三）と、有り余るほどの富を誇るウォレン家に対し、中産階級出の彼は、嫉妬と非常識に対する怒りを感じている。だが実際は、ベイビーは彼を「この男ではやや不足だと判断」（一七三）していたのであり、ディックの勘違いは彼の自惚れと上流階級に対する嫉妬を表面化させる。

　貧しい牧師の息子であったディックは、戦後にフランスで過ごした数ヶ月と本国アメリカの戦後の発展により、価値観が変化している。同僚のフランツのつつましい暮らしと、彼が将来の夢を小さく見積もってしまっていることを歯がゆく思い、「禁欲を目標のための手段と見なすのはいい、禁欲がもたらす繁栄を当てにしてがんばるのもよかろう。しかし、払い下げの洋服で我慢するようなレベルにまでわざわざ生活を切り詰めるなど考え及ばぬことであった。狭苦しい部屋の中を窮屈そうに行き来するフランツ夫妻の所帯じみたしぐさには優雅さも冒険心も感じられない」（一四八）と考えるようになっている。それゆえ母国アメリカの繁栄とそれを代表するかのような富豪ウォレン家の娘ニコールは、富のもたらす魅力と可能性の象徴的存在となり、「まさに紳士だな、だが覇気に乏しい」（二二三）と形容され、節制、礼儀が大切だと唱える牧師であった彼の父の教えも影をひそめるのである。医師として冷静に患者に対処せねばならないという姿勢を示しながらも、奔放なアメリカ娘ニコールが持ち込んでくる繁栄した本国アメリカの愛と富の融合したイメージは、彼の無意識的な欲望に訴えかける。その彼の密かな欲望を察知したかのように、姉のベイビーは、彼と妹との結婚に難色を示し、財産が目当てでニコールと結婚しようとしているのではないかと疑う。

プライドを傷つけられた彼は、ベイビーの前で、何度も破談にしようとする衝動を抑える。しかし、富に対して抱く羨望と嫌悪は、彼のパーソナリティに複雑な形で絡み合っているため、すべての矛盾を昇華させた愛という感情のために踏みとどまるのである。

狂気のニコールを妻にすることで、自分の生涯を妻の看病に捧げようとするディックに対しウォレン家は負い目を感じることになり、その代価として、彼はニコールの財産を手にすることができる。ニコールは、後に自分を取り戻し彼との別れを考えて、二人の関係を見直しているときに、自分の行動や考えがいかに彼によって制御、制限されていたのかを知ることになる。「これまでは、考えることをなんとなく任せっきりにしていたし、ディックがいないときも、自分の行動はすべて自動的に彼の好みに合わせて決められる感があった。……自分で考えるのだ、さもなければ、他人が代わりに考え、力を奪い、生来の判断力を歪め、管理し、教化し、無力化してしまう」（三一一）と思い至る。つまり、彼女が彼の影でいる限り、ディックは彼女の持つ富・権威・威光を手にしていられる。しかし、彼女が自分で考え、彼に異を唱え、自分の主張をし始めると、彼はそのような特権を行使する力を奪われる。華麗なる医師ドクター・ディック・ダイヴァーの虚像は、彼の半身であったニコールを失うことで崩壊するのである。我々はロマンスの背後に、このような事実があることをともすれば見逃してしまいかねない。

忘却された「記憶」の回帰

本来の自分の記憶を忘却、抑圧することで、理想的医師「ディック・ダイヴァー」の物語という新たな「記憶」を創出し、その物語を生きることとは、現実を誤認し続けながら、虚構のロマンスに身を投じることである。このアンビバレントな性向は、終始ディックの行動につきまとい、以後彼を崩壊へと揺さぶっていくことになる。虚構を現実として生きること、現実誤認は、痛ましい現実を直視しないひとつの方法である。批評家により指摘されてきたディックの医師としての不適格性[12]は、彼が自分の心理に対して分析的でないところ、盲目的なところにあると思われる。[13]彼が見、経験し、感じようとしているものは現実ではない。それは彼が開拓したリヴィエラ海岸のように、ニコールの世界を融合して作り上げたディックの世界であり、ニコールが求め、自分がそうでありたいと願う自分、見たいと思う現実である。下河辺は無意識というものの存在に言及して、「人間は自分がそうありたいと考えている、あるいは、善き人間であろうと努力しているそんな自分ではあることができない。それが、無意識というものを抱え込んだ人間の心の宿命である」（b一四）と述べているが、ディックが「人は本質的に善であるという幻想を抱き」（二三二）、「良い人間でありたい、親切で、勇敢で、賢い人間でありたい」「愛されたい」（一四九）という願望を抱いたとしても、そうではない自分がいること、無意識の圧倒的な力に対し打ち立てた自分に対する幻想がいかにもろいものであるのかを、作中身をもって体験すると言える。

ディックとニコールの「転移」「逆転移」で成り立つ虚構の上での愛情関係は、ディックがニコールの代わりに思考し、判断し、行動するという一体化した関係である。彼はニコールの欲望を生き、ニコールは彼の欲望を生きており、完全に男女に分業された役割を担っている。若き女優ローズマリー・ホイトと出会い、ニコールとの愛情関係を相対化するまで、ディックはその不合理性に気づかない。患者の夫／医師の役割を演じるために存在してはならない「影」の部分、彼の個人的記憶は、彼の人生の脇へと追いやられる。だが、彼が不倫関係になると知りながらもローズマリーに惹かれるのは、ニコールとの関係では充足できない自分の中の欲望を認識しているためであり、ローズマリーとの関係は彼の捨て去ったはずの本来の自己の回帰を示唆する。この二人の女性との関係において彼が経験するのは、自分が意識していないところで、欲望すること、そのような無意識の力が意識を圧倒するほどの力を持つということであり、抑圧され、忘却された記憶が認知を求めて彼に迫ってくることである。彼の陥る無意識の闇は深く、彼の意識とは裏腹に、宿命のままに彼を翻弄するのである。

アメリカへ帰る友人のエイブ・ノースを見送りに、サン・ラザール駅に来たディックらの一行は、マリア・ウォリスというアメリカ人女性が、イギリス人男性をピストルで撃つという事件に出くわす。この暴力事件を皮切りに、ディックの内面は分裂し、まとっていた「男らしい男」のベールが剝ぎ取られていくことになる。ディックがいつもの人助けの精神で事態の収拾に手を貸そうとするところを、ニコールが制する。自分の母も人助けをしたがると言い、そのようなディックを賞賛するローズマリーに対して、初めて彼は次のような感情を抱く。

母親のことを持ち出されたことで、ディックは初めて微笑ましいというよりうんざりした気分になった。彼はローズマリーの母親の影を一掃し、彼女が拠り所にしている育児室的雰囲気から一切合財を取っ払ってしまいたかった。しかし、こんな衝動は自制心の喪失だと悟った——もしちょっとでも緊張を緩めたら、自分に向けられているローズマリーの激情はどうなってしまうだろう。（九六—九七）

さらに、時間が経つにつれ「気分がひどく落ち込み、それとともに自分勝手な感情がどんどん高まって、周りの状況に対してとっさに眼が行き届かなくなり、判断の基盤としていた、大波のような豊かな想像力も働かなくなる」（九八）。また、ローズマリーに会いにパリへやってきたイエール大学の学生コリス・クレイから、彼女とヒリスという青年との間にあった恋愛について聞かされたディックは、この第三者の存在によって、「すっかり自信をなくしていたので、自分が何をしたいのかもよく分からない」（一〇三）状態になり、「自分が目下行っていることは明らかに人生の転機になると分かっていた――これまでにやってきたあらゆることと異質な」（一〇三）行為、スタジオまで彼女に会いに行くという積極的な行動を取る。

このような一連の描写は、それまでのディックの過去の人格と現在の人格の間に亀裂が入ったことを伝えている。つまり、以前はディックはローズマリーへの欲望を自覚しておらず、彼女の愛情を受身的にかわすだけだったのに対し、ピストルによる暴力事件を皮切りに、第三者の男性の欲望の中に自分の欲望を鏡像的に読み取る形で、自分の欲望を自覚することになった。そしてその欲望がピストル事件と同様、堰を切ったように突発的に彼に襲い掛かったという点が、以前の彼の行動とは対極的であるため、無気味さをかもし出す。

この街区をうろついている今の自分は異質な侵入者だ。しかしこんな振舞いをしてしまうとこそ、事実ある衝動がおのれの内面に潜んでいることの表れなのだ。シャツの袖口は手首にぴったりと合い、上着の袖はスリーブ弁のようにシャツの袖を包み、襟は柔らかく首に添い、赤毛の頭髪をきちんとカットし、ダンディな小型のブリーフケースを手に持つという姿で、ディックはそのあたりをうろついたり、立ち止まったりせずにはいられなかったのだ――その有様は、かつて粗末な麻布を身にまとい、灰にまみれてフェラーラの教会の前に佇むことを余儀なくされたある男の姿に似ていた。忘れられぬもの、罪の許しをえられぬもの、消し去ることのできぬものに対して、ディックは敬意を呈していたのだ。（一〇三—〇四）

自分を「異質な侵入者」だとし、今までは自分の内面にはないと思っていたはずの激情を初めて自身の内面にあるものとして体験し、今までは自分のパーソナリティから排除してきた「影」に対し、敬意を抱くに至ったことになる。これまで彼のスタイルであり、内面を映し出す洗練の象徴だった彼のまとう衣類は、暗い暴力的な激情を見えないように隠すものとなり、内面と外面の不一致を表すものとなる。以前は、彼にとって異質な欲望や激しい感情は、「狂気の」ニコールの欲望と同一視され、決して自らのものとは意識されていなかったものである。他者の欲望を、自分の欲望として経験することで、ディックは初めて自分のセクシュアリティを意識したのである。自分の中にある姦通の欲望は、もはや否定できないほどリアルに彼の内に生じたのであり、意識や理性で対抗したところでどうにもならない情動として体験されている。

病のニコールとの関係においては可能ではなく、健全なローズマリーとの関係においては可能となるのは、ディックの心の「影」の面の噴出とその許容である。彼はローズマリーへの愛情を否定しようとするが、ローズマリーの欲望（狂気ではない十全な女としての）と自分の抑圧していた欲望がそれを不可能にする。ローズマリーに対する感情をディックは抑えがたいものとして経験する。

彼女に対しては、ニコールに対しては見せることのない、醜い感情や、彼女と関わる男性たちへの生々しい嫉妬心を露わにする。だがしかし、身も心も思考もすべてディックに預けているニコールに比べると、ローズマリーとの関係には他の男たち（競争相手の存在）が介在し、自分以外の男たちとの性的関係を暗示していると同時に、ディックが制御せずとも、自ら考え、行動する彼女が彼には不実に思えるのである。そして、ローズマリーへの抑えがたい欲望を自覚した彼は、ニコールに対して真実が明るみにでないよう「ひどく批判的になり」（二一二）「……無意識のうちに刻々と防備を固める」（二一二）ようになり、分裂した外的生活と内的生活の均衡をとらなければならなくなる。

第二部二〇章でローズマリーが成人となり、ようやく二人は性的に結ばれることになるが、そのすぐ後に二人の関係は終わりを迎える。彼女が他の男たちの欲望の対象でもある限り、彼女を愛することができないためである。この関係の終焉が意味するのは、彼自身が、ローズマリーとの関係にも、ニコールと彼との関係のような二人の間に誰も介在することのない、父‐娘のエディプス的一体化の関係を望んでいるということである。それは過去への逆戻りであり、以前のような他者の一部として、あるいは他者を自分の一部として生きつづける関係に戻ることを意味する。彼は過去を乗り越えられず、過去を反復するしかない。彼は自分の「影」を認識し統合することができないために、ニコールと別れた後の彼の存在は影のような存在に過ぎなくなってしまうのである。エディプス的関係への退行と、第三者の男性たちの存在に対する不安と、自身の「影」に対する不安の中に、彼の無意識な傷つきすなわちトラウマ的記憶の存在を認めることになるだろう。そして、彼が依存するアルコールは、このような激情に対して感じる罪悪感を麻痺させるために飲まれる鎮静剤や解毒剤として作用している。そしてアルコールへの依存が、過去への退行、トラウマ的記憶の回帰を意味するのである。

結論

作品の最後は、ニコールはディックと離婚し友人の職業軍人のトミー・バーバンをパートナーに再出発する。一方、アメリカに戻ったディックはニューヨーク州のバタヴィアという田舎町で開業し、後にロックポートに移り、さらにジュネーヴという町で、家事を切り盛りしてくれる人と所帯を持ったが、次にホーネルという地に移ったとされる。ニコールは狂気から回復する。だが、その回復がディックとの別れによってもたらされることはどのような意味を持つのか。ディックの転落とニコールの回復という結末は、犠牲者としてのディック像を印象付ける。だが、医師と患者の互いの心的投影の上に築かれた関係は、フィクション性を維持するための双方の最大の努力と犠牲の上に成り立っていたことを暗示している。ニコールは思考の一切を夫に任せ、ディックはバイタリティーの比喩である経済力を妻に依存しているという共依存関係は、実像を考慮に入れないことによる虚構的な関係である。富を生み出せないゆえに弱い男とされるディックは、医師として妻の治療をすることでかろうじて男としての立場を守っていると言える。だがその治療は果たされない。彼はただ妻と共に放蕩の暮らしに明け暮れ、ウォレン家に養われる身分、女性的で依存的立場にいるだけである。

フロイトは、精神的病の患者の治療が失敗に終わる原因として、患者の内的抵抗のほかに、周囲の人びとからの外的抵抗があると述べている（六三一）。つまり、患者が治癒することで不利益を被る者がいる場合、その人物の抵抗によって患者の治癒が果たされないという。ニコールが治ることは、幻想の終焉、理想の崩壊に繋がるのであり、不利益を被るのは夫であるディックだからである。彼女との結婚によって可能となった有閑階級的暮らしと上流階級の人々が身にまとうオーラといった私的なものから、診療所の共同運営といった公的な事柄に至るまで、彼が享受している利益は多い。彼は人生の大半をニコールとウォレン家に依存してきたのであるが、そのような経済的な面だけでなく、ウォレン家に支えられていることがもたらす心理的な面、優越感、安心感をも、彼女が治癒し、自らの意思を持ち、自己を主張し、彼の存在を否定し、離婚となった場合に、一切合財失うことになる。それら全てのウォレン家の後ろ盾は、ローズマリーを惹きつけたドクター・ディック・ダイヴァー像にとって神秘の魔法であったのだ。

さらに、狂気のニコールの存在は彼を「男らしい男」として規定する。彼女が「狂気」でいる限り、自分はその治療にあたる「医師」として存在できるからである。さらに、彼女の「狂気」は自らを「正気」と規定し、他者のものとしてしまうことで、自分の中にある狂気の可能性を顧みず、抑圧してしまうことになる。そのため彼女の治癒は、彼の男らしさを規定するものの喪失を意味するのである。このように見ると、ディック・ダイヴァーがいかに虚像として構築されていたか、あるいは自らを構築していたかが明確になると同時に、その虚像の喪失がアイデンティティの自認にいかに破壊的な影響を及ぼすのかを作品は描いているということになる。

ピーター・ブルックスは、語られる物語と読者の関係が「転移」における被分析者の語りと、聞き手である分析者の関係に似ていると指摘している。主人公の転落の原因を語らない『夜はやさし』の語りは、まさに読者を、分析者‐被分析者の転移的関係へと置き、テクストとの対話により、無意識的に反復された過去＝記憶の痕跡を発見させることになる。「転移の内部では、過去の想起はしばしば無意識的な反復のかたちをとり、まるで現在のことであるかのように過去が行動化されれ」（八四）、「欲望充足のシナリオが、現在語られている言説のなかで認知され、顕在化するためには、現在という時間性のなかで象徴的に表現されるしかない」（八五）からである。分析者の役目は、その患者によって認知されない忘れられた過去を、そのような痕跡から構築することである。読書という行為において現在として立ち現れる過去の記憶から、読者は再び語りを再構成するのである。分析者としての読者は、医師であるディックが「転移」「逆転移」状況において一切の自己分析を回避していることが、自分にまつわる「記憶」を抑圧・忘却するための手段であったということに気づくことになる。我々は、これを医師としての能力の欠如とか、ロマンティストゆえの行為だとか理由をつけることもできようが、戦後の混乱の中、まだなお戦争イデオロギーから抜け出せない人々が、ジェンダーの力関係が変化する中で、「弱い主体」とされずに生き延びるための一つの手段であったと言えるのではないか。

現実を生き抜くには、過去を捨て去り、新しい理想の自己を生み出さねば生きられないという心的態度は、フィッツジェラルドの作品の中でトラウマ的反復として現れる。ディックは何故転落するのかというテクストが不問にしている問いと、自らを「強い主体」と見せかけるために忘却された自己にまつわる記憶、過去や影やコンプレックス、そしてまたトラウマといった、意識化を避けていた心的内容が、「忘れているということを忘れてはいませんか」（下河辺 a 三一七）と主体に問いかけ、アイデンティティを揺るがすのである。ローズマリーへの性的欲望の噴出、アルコール依存、イタリアでの暴力沙汰は、彼の抑圧していた記憶、人格の中に組み込まれなかった「影」、コンプレックスが回帰し、認知を求めて襲いかかった結果である。

『夜はやさし』も『グレート・ギャツビー』も共に、虚飾が暴かれる様をたどり、「強い主体」に見えた者が「弱い主体」とされるところを描く。両作品の主人公の崩壊という行為は、忘却された「記憶」の存在を隠すというよりもむしろ浮かび上がらせる。成功を信じるアメリカにとって、崩壊とは非アメリカ的なものであるが、理念としての「アメリカ」実現の背後には、常に崩壊の危険が存在しているということが暴かれる。同様にディック・ダイヴァーという理想像の裏にも失敗や崩壊への恐怖がある。排除・抑圧され、不可視化された否定的側面は、成功神話を強化し、際立たせる一方で、対抗的存在となることで、過剰や行き過ぎを抑制するものでもある。しかし、理想を過剰に充填された主人公は、その過剰さゆえに、あるいはその否定的な面への盲目性ゆえに急激に崩壊する。ギャツビーもディックも成功の絶頂に達したところから、急激に転落する。そしてそこには英雄性すら読み取れる。だとするならば、作者は、自由・平等・正義、男らしい男を奉じるイデオロギーに表面上は従いながらも、崩壊によってそのイデオロギーに対抗しようとする主人公を描いたとは言えまいか。自ら犠牲者を演じながら、その抑圧的な力に対し偽装した攻撃を仕掛けているとは言えないだろうか。戦争をものともしない振りをしながら、戦争で受けた精神的傷を永遠にその身に引きずる男たちは、その激しい崩壊、痛ましい墜落によって、強い主体たることを推奨するイデオロギーに異を唱えているとは言えないだろうか。「こわれる」において作者フィッツジェラルドが自らの崩壊を描いた意味もここにあるのではないだろうか。

［注］

1　母親殺しの主題に関しては、ジェイムズ・L・W・ウェストⅢの「ジャズマニアとエリンソンの母殺し」が詳しく解説している。

2　当時は「精神分裂病」と呼ばれていた。

3　**Scott Fitzgerald, 'The Crack-Up'** からの引用は、*The Crack-Up with Other Pieces and Stories* (London: Penguin, 1988) を使用し、カッコ内のページ数はこれに一致する。なお日本語訳は、中田耕治編訳『スコット・フィッツジェラルド作品集　わが失われし街』を参照し、必要に応じて改訳した。

4　「忘却」という言葉は完全に忘れ去るということを意味するのではなく、「『忘却』とは、覚えたことを忘れることではない。記憶になりそこねたものの残骸が、心の隅に積み上げられていく事態が『忘却』と呼ばれてきたのである」（下河辺ｂ二一）と理解できる。

5　この点に関しては、ブロッコリによる *Reader's Companion to F. Scott Fitzgerald's Tender Is the Night*, 三三―三四にある、出版当時のレビューの解説が参考になる。

6　『夜はやさし』には、初版とフィッツジェラルドがエピソードを年代順に配列し直し修正を加えたものをマルカム・カウリーが編集した一九五一年の最終版と二つのヴァージョンがある。この論では、ディックの転落の原因の分かりにくさに焦点を当てるため初版を採用した。

7　カウリー版では、初版の第二部が第一部となっている。

8　**Scott Fitzgerald, *Tender Is the Night* (London: Penguin, 1986)** をテキストとして用い、以下同書からの引用はカッコ内にページ数のみを記す。なお日本語訳は岡本紀元訳『夜はやさし』を参照し、必要に応じて改訳した。

9　アメリカへの移民たちが、四～五音節もある長い先祖代々の名前を、アメリカ社会で受け入れられるようにアングロ・サクソンの発音しやすい名前に変えたりすることはよくあることであった。アメリカで成功するのには出自を隠す必要がある一方で、自国のアイデンティティを捨てねばならないという葛藤が当然あったことは想像に難くない。ナンシー・グリーン著『多民族の国アメリカ――移民たちの歴史』（一三三―三七）参照。ギャツビーが名前を変える行為は、移民たちの間でよくあることだったと思われる。

10 『夜はやさし』というタイトルに決定するまで、『酔っ払いの休日』『ダイヴァー医師の休日　あるロマンス』などと変遷している（ブロッコリ 二二）。

11 妻ゼルダの両親への手紙にユングに関する言及がある（*F. Scott Fitzgerald: A Life in Letters*, 202）

12 ウィリアム・ブレイゼックは、「二〇世紀の初頭に、精神分析が分裂する心や社会を治療し、それを説明するための権威的な科学的方法となっていく時代において、『夜はやさし』の中における精神分析医の役割は、この職業への批判と理解でき」（六七）、「精神分析という医学自体が、金儲けの活動として成功し、内部に持つ矛盾と、限界を認めることができないゆえに腐敗しているとして批判されている」（七一）と述べ、ディックの医師としての欠陥は批判のためのものだとする意見もある。

13 ディックは「自分の精神作用が本質的におかしいのではないかというかすかな疑い」（一三〇）を持つが、分析医としてそれを分析した形跡は作品の中には描かれていない。作者は彼のこの性質を宿命に翻弄される原因としているのかも知れない。ジェフリー・バーマンは「奇妙なことに、フィッツジェラルドがディックの問題を分析――あるいは精神分析――しようとすると、語りの距離が崩れ、その説明も謎を深めるばかりとなる」（七七）と述べ、「彼の心理療法に対する無意識的感情の中心には、自己認識を通じてではなく、愛を通して患者を癒したいと願う救済ファンタジーが存在する」と分析している（七七）。

使用テキスト

Fitzgerald, F. Scott. *Tender Is the Night*. London: Penguin, 1986. 岡本紀元訳、『夜はやさし』（大阪教育図書、二〇〇八）

――. *The Crack-Up with Other Pieces and Stories*. London: Penguin, 1988. 中田耕治編訳、「こわれる」『スコット・フィッ

ツジェラルド作品集 わが失われし街』（響文社、二〇〇三）三九七—四〇七。

［引用文献］

Berman, Jeffrey. *The Talking Cure: Literary Representations of Psychoanalysis*. New York: New York UP, 1985.

Blazek, William. "'Some Fault in the Plan': Fitzgerald's Critique of Psychiatry in *Tender Is the Night.*" *Twenty-First-Century Readings of* Tender Is the Night. Ed. William Blazek and Laura Rattray. Liverpool: Liverpool UP, 2007. 67-84.

Bruccoli, Matthew J., and Judith S. Baughman. *Reader's Companion to F. Scott Fitzgerald's* Tender Is the Night. Columbia: University of South Carolina Press, 1997.

Fitzgerald. "To Judge and Mrs. A. D. Sayre." 1 December 1930. *F. Scott Fitzgerald: A Life in Letters*. Ed. Matthew J. Bruccoli. New York: Charles Scribner's Sons, 1994. 202.

Gandal, Keith. *The Gun and the Pen: Hemingway, Fitzgerald, Faulkner and the Fiction of Mobilization*. Oxford: Oxford UP, 2008.

West III, James L. W. "*Tender Is the Night*, 'Jazzmania', and the Ellingson Matricide." *Twenty-First-Century Readings of* Tender Is the Night. Ed. William Blazek and Laura Rattray. Liverpool: Liverpool UP, 2007. 34-49.

アルヴァックス、モーリス『集合的記憶』小関藤一郎訳、行路社、二〇〇六年。

カルース、キャシー『トラウマ・歴史・物語——持ち主なき出来事』下河辺美知子訳、みすず書房、二〇〇五年。

グリーン、ナンシー『多民族の国アメリカ——移民たちの歴史』明石紀雄監修、創元社、一九九七年。

ショーウォーター、エレイン『心を病む女たち——狂気と英国文化』山田晴子、薗田美和子訳、朝日出版社、一九九〇年。

セジウィック、デイヴィッド『ユング派と逆転移——癒し手の傷つきを通して』鈴木龍監訳、培風館、一九九八年。

ブルックス、ピーター『精神分析と物語』小原文衛訳、松柏社、二〇〇八年。

フロイト、シグモンド『精神分析学入門』懸田克躬訳、中公文庫、一九九二年。

下河辺美知子 a『歴史とトラウマ——記憶と忘却のメカニズム』作品社、二〇〇〇年。

——. b『トラウマの声を聞く——共同体の記憶と歴史の未来』みすず書房、二〇〇六年。

松本一裕「序——「忘れているということを、忘れているのではありませんか」」（松本昇、松本一裕、行方均編『記憶のポリティクス——アメリカ文学における忘却と想起』）南雲堂フェニックス、二〇〇一年。

ユング、カール・グスタフ『転移の心理学』林道義、磯上恵子訳、みすず書房、二〇〇〇年。

第七章　トニ・モリスン『ビラヴィド』における
トラウマ的記憶と語りによる解放

山下　昇

はじめに

トニ・モリスン（クロイ・アーデリア・ウォーフォード）は現代アメリカを代表するアフリカ系女性作家である。一九三一年、オハイオ州ロレインに生まれ、五三年にはハワード大学を卒業、五五年にコーネル大学大学院を修了している。彼女のコーネルでの修士論文がヴァージニア・ウルフとウィリアム・フォークナーにおける疎外された人物に関するものだったことは夙に知られたことであり、特にフォークナーとの影響関係に関しては数冊の研究書が出版されるほどの研究テーマとなっている。六〇年代にランダムハウス社で編集者として勤務した後、七〇年に『青い目がほしい』で小説家デビューを果たす。その後次々と問題作を出版し、さまざまな文学賞を受賞する。七三年『スーラ』、七六年『ソロモンの歌』、八一年『タール・ベイビー』、八七年『ビラヴィド』を出版。『ビラヴィド』が全米図書賞および全米図書批評家賞の選にもれたことに対して四八名の黒人作家・批評家が抗議の署名を発表。その後、同書はピュリッツァ賞を受賞する。八九年より二〇〇六年までプリンストン大学教授も務める。

九二年『ジャズ』を出版し、九三年にはアメリカ黒人女性作家として初めてノーベル文学賞を受賞する。その後も精力的に執筆を続け、九八年『パラダイス』、二〇〇三年『ラヴ』、二〇〇八年『マーシィ』、そして二〇一二年に最新作『ホーム』を出版している。なお彼女の全小説が早川書房のトニ・モリスン・コレクションを中心に邦訳出版されている。小説以外にも、九二年文学エッセー『白さと想像力――アメリカ文学の黒人像』の出版、エメット・ティル、アニタ・ヒル、O・J・シンプソン事件など時事的問題に関してのエッセー等の発表に見られるように、常に同時代への関心を示し、発言をしている。

彼女の作品は一作ごとに作風や主題が変化するのが特徴であり、常に変化発展を続ける作家である。本章において取り上げる『ビラヴィド』は、七四年に彼女が編集に関わった『ブラック・ブック』に取り上げられたマーガレット・ガーナーの子殺し事件という歴史的題材を基にしているが、モリスンの文学的想像力によって極めて多面的な展開を見せている。

一九八七年に出版された『ビラヴィド』はモリスンの最高傑作と目されており、この小説のみの研究で数冊の論集が編まれている。この作品は作者が奴隷制の問題に正面から取り組んだものであり、ミドル・パッセージから奴隷制の後遺症にいたるまでの総体を描き出すことに腐心した、スケールの大きなものである。中心的なプロットは、奴隷制下においてわが子を殺した女性の苦悩と回復の物語である。

セサの物語を、我が子を殺したというトラウマに囚われた女性の話と考えることはしごく当然のことであろう。彼女は、子殺しという点では明らかに加害者であり、子殺しをするところまで追い詰められたという点では、奴隷制度の被害者である。いじめや虐待の被害者が、加害者にもなるということがしばしばあるように、セサの場合も被害者であり、加害者でもあった。この点に関連してモリスンに批判的なある論者は「被害者の仮面をかぶった加害者の欺瞞物語」[1]と規定しているが、セサは決して仮面をかぶっているわけでなく、被害者でもあり、加害者でもあったのだ。またトラウマの概念は、多くの場合被害者の心の傷として受け取られているが、恐ろしい出来事を引き起こしてしまった当事者＝加害者の心の傷にもなることを考えれば、セサがトラウマに捉えられており、物語はそのセサがいかにトラウマと格闘して脱却するのかを一つの重要なテーマとするものであると言って差し支えないであろう。

この忘れたいが忘れられない記憶であるトラウマについて、下河辺美知子が『歴史とトラウマ――記憶と忘却のメカニズム』において要領よく核心をついた記述を展開しているので、専らそれらを参照して少し整理しておきたい。下河辺によれば、「トラウマによる記憶は、普通の記憶とは根本的に異なったものとなる。それは『凍りついた記憶』として、心の中に鉛のように沈殿し、その一方で、言葉を与えよという熱い要求として、記憶の持ち主をせきたてる。」（一一）これはまさにセサのケースに合致する。そのトラウマ記憶から解放されるための条件に関しては次のように述べられている。

〈トラウマ記憶〉を〈物語記憶《ナラティヴ》〉に置き換えていくことが、凍りついたトラウマ的出来事の記憶を解放する第一歩である。（一七）

「イメージ」「夢」「幻覚」といった形で再体験が引き起こされるPTSDは、〈画像〉に襲われる精神障害であると言えよう。体験者は自分に襲いかかるその画像の中に自ら入り込み、そこを舞台としてトラウマ的出来事を再び演じてしまうのである。（二七）

トラウマ的出来事を体験しているその最中に、体験者は、十分それを体験していない、と言うのである。つまり、体験者はその時点では無感覚になっているので、その出来事がきちんと意識に登録されていないのである。（中略）十分に意識に登録されなかった出来事の意味は、それゆえ知的理解というレベルに組み込まれようと、画像となって、フラッシュバックとして繰り返し患者を襲い、時間の前後はこうして攪乱されていくのである。（二八）

一つの衝撃的な出来事が心に傷を与え、その一瞬がその人の心の中で停止してしまったとき、そこから反復強迫の状況が生まれてくる。（二八）

ＰＴＳＤ患者は「出来事の一場面を象徴するか、それと似た刺激を与える場面」に偶然出会うとき、それをきっかけとしてトラウマ的体験が立ち戻ってくるという。（三〇）

『ビラヴィド』におけるセサの物語は、まさにこのようにトラウマ体験が必然的に個人に反復強迫を求めてくる典型的なケースと言えよう。だがそれが顕在化するためにはきっかけが必要であり、この物語がポールＤという人物の登場によって引き金をひかれるまでは隠ぺいされたままであったのは、下河辺の次のような説明と合致する。

ある人が味わった体験が壮絶なものであり、その苦悩が真に深い場合、それは二重の意味で、他人にとって近づき難いものとなる。第一に、本人さえもその凍てついた苦悩の記憶を自覚していない。心の「防衛機制」が強くはたらいてしまった結果、トラウマ的出来事は、言葉として表現される回路を断たれてしまっている状態となり、その体験の外にいるわれわれにはその情報が届いてこないのだ。第二には、日常の微笑ましい情景を基盤としてつくられている社会の常識が、壮絶な体験や悲惨な自己を、非日常の空間に押し込めてしまうことがある。真の苦悩は、そうした社会の側の「防衛機制」によってもあり得ぬものとされてしまうのである。（四八）

そしてこの防衛機制を克服する鍵が「他者のトラウマへのコンパッション（『共感共苦』）」（四八）である。ポールDはそのような役割を担って物語に登場する。

だがこの物語は単にセサひとりの物語ではない。またこの小説はいわゆるリアリズム小説ではない。この小説には、モダニズムの作品として、入り組んだ時間、多層の語り、暗示的表現、逸脱や繰り返し、矛盾と齟齬が見受けられる。モリスンのこの作品に関する論考は、圧倒的多数が作者の達成を激賞したものであるが、なかには小説としての統一性や主題について疑問を抱く者もある。そのような立場から書かれた論考の指摘と主張にも傾聴すべき点が多々ある。拙論においてはそれらの指摘や主張も参考としながら、一、セサの物語　二、セサを取り巻く人々の物語　三、ビラヴィドの正体　四、語りの技法、の順に考察を進め、この作品の体現するものと特徴を明らかにする。

セサの物語

この小説のもっとも中心的な登場人物がセサであることは議論の余地がない。セサは、奴隷制度下に子どもを戻すよりは皆で死んだ方がましだとして、手始めに長女を殺す。皆で死ぬことを阻止された彼女は、投獄され、釈放された後は、共同体から孤立して生きている。自分は正しい選択をしたと思っているものの、その覚悟に揺らぎがないとは言い切れない。そこに奴隷制時代の生き証人であるポールDが現れ、殺された赤ん坊の生まれ変わりかも知れないビラヴィドが、時を同じくして忽然と現れる。静止していたセサの人生がここから急激な展開を始める。

ポールDとビラヴィドを相手に過去の再検討・再構成をする中で、全て決着が付いていると思っていた過去が彼女に襲いかかり、彼女を責め立て、認識の変更を求めてくる。一連の苦悩に満ちた再記憶（rememory）の作業を通して、セサは自己の罪悪感を乗り越え、新たな認識を獲得する。

これがセサの物語である。

これに対して先の批判的な論者は概ね次のように述べている。この小説の主題は、「奴隷制度への告発」のための「子殺し」、桁外れの母性愛の主張、母親のセックスの正当化などであり、いずれも黒人民族主義のイデオロギーに端を発するものである。作者も主人公も極度の視野狭窄に陥っており、その結果、子どもは母親に対する加害者役を負わされ、母性愛は白人に対する黒人側の絶対的被害者性を主張する道具として子どもが有用になる場合のみ言い立てられる。この点で娘ビラヴィドは有用だが、デンヴァーと二人の子どもは無視・虐待、排除され、スケープゴート、加害者の意味づけがなされる。母乳のみを偏執的に言い立てるのも自己美化に都合がいいからである。最終的にはセサは極限的被害者、子どもは加害者の役割となり、デンヴァーの母親救出の振る舞いも、迫害者に媚びる「アンクル・トム」的なものにしかならないと。

セサの「子殺し」、極端な母性愛の強調、育児放棄、視野狭窄などが主題として選ばれ、展開されていることは事実である。セサが母親失格であり、場合によれば「子ども虐待」と呼べそうな行為を平然と行っているという論者の指摘は正当である。だが問題は、それらが作品の主張となっているかどうかである。セサがこのような極端な行為に至る根底にあるものが小説では問われているのではないだろうか。

セサは自分が殺した赤ん坊を、自らの母乳で育てた自分の子どもであると強固に主張する。また自分はハーレと結婚して、三人の子どもと家族として暮らしていることを強調する。だがそれはガーナー夫妻のスイートホーム農場という例外的な環境においてのみ通用したものに過ぎず、一歩農場を出れば、当時の一般的な常識からすれば奴隷は人間ではなく動産であり、奴隷には結婚することも、家族を持つことも、ベビー・サッグズやセサの母のように、自分の子を自分で育てることもままならなかったのである。しかしながら、「ガーナー夫妻は独特な形で奴隷制度を運用しているように、彼女の目に映った」（二四〇）[2]、「ガーナー氏は、世界がおもしろおかしく遊べる玩具か何かのように、ふるまった」（二三九）とベビー・サッグズが述べるように、ガーナー夫妻のきまぐれにより、例外的な奴隷農場で育ったことによって、セサは白人的な結婚観、家庭観、人間観を身につけ、あたかも自分が奴隷でないかのような錯覚を持ってしまったのである。

ところがガーナー氏の死去、「学校教師」たちの到来によって、「普通の」奴隷制がこの農場に持ち込まれる。しかしスイートホーム農場が当たり前と信じて疑わないセサには、自分の身体が動物のように計測されたり、自分の子どもを自分の母乳で育てられないことが不当としか受け取れない。このような世間知らずが招いたことが、ガーナー夫人への告げ口を咎めての鞭打ちとレイプであり、究極的には子どもを守るためと称しての子殺しである。

全くの無権利状態である「普通の」奴隷制度がいかにひどいものであるかは、セサ以外の人々の物語の中にあふれている（次のセクションで詳述する）。だが例外的な奴隷制下においてロマンチックで無垢な価値観を身につけた奴隷を待ち受けていたものも、厳しく過酷な現実、悲劇である。セサの物語はそのようなコンテクストの中で理解されるべきである。またセサが鞭打たれてできた傷跡、いわゆる背中の「木」はその象徴として読まれるべきものである。

奴隷制下における過酷な生とともに作品が執拗に描き出しているのが、ポールDとビラヴィド登場をきっかけとして始まるセサのトラウマとの格闘である。とりわけポールDが出て行った後のセサ、ビラヴィド、デンヴァーの三人での暮らしは激しい諍いの繰り返しであり、餓死寸前まで行きつく命がけの出来事である。ビラヴィドは、母に殺された恨みと母に愛されたいと言う欲望を剥き出しにしてセサに食物と物語を求める。とりわけ自分しか知らないイヤリングや子守唄のことを口にするビラヴィドが我が子に違いないと確信してからのセサは、自己を投げ捨てて全面的にビラヴィドの要求に従おうとする。その挙句、仕事も食物も生きる意志も放棄し、あやうく餓死寸前にまで至る。その意味ではビラヴィドは、セサの再生にとって必要不可欠であると同時に危険極まりない劇薬のようなものであった。このことは彼女のトラウマがいかに根深くて大きいものであるかを物語っている。人間のトラウマ克服、人間性の回復がいかに大変なことであるか、彼女をそこまで追い込んでいた奴隷制がいかに非人間的なものであるか、ということを改めて読者に想起させる出来事である。

だが更に大切なことは、セサの記憶すべてがトラウマ的記憶に終始するのではないことである。松本昇が指摘するように、「セサが物語を語るうちに、忘れられていた彼女の記憶が蘇ってきた」（松本 二五七）ことである。それは彼女の母親にまつわる記憶や、自分に親切にしてくれたエイミー・デンヴァーを始めとする白人たちの記憶など、埋もれていた幸運な記憶である。「『先生』のような白人が一人いれば、エイミーのような白人も一人いるんだ」（一八八）というような記憶の「再発見」が彼女の記憶に変容をもたらし、トラウマ的記憶に閉じ込められていたセサに解放と新たな自己創造の契機を与える。これらのことが、ポールDやビラヴィドや娘デンヴァーに対するセサの語りの過程で並行的に生じていることである。

そして重要なことは、同様なことがセサのみならずほとんどの主要人物において見られることである。セサは作品の中心人物であり、セサの物語は小説のなかの主要なものであるものの、作品にはセサのみならず、ポールD、ハーレ、シクソー、ベビー・サッグズ、スタンプ・ペイド、エラ、デンヴァーなどの黒人たちが登場する。彼らはいずれも、奴隷制の悲惨さ・過酷さに苦しめられ、奴隷制を告発している。しかし彼らもそれぞれに語りを通して自己解放と自己創造の契機を掴んでいる。セサの存在と物語はその意味では、登場人物相互のネットワークの上のひとつの中心的な網の目として読むべきであろう。

セサを取り巻く人々の物語

セサの次に主要な位置を占める登場人物はポールDである。そもそも彼が一二四番地に現れてから「事件」は起きたのである。ポールDが登場する以前は、セサとデンヴァーと赤ん坊の亡霊が共存していた。この停滞状態を破るのがポールDの出現であった。ポールDはスイートホームの生き証人として、セサとは違った立場から過去の再検証に加わり、ハーレの動向と（おそらく）最期という新情報をセサ（たち）にもたらす。また、彼が赤ん坊の亡霊を追い払ったために、成人した亡霊（ビラヴィド）が登場する。彼はセサをめぐってビラヴィドと対立したり、ビラヴィドと性関係を持ったりする。また孤立していたセサたちが、彼の登場によって、黒人コミュニティとの接点を持ち始める。彼とスタンプ・ペイドの繋がりによって、セサの過去が明らかにされ再構成される。そして何より重要なことは、彼にも人には語れない秘密があることである。

ポールDはスイートホームの男たちの最後の生き残りである。彼の兄弟であるポールFは売られ、ポールAは殺され、ハーレは正気を失くしておそらく死に、シクソーも焼き殺される。彼は、とりわけシクソーの生死に大いなる感銘を受け、スイートホームの男の代表として、スイートホームの唯一の生き残り女性であるセサに対峙することになる。ポールDの登場が、セサの心の蓋をこじ開けるきっかけをもたらしたのである。

ところでポールDの記憶のうちスイートホームに関することすなわち、セサが「学校教師」たちに凌辱されている場面をセサの夫ハーレが物置の屋根裏で見ていて、精神を破壊されてしまったこと、その時のポールD自身は縛られた上に口にはみを嵌められていて喋ることさえできなかったこと、その彼を雄鶏の「ミスター」が勝ち誇った様子で見下していた屈辱、などの新たな事実を彼はセサに伝える（一一三）。しかしポールDの蓋をした心の秘密の核心部分は、物語の展開の中で読者には明らかにされていくものの、セサや他の登場人物には打ち明けられない。彼の奴隷としての最も屈辱的な、そして過酷な体験は、ジョージア州アルフレッドでの強制労働であった。性的な屈辱、人間としての希望や欲望を抹殺することによってのみ生きながらえることが可能な日々、動物以下の扱いなど、口にできない屈辱的体験を彼は心の中に閉じ込めていた。その体験を始めとして、その後の彼の一八年に及ぶ放浪生活が、彼を「どんな女も涙を流して心を開く男」にしたのである。セサの前に現れたポールDはそのような人物だった。

ポールDに強い影響を与えた二人の人物はハーレとシクソーである。ハーレはベビー・サッグズの八人の子どもの末子であり、唯一人ベビーの手元で育った子どもである。彼はやがて自らの特別労働によって母の自由を買い取って解放する親孝行の鏡のような人物として登場する。ベビーの後に一四歳でスイートホームにやってきたセサが男たちの中で彼を結婚相手として選んだ理由は、ハーレのこの優しさであった。しかしその優しさは、ポールDが述懐するように、妻がいたぶられるのを目撃したために精神が破壊されてしまうような弱さでもあった。

シクソーはハーレと対照的に独立自尊の人であり、強い精神の持ち主であった。恋人に会いに行くために三〇マイルの道を徒歩で往復するたくましさ、豚を殺して食べたことを「教師」に咎められても動じず言い返す強さ、英語を学ぶと大切なことを忘れてしまうといって英語を拒否する原則性、逃亡を図って捕捉され火あぶりにされても笑いながら自分の子どもを残すことができたと勝利宣言する強靭さ、これらを身近で見てきたポールDは、シクソーの生き方に男の理想を見出す。

ポールDとは違う意味でセサにとって重要な人物はベビー・サッグズである。彼女の人生は典型的な奴隷のそれで、セサとは対照的である。奴隷の生活は「彼女の脚を、背中を、頭を、手を、肝臓を、子宮を、そして舌を、めちゃくちゃにしてしまっていた」（八七）。また「わたしの家族はちりぢりなんですよ」（一四三）と言うように、八人の子どもの親は六人の違った男たちであり、ハーレを除くすべての子どもたちは、永久歯が生えるまでに引き離されたり逃げ出したりして彼女の傍にはいなくなってしまう（一四三）。このように我が子を手元に置いておくこともできず、母親として何もできなかったものの、彼女は一人の女の子がパンの焦げたところが好きだったということや一人ひとりの子どもについての思い出を保持し続けている。長年の労働の結果、片足が不自由になり、体はほとんど使い物にならない状態である。だが彼女には彼女なりの矜持があり、自分を「ジェニー」と呼ぶガーナー夫妻に、自分は「ベビー・サッグズ」であると反論する。それは自分の愛した最初の夫が「サッグズ」であり、彼が自分を「ベビー」と呼んだからだと言う（一四二）。その夫は逃亡を果たしてどこかで生きているはずで、もし自分が名前を変えたら相手にわからなくなってしまうというのが彼女が自分の名前に拘る理由であることが語られる。奴隷であっても愛する気持ちはこのように強いのだという例証である。

そのような彼女を息子のハーレが自由にしてくれ、しばし自由の味を満喫する。（しかし彼女の解放に関して、「だけどあんた［ガーナー氏］はわたしの息子の所有者だし、わたしはすっかりボロボロになっている……。わたしが主の御許に召されたずっと後まで、息子をよそに賃貸して、わたしの支払いをさせるくせに」（一四六）と心の中では考えており、所詮ハーレの労働分を搾取しているのだと、彼女はガーナー夫妻に批判的である。）解放されて一二四番地に住み始めてからの彼女は、「開拓地」において私設説教師となり説教をおこなう。彼女の説教は道徳を説くのではなくて、「自分を、自分の肉体を愛しなさい」（八八）と自己解放を訴えるものだった。また「武器を捨てよ」とセサに忠告するのもベビーである。だがセサの事件のショックで生きる意欲を失い、失意の内に亡くなってしまう（八九）。しかし彼女の生き方は死んだ後にもセサやデンヴァーに励ましを与えており、デンヴァーが意を決して働きに出る時に思い浮かべるのはベビー・サッグズのことである。

スタンプ・ペイドの場合も奴隷としての悲しい経験が生き方の根底にある。彼は所有者に妻を差し出すことを強いられ、妻を殺す代わりに自分の名前を変えたといういきさつがあることを後にポールDに語る。自分は支払いを済ませたのだ、誰に対しても人生に借りはないのだ、というのがその名の由来である。その出来事の後に彼は奴隷の逃亡を援助する地下組織「地下鉄道」に関わり、奴隷の逃亡の手助けをするようになる。出産直後のセサとデンヴァーの逃亡を手配したのも彼である。シンシナチの黒人共同体が一二四番地に背を向けるきっかけとなったパーティーの苺を摘んできたのも彼であり、「学校教師」たちがセサたちを取り戻しにきた時に薪割りをしていて、セサの嬰児殺しを目撃し、そのことが書かれた新聞をポールDに見せてポールDがセサの家を出ていくことになったのも彼のせいである。このようにセサの人生の節目節目においてスタンプは、本人の意思とは裏腹に悪い結果をもたらすような関わりを持っている。しかし最終的にはその苦難を乗り越えることによって物語は一段高い地点で解決を迎えることになる。スタンプはいわば一種の触媒の役割を果たしているとも言える。

スタンプとチームを組んで要の地点で役割を果たすのがエラである。エラはスタンプの妻が置かれたような立場を経験している。所有者親子に性的虐待を受け、子どもまで産まされたのだ。この親子を「最低の低」と呼び、生まれた子どもには手も触れず、子どもは五日後に死んでいる。つまりエラも子どもを見殺ししているのである（二五八―五九）。その後彼女はスタンプとともに「地下鉄道」に関わり、奴隷逃亡を手助けする。その彼女も南北戦争・奴隷解放後はシンシナチの黒人共同体で暮らしているが、ベビー・サッグズとセサたちからは距離を置いている。セサの事件の際も、セサの高慢を非難している。だが物語結末部に至って、ビラヴィドがセサを苦しめていることを聞き知って、女たちの先頭に立って救出に向かう。錯乱したセサがボドウィン氏にアイスピックをもって襲い掛かるのを制止するのはエラである。

最後にデンヴァーである。彼女はスタンプの機転で命を救われるが、一二歳の時に母が姉を殺した事件について知らされて以来、人々との交際を断ってひきこもっている。彼女の唯一の遊び相手が赤ん坊の亡霊だったのだが、ポールDが現れて亡霊を追っ払って、代わりにビラヴィドがやってくることによって、再び遊び相手ができる。彼女にとって一番の楽しみは彼女の出産にまつわるエピソードを聞く（語る）ことである。しかしビラヴィドと母もひきこもり、食べ物にも困る事態に至って、彼女は意を決して外に助けを求めに出る。レディ・ジョーンズやジェイニー・ワゴンらの援助により窮地を脱したデンヴァーは、将来は大学に進んで教師になろうとしている。（デンヴァーは、彼女の母を追い詰めた奴隷制下の「学校教師」とはもちろん対極にある、黒人のための真の教師になることを目指している。この対照に作者のアイロニカルな意図が込められていることは言うまでもない。）

セサが自らを省みず一二四番地の家を支配していた間は、デンヴァーはその抑圧下で息を潜めていたのだが、ポールDとビラヴィドの登場によってもたらされた事態を通過することによる母セサの変化により、彼女も新たな生に踏み出すことになる。この意味では『ビラヴィド』はデンヴァーの成長物語でもある。なお、彼女の名前の由来となった白人女性エイミー・デンヴァーは白人であるものの黒人の手助けをする人物であり、白人すべてが抑圧者として描き出されている訳ではない。彼女のこの物語中での存在は、この小説の多文化的性格と階級的・ジェンダー的性格を強化することに貢献している。

このようにセサを取り巻くほとんどすべての人々が悲惨な過去の体験を有しており、その経験がトラウマ的記憶となって人々の現在の生き方を制限したり束縛したりしている。だが他人との関わりや共同体との関わりを通して、これらの人々の多くはその制限や束縛を乗り越え、再生を遂げようとしている。この作品は奴隷生活の悲惨さを、記憶をモチーフとして表現したものであると共に、それを克服していく希望の物語でもある。

ビラヴィドの正体

ビラヴィドが一体何者なのかということは、この小説を論じる際に避けて通れない問題であり、その正体については諸説紛々である。（その正体が幾通りにも仮定されるということは次のセクションで検討する作品の技法の問題に密接に絡み合っている。）何人かの研究者がビラヴィドの正体に関する諸説を整理しているが、その中で最も包括的なのが、バーバラ・ソロモンである。彼女は編著『ビラヴィド論』の序論において一〇名あまりの論文に言及し、論者たちによる七、八種類に及ぶ解釈を整理している。それを参考にしながら主に五種類ほどに収斂すると思われる分類を立ててみる。

一つ目の、最も一般的な解釈は、ビラヴィドは殺された赤ん坊が成長した幽霊であるというものである。実際多くの読者・研究者がビラヴィドを「セサの殺された娘で、あの世からこの世へ戻ってきた」幽霊であることを前提として読んでいる。これはこの作品のゴシック性あるいはこの作品がゴシック小説であるということに関連している。

二つ目の解釈として、もしこの作品をリアリズム小説として読むならば、ビラヴィドはエリザベス・ハウスが主張するように生きた人間であり、「白人に囲い者にされていたが逃げ出してきた少女」と考えなければならない（ソロモン　一二五）。これは第二部末尾（二三五）でスタンプがポールＤに示すエピソードに基づくものであり、それなりに筋の通る解釈であることはハウスの論文に示されているし、ハロルド・ブルーム編の『ビラヴィド』論集（新版）所収のラース・エクスタインの整理においても主要な三つの解釈のひとつに位置づけられている（ブルーム　一三三―四九）。だが作品の主題と技巧に関連することなのだが、この解釈は、作品を比較的単純なものとしてしまい、せっかくの技法的な複雑さが不問に付されてしまいかねない。

三つ目の解釈はデニス・ハインツやカレン・フィールズが主張するように、ビラヴィドをセサの罪悪感が生み出した強迫観念とする心理学的なものである（ソロモン 二五―二六）。我が子を奴隷制の地獄へ戻すことを潔しとしないセサは、殺すしかなかった、殺すことによって子どもを苦しみから救った、自分は正しいことをしたと強弁するものの、成仏せずに現れる赤ん坊の幽霊、恐れをなして出奔してしまった子どもたち、ひきこもってしまった末娘、嫁の孫殺しにショックを受けて意気消沈して亡くなったベビー・サッグズ、共同体の人々からの孤立などが積み重ねられていくうちに、愛する子を殺したという抑圧されていたトラウマと罪悪感が頭をもたげてくる。引き金を引くのはポールDの出現である。それをきっかけとして自らの行為の再検証をおこなう過程としてのセサの物語というのがこの解釈である。それによれば、死に瀕するほどの苦しい地点まで自己を追い詰め、それを通り越すことによって新たな入口に立つことができるようになった、セサの苦悩と再生の物語としてこの作品は成立しているということになる。基本的に一の解釈に通じるものであるが、心理的過程に焦点をあてるという点に特徴があると言える。

四つ目の解釈は、デボラ・ホーヴィッツやメイ・ヘンダーソンやダナ・ヘラーが主張するように、ビラヴィドを黒人の歴史の集合体とみなすものである（ソロモン 二三―二四）。第二部二二章、二三章に典型的に見られるように、ビラヴィドの語りには個人を超えた経験が組み込まれており、中間航路を行く奴隷船での奴隷たちの経験が次のように象徴的に描かれている。

「暗い」ビラヴィドが答えた。「あたし、あの場所で小さい。あたし、こんな」彼女はベッドから頭を起こすと、脇腹を下にして横になり、躰を丸くちぢめてみせた。

（中略）

「暑い。あそこで吸う空気、何もない。それから動く場所、ぜんぜんない。」

（中略）

「おおぜい。あそこにたくさん人がいる。死んでる人もいる。」（七五）

五つ目の解釈は、ジェニファー・ハイナートや横山孝一が述べるように、ビラヴィド＝ポルターガイストである。とりわけ赤ん坊の幽霊が家具や屋敷を揺り動かす場面などはホラー映画流行の影響が顕著であると考えられる。この場合、霊媒少女はデンヴァーであり、彼女が霊能力を用いてポルターガイストであるビラヴィドを操作しているという着想もまんざら荒唐無稽とは言い切れない。実際「白いドレスがセサの隣に膝まづいているのを見た」（二九）というのはデンヴァーである。作品の終りにおいてデンヴァーが成長を遂げるとともにビラヴィドが消えてしまうあたりには、この仮定の首尾一貫性が見てとれる。

このようにビラヴィドの正体に関しては幾通りもの解釈が可能であり、そのいずれの解釈を選んでも辻褄があっている。同時に、いずれか一つの解釈で済ますには、表現、ストーリーともにあまりに多義的であり、結局のところこれらいずれもの解釈が共存することが意図されていると言わざるを得ないであろう。それは作品の主題とともに技法にも関係する事柄である。

語りの技法

『ビラヴィド』が単なるリアリズム小説でないことは一読すれば明らかである。この作品はゴシック小説、ネオ・スレイヴ・ナラティヴ、モダニズム小説、アフリカン・アメリカンの語りなど多面的側面を有している。

先に見たようにビラヴィドの正体が生きた黒人女性である可能性も皆無ではないが、通常は彼女は幽霊のようなものとして措定されている。死んだ人間が生き返ったとか、念力のようなもので家や家具を揺るがすとか、片手で軽々と椅子を持ち上げるなどの超能力がある「人物」として描かれ、どこからともなく現れ、身元不明で、最後には忽然と消えうせるという風に、彼女は普通の人間ではないものとして登場している。それも元を辿れば、事件の発端が奴隷女が娘の喉を鋸で切って殺したという血なまぐさい嬰児殺しであることを考慮に入れれば、奇異なことではない。そのような理由でこの作品がゴシック性を帯びているのは当然と言えば当然であろう。

嬰児殺し、成仏できずに蘇ってくる亡霊、といったおどろおどろしいトピックがあると同時に、この小説は奴隷制の残酷さ、悲惨さ、非人間性を告発するスレイヴ・ナラティヴの性格を有している。殺人に追い込まれたセサを始めとして、セサの母親、ベビー・サッグズ、エラ、ポールD、スタンプ・ペイドなどセサを取り巻くすべての人々が奴隷制社会の下で過酷な経験を強いられている。小説はこれらの人々の経験を語ることによって、奴隷制の下で人々がいかに苦しめられたかを描き出している。しかしこの作品は伝統的なスレイヴ・ナラティヴと異なり、ネオ・スレイヴ・ナラティヴと呼ばれる。それは、ハイナートが主張するように、伝統的なスレイヴ・ナラティヴは白人の表現手段である英語を用いて白人に向けて書かれていることによって、白人的な価値観を取り込んでしまうという弱点を持っているが、この作品の場合は個人の経験を個人に対して語りによって伝えるという手法を用いることによって、そのような客観化を免れているということである（九四）。

この作品のモダニズム的な特徴は明らかである。この小説は全知の視点からの客観的な語りでもなく、セサの一人称の語りでもない。物語は誰かが他の人物に向けて語るという形式を基本としており、語り手や聞き手が次々と入れ替わって進行し、同じ挿話が何度も語り直されることにより違うヴァージョンが示されている。例えばデンヴァーの誕生のエピソードは何度も語られるが、最初はセサがデンヴァーに、次にはデンヴァーがビラヴィドにという風に異なる語り手と聞き手によって語られることによって、当然に力点が違っており、場合によると語られる物語相互に食い違いが生じることとさえある。セサの嬰児殺しの経緯に関しても、セサの中で反復される出来事と、共同体の人々が了解している出来事、スタンプが新聞記事を示してポールDに伝えたことの間には大きなずれがある。

モダニズム的手法が一番極端に現れているのが、ビラヴィドの正体をめぐってである。先に述べたように、ビラヴィドはある場合は生身の人間である可能性が示され、別な場合は疑いもなく蘇った亡霊として表され、場合によれば集合体の意識や経験を表現しているとも取れるように、曖昧と言えば曖昧に、意図的に何重かの意味を重ねて提示されている。同様なことは言葉の使い方にも表れている。その一例を示そう。ビラヴィドは「私はブリッジにいた」（六五、七五、二一九、二二二）と何度も述べているが、このブリッジは川に架かる「橋」を示すとともに、奴隷船の「船橋」をも暗示している。また、「橋」は異界への入り口であるとも言われる。あるいは物語中にしばしば「水」への言及がなされているが、これも川を指すとともに「海」を指しているとも思われ、生死に関わるイメージとなっている。さらに、「これはパス・オンすべき物語ではない」（二七四—七五）という物語末尾に使用されるパス・オンという言葉も、「次に伝える」という意味と「見逃す」という正反対の意味が含まれており、「このような悲惨な話はもう打ち止めにすべきだ」という意味とともに「忘れてはいけない物語だ」という両方の意味を伝えている。

このように作品は語りの層を幾重にも重ねたり、時には矛盾することがらを示したり、どのようにも解釈できる余地のある曖昧で両義的な事実を示したりする。それは真実というものは一刀両断で示せるような単純なものではないということであり、複雑な側面を示すには手の込んだ手法が必要だからである。

このモダニズム的手法と関連しているのが、アフリカ的語りである。アフリカ的語りの根底にはアフリカ的文化がある。アフリカ的宗教においては生者と死者の境界はあいまいであり、生者の生活の中に死者が生きている（侵入してくる）。またアフリカ的コミュニケーションは基本的に音声によるものであり、呼びかけと応答（コール・アンド・レスポンス）である。このため、テキスト中にもあるように、西洋白人の言語観が「始めに言葉ありき」であるのに対してアフリカ（系）の場合は、「始めに音ありき」（二五九）である。ビラヴィドからセサを救うためにやってきた黒人女たちの祈りは言葉にならないうなりのような音であった。そのように、この小説の基本形はアフリカ的な呼びかけと応答の連続であり、一連の過程を経過していく中で感情的な浄化が達成される。この語りの特質を松本は「身振りや合いの手によって語り手と聞き手が一体感を持って、新たなものを『創造』する黒人特有の行動様式」（二六二）、「ブルース形式」（二六一）と指摘している。

おわりに

モリスンの文学とりわけ『ビラヴィド』に関する論文は、新たな観点から未だに量産されている。拙論も単に屋上屋を架しただけのようであるが、この作品が有している複雑な点を多少整理できただろう。この作品は、いかに人間が経験と記憶によって生きており、時にはそれゆえに生きることが困難になる場合があることを完膚なきまでに示している。しかしそのトラウマ的記憶を語りによって解放し、再生を遂げていくことが可能であることも本小説は豊かに描き出している。（ちなみに、この小説に批判的な先の研究者の事実関係の齟齬に関しての指摘は、小説を理解する上で多くのヒントを与えてくれるものであるが、複雑なモダニズム小説をあたかもセサを中心とするリアリズム小説であるかのように見做すことから来る必然的な不平であると思われる。）すでに全てが論じ尽くされたような感のある本作品だが、改めて語りの方法と機能に照準を合わせて再考することによって、記憶のトラウマ的側面に潜む解放と再生の可能性が綿密に描き込まれた多面的で無尽蔵な内実を備えた作品であることはいっそう明らかである。そうした点を勘案しても、『ビラヴィド』はモリスンの代表作と評価するにふさわしい小説である。

※本稿は日本英文学会関西支部第六回大会（二〇一一年一二月一八日、関西大学）における招待発表「モリスンとフォークナーの奴隷制表象――『ビラヴィド』と『行け、モーセ』を中心に」を元にして、その一部を発展させたものである。

[注]

1 寺沢みずほ「被害者の仮面をかぶった加害者の欺瞞物語――なぞ解き『ビラヴド』」海老根静江、竹村和子編著『女というイデオロギー――アメリカ文学を検証する』東京、南雲堂、一九九九年、二五九―七七頁。

2 Toni Morrison, *Beloved* (New York:A Plume Book, 1998) をテキストとして用いる。以下同書からの引用はカッコ内にページ数のみを記す。なお日本語訳は吉田迪子訳『ビラヴド』（ハヤカワ epi 文庫 東京、早川書房 二〇〇九年）を参照し、必要に応じて改訳した。

[引用・参考資料]

Andrews, William L. & Nellie Y. McKay. eds. *Toni Morrison's Beloved: A Case Book*. New York: Oxford UP, 1999.

Bloom, Harold. Ed. *Bloom's Modern Critical Interpretations: Toni Morrison's Beloved—New Edition*. New York: Infobase Publishing, 2009.

Heinert, Jennifer Lee Jordan. *Narrative Conventions and Race in the Novels of Toni Morrison*. New York: Routledge, 2009.

Iyasere, Solomon O. & Marla W. Iyasere. Eds. *Understanding Toni Morrison's* Beloved and Sula. Troy, New York: Whitston Publishing Company, 2000.

Morrison, Toni. *Beloved*. New York: A Plume Book, 1998. c1987.

Solomon, Barbara H. *Critical Essays on Toni Morrison's* Beloved. G.K. Hall, 1998.

下河辺美知子『歴史とトラウマ――記憶と忘却のメカニズム』東京、作品社、二〇〇〇年。

海老根静江、竹村和子編著『女というイデオロギー――アメリカ文学を検証する』東京、南雲堂、一九九九年。

松本昇「埋もれた記憶――『ビラヴィド』の世界へ」松本昇他編『記憶のポリティックス――アメリカ文学における忘却と想起』東京、南雲堂フェニックス、二〇〇一年、二四七―六六頁。

横山孝一「『ビラヴド』とポルターガイスト――霊媒少女の自立」『言語と文化』三二 一九九三年、六四―八三頁。

21世紀のシェリー論集』(共著)(英宝社 2007年)、「『フランケンシュタイン』から『ロドア』へ―近代批判者としてのメアリ・シェリー」『メアリ・シェリー研究』(共著)(鳳書房 2009年)

山本祐子(やまもと ゆうこ)
神戸女子大学非常勤講師
主要論文:「黒人奴隷ジムの暴力―『ハックルベリー・フィンの冒険』にいたる軌跡と枠組み」『若きマーク・トウェイン“生の声”からの再考』(共著)(大阪教育図書 2008年)、「The Golden Corpse-- 体への眼差しが変わるとき」(『関西マーク・トウェイン研究』第2号 2011年)、『マーク・トウェイン自伝』(共訳)(柏書房 2013年)

村尾純子(むらお じゅんこ)
大阪工業大学特任講師
主要訳書:『ゴシック・フェミニズム―職業化するジェンダー シャーロット・スミスからブロンテ姉妹まで』(ダイアン・ロング・ホーヴェラー著/共訳)(あぽろん社 2007年)、『ヘンリー・ジェイムズ短編選集―「オスボーンの復讐」他四編』(ヘンリー・ジェイムズ著/共訳)(関西大学出版部 2012年)

山下 昇(やました のぼる)
相愛大学教授
主要編著:『一九三〇年代のフォークナー』(著書)(大阪教育図書 1997年)、『冷戦とアメリカ文学』(編著)(世界思想社 2001年)、『メディアと文学が表象する「アメリカ」』(編著)(英宝社 2009年)

執筆者紹介（目次順）

杉田和巳（すぎた　かずみ）
独立行政法人海技教育機構海技大学校准教授
主要著書・論文：『新世紀アメリカ文学史―マップ・キーワード・データ［増補改訂版］』（共著）（英宝社　2007年）、「Faulknerと Hollywood–*The Story of Temple Drake*と“Motion Picture Production Code”の戦略」（『立命館英米文学』17号　2008年）

中西典子（なかにし　のりこ）
同志社大学嘱託講師
主要著書：「ケイト・ショパン『目覚め』―エドナ・ポンテリエの衝動」『ジェンダーで読む英語文学』（共著）（開文社出版　2000年）、「語り手「私たち」の展開する物語性について―ウィリアム・フォークナー「エミリーへのバラ」」『〈境界〉で読む英語文学―ジェンダー・ナラティヴ・人種・家族』（共著）（開文社出版　2005年）、『フォークナー事典』（共著）（松柏社　2008年）

奥田優子（おくだ　ゆうこ）
京都女子大学非常勤講師
主要論文：“The Pattern of Saturnalian Comedy: The Social Dynamics of *Bartholomew Fair*”（*Doshisha Literature* 37 1994）、「アラゴンからの来訪者 ––*Much Ado About Nothing* に見る結婚と社会不安」（『主流』第65号　2004年）、“‘Peace, Count the Clock’: The Chronological Framework of the Passion in Shakespeare’s *Julius Caesar*’”（*Doshisha Literature* 47 2004）

阿部美春（あべ　みはる）
同志社大学嘱託講師
主要著書：「棺台の狂女ベアトリーチェ ruined templeを手がかりに」『飛翔する夢と現実

作家・作品索引（50音順）

（作家名に続いてその作品名を列記している）

［あ］

アウグスティヌス、アウレリウス（*Aurelius Augustinus Hipponensis*）80, 87-88, 90-91, 93-94, 97-98, 113-14, 116-21, 124

『自由意志』（*De Libero Arbitrio*）124

『告白録（上・下）』（*Confessiones*）118-19, 121, 124

『恩恵と自由意志』（*De Gratia et Libero Arbitrio*）124

『ヨハネによる福音書講解説教』（*In Johannis Evangelium tractatus*）124

『詩編注解（二）』（*Enarrationes in Psalmos*）124

『三位一体』（*De Trinitate*）124

アスマン、アライダ（Aleida Assmann）viii, ix, xi, xiii, 47-48, 59, 70-71, 130, 166

アスマン、ヤン（Jan Assmann）47

アルヴァックス、モーリス（Maurice Halbwachs）41, 47, 68, 70, 203, 235

アングル、ドミニク（Jean Auguste Dominique Ingres）156, 164

『トルコ風呂』（*The Turkish Bath*）156, 164

［う］

ウィリアムズ、ジャック・K（Jack K. Williams）48-49, 62, 69

ウィルソン、ジョン・ライド（John Lyde Wilson）49

『名誉に関する規則－あるいは、決闘における決闘者と介添人の政府のための規則』（*The Code of Honor: or, Rules for the Government of Principals and onds in Duelling*）49

ウルストンクラフト、メアリ（Mary Wollstonecraft）125, 130, 153, 155, 157, 163

『女性の権利の擁護』（*A Vindication of the Rights of Woman*）129, 153, 164

ウルフ、ヴァージニア（Virginia Woolf）237

［お］

オースティン、ジェイン（Jane Austen）126

［か］

ガラン、アントワーヌ（Antoine Galland） 149
　『千一夜物語』（*One Thousand and One Nights*） 149

［き］

キッド、トマス（Thomas Kyd） 75-76, 119
キャッシュ、W・J（W. J. Cash ） 48-49

［く］

クーパー、ジェイムズ・フェニモア（James Fenimore Cooper） 29, 193
グラマティクス、サクソ（Saxo Grammaticus） 73, 121
　『デンマーク史』（*Gesta Danorum*） 73, 121

［こ］

ゴドウィン、ウィリアム（William Godwin） 125, 133
コールリッジ、サミュエル・テイラー（Samuel Taylor Coleridge） 151
　『クブラ・カーン』（*Kubla Khan, or, A Vision in a Dream: A Fragment*） 151, 163
コンラッド、ジョーゼフ（Joseph Conrad） 67
　「決闘」（"The Duel: A Military Tale"） 67

［し］

シェイクスピア、ウィリアム（William Shakespeare） 73, 75, 102, 104, 112, 119
　『ハムレット』（*The Tragedy of Hamlet, Prince of Denmark*） xiv-xv, 73, 75-76, 88, 116, 119
　『ヘンリー五世』（*The Life of Henry the Fifth*） 115
　『マクベス』（*The Tragedy of Macbeth*） 121
　『リア王』（*The Tragedy of King Lear*） 121
　『リチャード二世』（*The Tragedy of King Richard the Second*） 105
　『ロミオとジュリエット』（*The Tragedy of Romeo and Juliet*） 120
ジェームズ、ヘンリー（Henry James） 180
シェリー、パーシー・ビッシュ（Percy Bysshe Shelley） 125, 129-30, 138, 142-143, 146, 150, 163
　『アラスター』（*Alastor; or, the Spirit of Solitude*） 138, 150
　『イスラムの反乱』（*The Revolt of Islam*） 129, 142, 144, 150
　『縛めを解かれたプロメテウス』（*Prometheus Unbound*） 142, 145
シェリー、メアリ・ウルストンクラフト（Mary Wollstonecraft Shelley） 125-26, 129-130, 145-47, 150-51, 153, 155, 157
　『最後の人間』（*The Last Man*）

125, 130, 145
『フランケンシュタイン　現代のプロメテウス』(*Frankenstein or The Modern Prometheus*) xv, 125-26, 129-30, 139, 144, 148, 151, 158, 161, 166
『ヴァルパーガ』(*Valperga or, The Life and Adventures of Castruccio, Prince of Lucca*) 125
下河辺美知子　xiii, xvi, 235-36, 240, 264
『歴史とトラウマ』 236, 240, 264

[す]

スコット、リドリー (Ridley Scott) 67, 69
『デュエリスト / 決闘者』(*The Duellists*) 67, 69
スピヴァク、ガヤトリ・チャクラヴォルティ (Gayatri Chakravorty Spivak) 126

[て]

ディブディン、チャールズ (Charles Dibdin) 30, 32
「今は亡きトム、あるいは船乗りの墓碑銘」(“Poor Tom, or the Sailor's Epitaph”) 30
デーナ、リチャード・ヘンリー (Richard Henry Dana, Jr.) 29

[と]

トウェイン、マーク (Mark Twain) xv-xvi, 169-173. 176, 178, 180-81, 183-84, 187-194
「インディアンの中のハック・フィンとトム・ソーヤー」(“Huck Finn and Tom Sawyer Among the Indians”) xvi, 169-70, 172, 174, 178, 181, 191, 193
「コネティカットにおける最近の犯罪騒ぎに関する事実」(“The Facts Concerning the Recent Carnival of Crime in Connecticut”) 189
「呪われた海の荒野」(“Enchanted Sea-Wilderness”) 191
『ハックルベリー・フィンの冒険』(*Adventures of Huckleberry Finn*) 170-71
『マーク・トウェイン自伝』(Autobiography of Mark Twain) 192
ドッジ、リチャード・アービング (Richard Irving Dodge) 194
『我らが自然のインディアン』(*Our Wild Indians: Thirty-Three Years' Personal Experience Among The Red Man of The Great West*) 194
ドラクロワ、ウジェーヌ (Ferdinand Victor Eugene Delacroix) 141-42, 158, 163-64
『アルジェの女たち』(*Algerian Women in their Apartment*) 158, 164

『キオス島の虐殺』(*The Massacre of Chios*) 141-42
『サルダナパロスの死』(*Death of Sardanapalus*) 142
『シモン夫人の肖像』(*Portrait of Madame Simon*) 158
『ミソロンギの廃墟のギリシア』(*Greece on the Ruins of Missolonghi*) 141

[は]

バイロン、ジョージ・ゴードン (George Gordon Byron) 141, 146, 163
バリュテュス (Balthasar Klossowski de Rola) 151

[ふ]

フィッツジェラルド、スコット (Scott Fitzgerald) xvi, 199-201, 204-05, 215, 218, 231-35
『楽園のこちら側』(*This Side of Paradise*) 199
『グレート・ギャツビー』(*The Great Gatsby*) 199, 204-05, 215, 231, 234
『夜はやさし』(*Tender Is the Night*) xvi, 199, 202, 205, 215-17, 230-231, 233-34
「こわれる」("The Crack-Up") 200, 232, 234
フェルプス、エリザベス (Elizabeth Stuart Phelps) 180
『半開きの門』(*The Gates Ajar; Or, our Loved Ones in Heaven*) 180
フォークナー、ウィリアム (William Faulkner) xv, 39-42, 45, 61, 63-67, 69-71, 204, 237
「厳重警戒大至急」("With Caution and Dispatch") 64
『サートリス』(*Sartoris*) 64
「女王ありき」("There Was a Queen") 64
『征服されざる人びと』(*The Unvanquished*) xv, 39, 41-42, 46, 48, 63-69
「退却」("Retreat") 41
『土にまみれた旗』(*Flags in the Dust*) 64
「美女桜の香り」("An Odor of Verbena") 64-65, 68
「星までも」("Ad Astra") 64
「待ち伏せ」("Ambuscade") 41
『未収録短編集』(*Uncollected Stories of William Faulkner*) 64
「みんな死んでしまった飛行士たち」("All the Dead Pilots") 64
プーシキン、アレクサンドル・セルゲーヴィチ (Alexander Sergeyevich Pushkin) 141

[へ]

ヘミングウェイ、アーネスト (Ernest Hemingway) 204
ベラミー、エドワード (Edward Bellamy) 180
ベルフォレ、フランソワ・ド

（Francois de Belleforest） 73, 121
『悲話集』（*Histoires Tragiques*） 73, 121

［ほ］

ヴォルネイ、コンスタンティン・フランソワ（Constantin-Francois Chasseboeuf, comte de Volney） 127, 133-34, 138
『エジプト、シリアへの旅』（*Voyage en Egypte et Syrie*） 133
『諸帝国の没落』（*The Ruins, or, Meditation on the Revolutions of Empires*） 127-28, 133-39, 160-61
ホーソーン、ナサニエル（Nathaniel Hawthorne） 36, 179
ポー、エドガー・アラン（Edgar Allan Poe） 179
ボードレール、シャルル（Charles-Pierre Baudelaire） 158, 164, 167

［ま］

マグヌス、オラウス（Olaus Magnus） 101, 121
『北方民族文化誌』（*Historia de Gentibus Septentrionalibus*） 121
マティス、アンリ（Henri-Emile-Benoit Matisse） 151
マーロー、クリストファー（Christopher Marlowe） 75-76, 119
『フォースタス博士』（*Doctor Faustus*） 75
『パリの大虐殺』（*The Massacre at Paris*） 75

［み］

ミルトン、ジョン（John Milton） 153-54, 156

［む］

ムーア、ジョン・ハモンド（John Hammond Moore） 62-63

［め］

メルヴィル、ハーマン（Herman Melville） xiv, 1-4, 9, 15, 22, 25-27, 29-30, 33-34, 36-37, 179
『水夫ビリー・バッド（ある内側の物語）』（*Billy Budd, Sailor (An Inside Narrative)*） xiv-xv, 1-8, 10-12, 15, 17-19, 22-23, 25-27, 29-31, 33-34, 37
『モービー・ディック、あるいは鯨』（*Moby-Dick, or, The Whale*） 1
「書記バートルビー―ウォール街の物語」（"Bartleby, the Scrivener: A Story of Wall Street"） 1
『タイピー―ポリネシアの生活瞥見』（*Typee: A Peep at Polynesian Life*） 2, 30
『ジョン・マーとその他の水夫たち』（*John Marr and Other Sailors with Some Sea-Pieces*） 4, 33-34
『白いジャケット、あるいはあ

る軍艦の世界』（*White Jacket, or, The World in a Man-of-War*） 15, 23-25, 28, 30
『レッドバーン』（*Redburn: His First Voyage*） 16-17, 29, 33
『クラレル―聖地の詩と巡礼』（*Clarel: A Poem and Pilgrimage in the Holy Land*） 23

［も］

モア、トマス（Thomas More） 81
『死者の霊の嘆願』（*The Supplication of Souls*） 81
モリスン、トニ（Toni Morrison） xvi, 237-39, 242, 262
『青い目がほしい』（*The Bluest Eye*） 237-38
『ジャズ』（*Jazz*） 238
『白さと想像力』（*Playing in the Dark*） 238
『スーラ』（*Sula*） 238
『ソロモンの歌』（*Song of Solomon*） 238
『タール・ベイビー』（*Tar Baby*） 238
『パラダイス』（*Paradise*） 238
『ビラヴィド』（*Beloved*） xiv, xvi, 237-239, 241, 253, 255, 258, 262-64
『ブラック・ブック』（*The Black Book*） 238
『ホーム』（Home） 238
『マーシィ』（*Mercy*） 238
『ラヴ』（Love） 238
モンタギュ、メアリ・ウォトレイ（Lady Mary Wortley Montagu） 155-157, 164
『トルコ大使館からの手紙』（*The Turkish Embassy Letters*） 155-56, 164
モンテスキュー、シャルル・ルイ・ド（Charles-Louis de Secondat, Baron de La Brede et de Montesquieu） 153
モンテーニュ、ミシェル・エケム・ド（Michel Eyquem de Montaigne） 153

［や］

安川晴基　viii-xii, 41, 71, 130-31, 166
山田勝 66, 71

［る］

ルソー、ジャン・ジャック（Jean-Jacques Rousseau） 153

［ろ］

ローランドソン、メアリー（Mary Rowlandson） 177
「メアリー・ローランドソン夫人のマサチューセッツにおけるインディアン捕囚記、一六七六年」（“Captivity of Mrs. Mary Rowlandson Among the Indians of Massachusetts, 1676”） 177

〈記憶〉で読む英語文学
——文化的記憶・トラウマ的記憶——　　（検印廃止）

2013年6月10日　初版発行

編　　者　　現代英語文学研究会
発 行 者　　安　居　洋　一
印刷・製本　　創 栄 図 書 印 刷

〒162-0065　東京都新宿区住吉町 8-9
発行所　開文社出版株式会社
TEL 03-3358-6288・FAX 03-3358-6287
www.kaibunsha.co.jp

ISBN 978-4-87571-069-1　C3098